Beatrice Nunold

Der große Wald

Originalausgabe – Erstdruck

Für Florian

Beatrice Nunold

Der große Wald

Phantastischer Kriminalroman

Mit einem Nachwort von Klaus Rehkämper

Schardt Verlag Oldenburg

Bibliographische Information der *Deutschen Bibliothek*:

Die Deutsche Bibliothek verzeichnet diese Publikation in *Der Deutschen Nationalbibliografie*; detaillierte bibliographische Daten sind im Internet über *http://dnb.ddb.de* abrufbar.

Umschlagphoto: Uwe Könemann-Nunold

1. Auflage 2008

Copyright © by
Schardt Verlag
Uhlhornsweg 99a
26129 Oldenburg
Tel.: 0441-21779287
Fax: 0441-21779286
Email: schardtverlag@t-online.de
www.schardtverlag.de
Herstellung: Fuldaer Verlagsanstalt

ISBN 978-3-89841-366-4

Du findest mehr in den Wäldern als in Büchern. Die Bäume und die Steine werden dich Dinge lehren, die dir kein Mensch sagen wird.
Bernhard von Clairvaux

Die Welt von Silvan ist der unseren nicht unähnlich im Hinblick auf Geographie, Klima und Völker. Geschwisterarten wie Elfen, Zwerge, Gnome, Elementarwesen und andere Geschöpfe sind noch nicht in die Anderwelt oder die Rückseite der Menschenwelt immigriert. Die Grenzen dorthin sind Übergänge. Doch wissen um sie nur wenige. Die Kenntnis der Magie ist unter den Vernunftwesen zwar lebendig, aber den meisten Zauberfähigen oder auch nur Zauberkundigen ist Magie ein Anwendungsverfahren, eine Technik, angewandte Metaphysik, um Ziele und Zwecke zu erreichen. Unter ihnen kursiert der Ausruf des Zaubermeisters Franziskus Speck: „Wissen ist Macht!"

Im Hafen von Tybolmünde legte am Vormittag ein Frachtsegler an. Die Oktobersonne verklärte die verdreckte Hafengegend. Als einzige Passagiere gingen zwei Damen mit je zwei großen Koffern von Bord.

Rahel Sternenhain stellte ihr Gepäck ab und genoß es, wieder festen Boden unter den Füßen zu haben, während sie einen Hinweis suchte, welchen Weg in die Stadt sie einschlagen sollten. Einige Schritte hinter ihr blieb Althea Wiesengrün stehen und stellte ähnliche Überlegungen an.

Vier Kerle lungerten am Kai herum und beobachteten die eleganten Reisenden. Ein ungewöhnlicher und interessanter Anblick, wie sie fanden, der ihre wenn auch recht einseitige Phantasie beflügelte, die hauptsächlich zwischen zwei alternativen Vorstellungen hin- und herschwankte, sie anzubaggern oder lieber gleich auszurauben. Vielleicht ließ sich ihre offensichtlich mangelnde Ortskenntnis ausnutzen. Einer der Männer schlenderte betont lässig auf Althea Wiesengrün zu.

Mit ihren brünetten Locken, den braunen Rehaugen, die stets verwundert in die Welt blickten, ihrem Stupsnäschen und den vollen Lippen wirkte sie auf ihn gutgläubiger als ihre Unnahbarkeit ausstrahlende Begleiterin. Das bunte Blümchenkleid und ihre ausgeprägt weiblichen Formen bestärkten ihn in der Annahme, ein naives Dummchen vor sich zu sehen, das leicht aufs Kreuz zu legen war.

Rahel Sternenhain wurde plötzlich von einer hellen Kinderstimme gerufen: „Guten Tag, gnädige Frau, und willkommen in Tybolmünde. Brauchen Sie vielleicht eine Fremdenführerin? Suchen Sie ein Zimmer? Ich kenne jedes Hotel und jede Pension und alle Sehenswürdigkeiten. Ich bin zuverlässig und preiswert und transportiere Ihr Gepäck sicher an jeden Ort der Stadt." Dabei wies das Kind mit der linken Hand auf einen Handkarren.

Rahel Sternenhain hatte die Kleine gar nicht kommen sehen. Jetzt begegnete ihr Blick zwei ernsten Bernsteinaugen. Sanftes Goldlicht schimmerte in ihnen. Opaker Glanz verhieß Tiefe, verwehrte aber jedes Eindringen, versprach Geheimnisse, ohne sie preiszugeben.

Goldgrund – Transzendenz ohne Transparenz, schoß es Rahel Sternenhain durch den Kopf. Die Augen verwirrten sie, und Rahel verwirrte so schnell nichts. „Kennst du Haus Rosenhag?" fragte sie schließlich.

„Ich bringe sie hin", antwortete die Kleine und strich mit ihrer rechten Hand in einer etwas linkischen Geste ihr zotteliges und in allen Herbstfarben schimmerndes Haar aus ihrem sonnengebräunten, schmalen, feingeschnittenen, aber schmuddeligen Gesichtchen.

„Warte", sagte Rahel, drehte sich um und winkte Althea Wiesengrün, zu kommen, die gerade mit einem wenig vertrauenerweckenden jungen Mann sprach. Althea ergriff ihre Koffer und ließ den Kerl mit den Worten stehen: „Danke, wir benötigen weder Ihren Orientierungssinn noch Ihre Muskelkraft."

Sie war kaum zwei Schritte gegangen, als er versuchte, ihr die Koffer zu entreißen. Althea drehte sich nicht einmal um, sondern trat mit ihrem rechten Fuß nach hinten aus und traf mit dem spitzen Hacken ihrer eleganten Schnürschuhe genau da, wo sie treffen wollte. Der Kerl ließ sofort die Koffer los und klappte laut stöhnend mit schmerzverzerrtem Gesicht wie ein Klappliegestuhl in der ungefähren Körpermitte zusammen und stürzte auf das staubige Pflaster.

Althea setzte unbeeindruckt ihren Weg fort. Mit ausdrucksloser Miene verfolgte Rahel das Geschehen. Die drei anderen Kerle näherten sich ihnen. Althea nahm ihre Bewegungen aus dem Augenwinkel wahr. Bei ihrer Freundin und der kleinen Stadtführerin angekommen, stellte sie die Koffer ab, drehte sich ruckartig um, stemmte die linke Faust ins Becken, während sie die Herren heranwinkte und ihnen gelassen, aber mit unverkennbar drohendem Unterton zurief: „Kommt schon, Jungs, Lust auf Eiersalat?"

Die Männer blieben in Drohhaltung stehen. Zwei blöde Weiber und ein Kind, das müßte zu schaffen sein. Ihr Blick fiel auf ihren Compadre, der sich am Boden vor Schmerz krümmte und sein vermeintlich wertvollstes Teil mit beiden Händen festhielt. Wutentbrannt und mit schmerzverzerrter Grimasse schrie er seinen Kumpels zu: „Macht sie fertig! Macht sie fertig!"

Althea winkte noch immer einladend. Die Typen kamen näher. Jäh ging einer von ihnen zum Angriff über. Mit einem beherzten Tritt in seine tiefergelegte Leitzentrale empfing Althea den Angreifer. Er krümmte sich und brachte sein Kinn in ihre Kniehöhe. Sie zog ihr Knie hoch, und er stürzte rücklings zu Boden.

„Ihr irrt euch, Freunde", rief Rahel den beiden Männern zu, „ich bin noch gräßlicher als ich aussehe und Trägerin des schwarzen Gürtels in Wum Dong Bäng!" Ihre blauen Augen blitzten kalt, während sie in Kampfhaltung ging.

Verunsichert fixierten die Männer das stahläugige, bleichgesichtige weibliche Ungeheuer, das sich vor ihnen aufbaute. Ihr halblanges blauschwarzes Haar fiel schräg nach vorn, als sie sich leicht bückte und den Kopf vorreckte. Mit ihrer engen, glänzenden, nachtblauen Hose und dem gleichfarbigen weiten Pullover, der sich leicht im Wind blähte, wirkte sie wie eine ziemlich große, lauernde Mitternachtsspinne. Das goldene Oktoberlicht verlieh ihr eine erhabene Schrecklichkeit wie Gold der Grausamkeit von Herrscherinnen. Dann fiel ihr Blick auf die holde Althea, die lieblich lächelnd ihnen zurief: „Ihr habt die Wahl zwischen Scylla und Charybdis!"

Die Männer kannten zwar weder Scylla noch Charybdis, doch begriffen sie, daß es sich bei keiner der beiden um eine gute Wahl handeln würde. Sie sahen sich kurz an, murmelten etwas von „Verdammte Hexen!" und machten sich davon.

Althea ordnete ihr Blümchenkleid. Rahel lachte leise. Ihre klaren blauen Augen leuchteten sternengleich in finsterster Nacht.

„Der kleine Junge kennt den Weg?" fragte Althea.

„Erstens bin ich ein Mädchen, zweitens schon ziemlich groß, drittens kenne ich alles hier."

„In Ordnung, Schwester", antwortet Althea.

Das Mädchen griff mit ihrer Linken nach einem Koffer, um ihn in den Handkarren zu stellen.

Rahel hielt sie zurück: „Laß, die sind zu schwer."

„Nein", erwiderte das Mädchen bestimmt, „der Transport ist im Preis inbegriffen. Bis Haus Rosenhag macht das fünf Kupferlinge."

„Alles klar", lachte Rahel.

Das Mädchen bepackte den Wagen. Jetzt bemerkten die beiden Freundinnen, daß die Kleine hinkte. Sie zog das rechte Bein nach, und auch ihr rechter Arm schien lädiert. Sie war klein, klapperdürr und barfuß. Viel zu große und zu weite Lumpen schlotterten ihr am Leib. Rahel und Althea sahen sich an, als das zarte Wesen die Stange des Handkarrens griff und ihn hinter sich her zu ziehen begann.

„Komm, laß mich das machen", meinte Althea mütterlich.

„Nein!" lautete die knappe, keinen Widerspruch duldende Antwort.

Die beiden Frauen zuckten die Schultern und gingen neben dem Wagen her. Der Weg führte vorbei an Hafenkneipen, durch ärmliche Wohnquartiere und die engen Gassen der Handwerker, bis sie in eine vornehmere Gegend der Stadt kamen, entlang an kleinen Häusern mit gepflegten Vorgärten. Das Mädchen zog ohne Anzeichen von Schwäche den Karren. Der Weg stieg jetzt steil an. Oben, am Ende der Straße, lag eine von Kletterrosen berankte Villa. Vor ihr hielt das Mädchen. Auch die überdachte Veranda war mit Rosen bewachsen: rote und roséfarbene, weiße, gelbe, rotgelb und weißrot geflammte, eine wahre Pracht. Sie strömten einen betörenden Duft aus. Bienen summten zufrieden, Vögel zwitscherten geschwätzig munter.

Auf einem rosa Schild über dem Eingang stand zu lesen: *Haus Rosenhag, Inhaberin: Rosalba Rosenschön.* Rundherum war, als sei dies alles nicht schon rosenhaft genug, ein Kranz von roten Rosen gemalt.

„Da wären wir", sagte das Mädchen und begann das Gepäck abzuladen. „Ich kann Ihnen auch gern die Stadt zeigen."

„Weißt du, wo die Universität ist und die Bibliothek?" fragte Rahel.

„Und ein gutes Restaurant?" ergänzte ihre Freundin.

„Klar", kam die kurze Antwort.

„In etwa einer Stunde. Das ist für dich", sagte Althea und gab ihr einen Silberling.

„Aber gnädige Frau, das ist zu viel, das ...!" rief die Kleine den beiden Frauen erstaunt hinterher.

Althea und Rahel nahmen ihre Koffer, stiegen die Treppe zur Veranda hinauf und verschwanden in der Haustür. Ein silberner Glockenklang kündete die Gäste an. Sie standen in einer geräumigen Diele. Rosenmuster zierten die Wände. Auf einem Rosenholztischchen stand eine Glasvase mit langstieligen, sonnengelben Rosen.

„Deiner Vorliebe für Blumen kommt dieser Ort sicher entgegen", spöttelte Rahel.

Frau Rosalba Rosenschön schritt die Treppe, die wie alle Möbel im Haus aus Rosenholz gefertigt war, hinunter. Sie war eine stattliche Erscheinung. Ihr ergrautes, hochgestecktes Haar zierte eine rote Rose. Über ihrem rosa Kleid trug sie eine weiße Schürze mit Rosenborte.

„Herzlich willkommen", begrüßte sie die Frauen freundlich. Sie hatte lustige, braune Augen und Lachgrübchen in ihrem runden, nicht mehr jungen, aber auf eigene Weise reizvollen Gesicht. „Die Philosophieprofessorinnen Wiesengrün und Sternenhain, nehme ich an? Hatten Sie eine angenehme Reise? Ich habe zwei wunderbare Zimmer für Sie, hell und freundlich mit Blick auf den Garten. Sie werden begeistert sein."

Die Zimmer waren viel zu rosig. Althea trat zum Fenster und stieß einen entzückten Schrei aus: „Schau dir das an! Was für ein herrlicher Garten!"
Ihr Blick fiel auf einen prächtigen Rosengarten. Zwischen den unterschiedlichsten Rosen wuchsen Lavendel und Salbei. Althea öffnete das Fenster und atmete die köstliche Luft ein. Rahel trat zu ihr und schloß die Freundin in die Arme. Sanft küßte sie ihre braunen Locken und hauchte: „Ja, Liebes, er ist wunderschön."

Im Gasthaus *Zur Sonne* herrschte geschäftiges Mittagstreiben. An blankgescheuerten Tischen saßen Menschen auf langen Holzbänken, denen anzusehen war, daß sie ihr weniges Geld mit schwerer Arbeit verdienten. Die Tür ging auf, und zwei elegante Damen und ein ziemlich abgerissenes und schmuddeliges Kind betraten die Schankstube. Die Gäste wandten sich den drei Besucherinnen zu und musterten sie mit unverhohlener Neugier. So feine Leute, von dem Kind mal abgesehen, verirrten sich selten hierher. Der Wirt, ein kleiner, behäbiger, älterer Herr mit einem freundlichen, pausbäckigen Gesicht trat auf sie zu.

„Willkommen die Damen", sagte er mit dünner Stimme. Dann wandte er sich dem Kind zu: „Welch hohen Besuch geleitest du in meine bescheidene Stube, Fee." Wieder zu Rahel und Althea gewandt, fuhr er fort: „Mal sehn, ob ich ein chiebsches Plätzchen für Sie chabe. Da drieben am Fenster."

Der Wirt hatte eine freundlich-melancholische Stimme. Er begleitete sie zum Tisch und fragte: „Was darf ich den Damen bringen? Vielleicht Schmorfisch in köstlicher Kräutersoße und einen guten Rotwein dazu?"

„Rotwein ist nicht schlecht, aber haben Sie auch etwas nur mit Gemüse?" fragte Althea.

„Selbstverständlich, die Damen", antworte er. „Meine Frau macht wunderbaren Gemieseauflauf."

Rahel nickte. „Gut, den nehmen wir. Für die Kleine ein Glas Milch. Was möchtest du noch?"

„Oh, ich, ich weiß nicht", stotterte Fee und sah von Rahel zu Althea und zum Wirt. „Ich meine, Elischa, der Wirt, hebt immer etwas für mich auf."

„Weil du Gäste vorbeibringst", schloß Althea.
Der Wirt nickte verlegen.

„Das ist in Ordnung", sagte Rahel. „Aber so dürr, wie du bist, schadet es nicht, wenn du noch etwas ißt. Bringen Sie ihr auch einen Auflauf."

„Du heißt also Fee?" fragte Rahel und stellte fest: „Ein seltsamer Name für ein kleines Mädchen."

„Ich bin nicht klein, und die Leute hier nennen mich so", kam die trotzige Antwort mit ziemlich vollem Mund. In ihrer linken Hand hielt sie die Gabel. Mit der Rechten strich sie ungeschickt ihr buntes Zottelhaar aus dem Gesicht. Ihre Bernsteinaugen schimmerten golden.

Rahel lachte: „Der Name paßt zu dir. Kannst du auch zaubern."

„Zaubern? Glaube nicht", kam die Antwort.

Die Universität war ein monumentaler Bau mit hohen Treppen und mächtigen Säulen. Über dem Eingang stand in großen Lettern zu lesen: *Der Forschung und der Lehre Geld, Macht und Ehre.*

Althea und Rahel verabschiedeten sich von dem Mädchen.

„Wenn Sie mich brauchen", sagte Fee, „finden Sie mich mittags meist bei Elischa in der Küche. Oft bin ich an der Kutschenstation oder im Hafen und morgens auf dem Marktplatz."

Fee schlenderte vergnügt durch die staubigen Straßen. Heute war ein guter Tag. Sie hatte zwei Silberlinge verdient. Sie war satt, und die Nachmittagssonne schien warm. Einige Möwen schrien.

Althea und Rahel betraten das Universitätsgebäude. Beim Pförtner erkundigten sie sich nach dem Zimmer des Dekans der philosophischen Fakultät. Seinen Beschreibungen folgend, durchschritten sie die düsteren, hohen und labyrinthischen Gänge der alten Universität. Die grauen Böden und Treppen waren durchgetreten, nicht so sehr aufgrund der geistigen Lasten, welche die Lernenden und Lehrenden auf ihnen durch das Gemäuer schleppten, als durch das Nieverlassen einmal eingeschlagener Denkwege, die sich in den abgeschlurften Pfaden durch die Universität materialisiert hatten. Die eierschalenfarbenen Wände überzog eine Patina, die weniger auf die Erhabenheit einer altehrwürdigen wissenschaftlichen Tradition als auf seelisch-geistige Ermüdung und Abnutzung schließen ließ. An einigen Stellen blätterte der Putz. Von der Mensa her durchwaberten abgestandene Gerüche von Kohl und altem Fett die Gänge. Nur die Studierenden, die munter schwatzend das Gebäude bevölkern, schienen blind gegen diese triste Realität. Studierende glaubten zumeist an die Weltweisheiten, die ihnen hier serviert wurden. Nur wenige erkannten, daß diese noch abgestandener sind als der Mensamief. Aussagen, die Universität sei verwohnt oder verlebt, waren falsch. Schließlich wohnte hier niemand, und das wirkliche Leben fand stets woanders statt. Vielleicht könnte ihr Zustand als verlehrt, verforscht oder verwissenschaftlicht bezeichnet werden.

Professor Narziß Zuckerschale stand sinnierend vor dem Fenster seines Büros. Er schaute nicht hinaus. Die Vorgänge auf dem Campus interessierten ihn nicht. Immer wieder betrachtete er seine gepflegten Hände mit den polierten Fingernägeln. Jäh riß ihn ein Klopfen an der Tür aus seinen Selbstbetrachtungen. Gelangweilt rief er: „Ja", ohne sich umzudrehen.

Althea und Rahel traten herein. „Guten Tag, Professor Zuckerschale", grüßte Althea freundlich.

Langsam wandte der Dekan sich ihnen zu. Er strich sich dabei über seine dunkelblonden Locken. „Guten Tag, die Damen. Mit wem habe ich die Ehre?" Er sprach mit einer ölig-glatten, leisen, beinahe zu freundlichen Stimme.

Rahel deutete auf ihre Freundin und sagte: „Professorin Wiesengrün und Sternenhain, meine Wenigkeit."

„Ach", antwortete Zuckerschale geziert, „wir hatten Sie erst übermorgen erwartet. Aber nun gut. Ich freue mich natürlich, Sie hier an meiner Fakultät begrüßen zu dürfen." Während er sprach, betrachtete er seine polierten Fingernägel. „Es ist eine Ehre für uns, zwei Forscherinnen von Ihrem Rang für ein Semester bei uns zu haben. Sie werden sicher die Lehre bereichern, und ich hoffe natürlich, daß Ihre Forschungen in unserer altehrwürdigen Bibliothek von Erfolg gekrönt sein werden. Ich zeige Ihnen gleich Ihre Arbeitszimmer und führe Sie durch mein Reich."

„So ein eitler, aufgeblasener Fatzke", brach es aus Althea heraus, als sie mit ihrer Freundin die Universität verließ. Rahel grinste nur leicht.

Sie schlenderten Arm in Arm durch die Gassen und betrachteten die Auslagen der kleinen Läden, als ein Schrei das nachmittägliche Treiben der Stadt durchschnitt. Rahel und Althea sahen sich erschrocken an und rannten los. Der Schrei kam unweit aus einem Lagerhaus. Sofort drängten sich Neugierige davor. Eine verwitterte Holztür stand offen. Althea und Rahel wechselten erneut einen Blick miteinander und gingen dann langsam durch die Tür. Offenbar betraten sie das Lager eines Antiquitäten- und Kunsthändlers. Zwischen alten Möbeln standen Skulpturen, lehnten Bilder und stapelten sich alte Bücher. Rahel wollte sich gerade nach einem in schwarzes Leder gebundenen Buch bücken, da stieß Althea sie mit ihrem Ellenbogen in die Seite und wies in Richtung umgeworfener Möbelstücke. „Hörst du was?" fragte sie leise.

Rahel schüttelte den Kopf. Beide lauschten. Da, jetzt war es deutlich zu vernehmen, ein leises Stöhnen, dann ein Poltern. Aus der linken hinteren Ecke drang ein kaum hörbares Röcheln.

Zwischen umgeworfenen Antiquitäten lag ein alter Mann. Ein Messer steckte in seiner Brust. Althea kniete sich neben ihn. Ihr war sofort klar, daß jede Hilfe zu spät kommen würde. Sie hob sanft seinen Kopf an. Blut rann aus den Mundwinkeln. Erschrocken riß der Mann die Augen auf und sah in Altheas freundliches Antlitz. Sein angstvoll verzerrtes Gesicht entspannte sich. Er versuchte zu sprechen, brachte aber nur ein ersticktes Murmeln hervor. Althea senkte ihr Haupt und drehte seinem Mund ihr Ohr zu.

„Das Bu..., Buch. Sie wollen das ... Buch. – Gefahr", hauchte er kaum hörbar.

„Was für ein Buch? Und wen meinen Sie?" fragte Althea.

„Die anderen dürfen nicht wissen, daß ..." Sein Kopf sackte zur Seite, und sein Körper erschlaffte.

Althea ließ seinen Kopf behutsam zu Boden sinken und schloß ihm die Augen. Sie sah zu ihrer Freundin auf, die zu Füßen des Toten stand. Rahel zuckte mit den Schultern.

Als sie das Lagerhaus verließen, stießen sie fast mit zwei Wachsoldaten zusammen. „Was ist hier los?" polterte der ältere und feistere der beiden.

Althea wies in den Schuppen. „Ein Mann ist ermordet worden", sagte sie kurz und trocken.

„Was haben Sie hier zu suchen?" fragte der jüngere Wachsoldat und versuchte, trotz seines tölpelhaften Aussehens wichtig zu wirken.

„Wir hörten einen Schrei und haben nachgesehen", antwortete Rahel wahrheitsgetreu.

„Sie sind neu in der Stadt, oder?" fragte der Ältere schroff.

„Ja, heute angekommen."

„Und schon ne Leiche gefunden", stellte er sarkastisch fest. Der Jüngere nickte zustimmend und grinste dümmlich.

„Zufall", entgegnete Althea freundlich lächelnd, während Rahel die Wachen mit kaltem, blauem Blick fixierte.

Später erfuhren sie von den Wachsoldaten, daß es sich bei dem Ermordeten um den Kunst- und Antiquitätenhändler Salomon Friedenreich handelte.

„Hast du das Buch, Bruder Erzhauer?" fragte eine ölig-leise, aber gefährlich klingende Stimme. Die Stimme gehörte einem Mann in einer leuchtend weiß irisierenden Kutte. Sein Gesicht war im Schatten einer Kapuze verborgen. Er war groß und schlank, und aus weiten Ärmeln schauten gepflegte Hände, die er versonnen betrachtete, während er sprach.

„Nein, Meister", antwortete eine kleine Gestalt in einer weißen Kutte devot. Sie sah aus, als würde sie knien, doch handelte es sich um ein kleines, aber kräftiges Kerlchen. „Es tut mir leid, Meister. Einer von den anderen war auch da. Er warf ein Messer und tötete Friedenreich. Friedenreich schrie, dann kamen Leute, und ich mußte fliehen, Meister. Es war nicht meine Schuld, Meister."

„Stümper, verdammter Versager. Ihr seid alles nichtsnutzige Toren und wärt besser in einer Narrenbruderschaft als in einer Bruderschaft des Lichts und der höchsten Weisheit!" zischte die Stimme boshaft leise. „Findet das Buch, und zwar vor unserer dunklen Konkurrenz, und bald! Meine Geduld ist fast am Ende. Los! Kusch dich!"

Auf dem Markt herrschte buntes Treiben. Händler priesen lauthals ihre Waren an. Kunden feilschten um die Preise. Die Morgensonne versprach einen schönen Herbsttag. Althea und Rahel, die sich bereits am Abend vorgenommen hatten, mehr über Salomon Friedenreich zu erfahren, bummelten über den Markt und hielten nach Fee Ausschau. Vielleicht konnte sie ihnen etwas über den Toten erzählen. Doch scheinbar war sie nicht hier.

Sie verließen den Markt und bogen in eine schmale, ruhige Gasse ein. Plötzlich hörten sie Laufschritte hinter sich. Es klang, als lief ein Kind mit blanken Füßen. Synchron drehten sich die beiden Frauen um, als ihnen Fee direkt in die Arme rannte.

„Bitte, lassen Sie mich durch", flehte sie außer Atem, „und verraten Sie mich nicht."

Rahel und Althea ließen das Mädchen los und traten auseinander. Fee huschte zwischen ihnen durch und unter einen Treppenabsatz. Jetzt bogen zwei Wachsoldaten gefolgt von einem schnaufenden, fetten Markthändler rennend in die Gasse ein. Die Freundinnen taten so, als bemerkten sie die Männer gar nicht und setzten langsam ihren Weg fort.

„Halt! Stehenbleiben!" hörten sie die Wachsoldaten schreien.

Rahel und Althea blieben stehen und drehten sich um.

„Sie schon wieder", sagte der ältere Wachsoldat, „haben Sie ein Kind mit bunten Haaren gesehen?"

„Nein", log Althea und legte ihr ahnungslosestes Gesicht auf, „uns ist kein Kind begegnet. Was hat es denn verbrochen?"

„Diese Diebin, diese verdammte, sie hat einen Laib Brot gestohlen!" schnaubte der fette Händler.

„Einen Laib Brot?" fragte Rahel fassungslos und wandte sich an die Wachen: „Deshalb machen Sie solch einen Aufstand? Finden Sie lieber den Mörder des Kunsthändlers, statt ein Kind wegen Mundraub zu verfolgen."

„Sie haben uns nicht zu sagen, was wir zu tun haben!" fauchte der jüngere Wachsoldat, und der Händler fluchte: „Verdammte Diebe – Hände abhacken, auspeitschen, aufhängen sollte man sie. Wer ersetzt mir den Schaden?"

Althea hielt ihm einen Silberling unter die Nase und sagte freundlich: „Das dürfte für viele Brote reichen. Sie bekommen ihn, wenn Sie die Anzeige gegen das Kind zurückziehen."

Der feiste Händler leckte sich gierig die Lippen. Schleimig antwortete er: „In Ordnung, aber nur, weil eine so reizende Dame mich darum bittet."

Althea reichte ihm lieblich lächelnd das Silberstück. Rahel zog grinsend ihre linke Braue hoch. Als die Wachen und der Händler verschwunden waren, kroch Fee aus ihrem Versteck. „Danke", sagte sie. „Sie haben mich gerettet, danke."

„Warum hast du das Brot gestohlen? Du kannst die beiden Silberlinge von gestern unmöglich schon ausgegeben haben", fragte Rahel streng und musterte das zerlumpte Kind kühl mit ihren blauen Augen.

Fee senkte ihr Haupt und schwieg.

Althea ging in die Hocke und faßte das verschämte Kind an die Schultern. „Hab keine Angst, Rahel beißt nicht."

Fee schaute Althea in die freundlichen braunen Augen. Ihre Bernsteinaugen blieben unergründlich. Leise sagte sie: „Mir wurde klar, daß wenn ich mit den Silberlingen bezahle, jeder behaupten würde, ich hätte das Geld gestohlen, oder sie würden mir das Restgeld nicht herausgegeben. Mir hätte niemand geglaubt, daß ich die Silberlinge verdient habe. Ich hatte Hunger. Aber mit den Silberlingen kann ich nicht bezahlen. Verstehen Sie?"

„Ja, ich verstehe, und essen kannst du sie ebenfalls nicht", sagte Rahel schon wesentlich milder, und ein Lächeln huschte durch ihr Gesicht und wärmt leicht das Blau ihrer Augen. „Es war unbedacht von uns, dir solche Geldstücke zu geben. Gib uns die Silberlinge. Wir wechseln sie dir in Kupferlinge um."

Fee kramte einen Stoffbeutel aus der Hosentasche und holte das Silbergeld hervor. Rahel und Althea suchten all ihr Kleingeld zusammen und gaben es dem Mädchen. Fee machte dabei ein gutes Geschäft und steckte den nun ziemlich prallen Beutel in die Hosentasche.

„Danke", sagte sie.

„Wir haben dich gesucht, Fee", wandte sich Rahel wieder an das Mädchen.

„Möchten Sie, daß ich Ihnen die Stadt zeige?"

„Nein, später vielleicht. Wo können wir uns ungestört unterhalten?"

„Am Strand. Nicht weit von hier."

Die beiden Frauen und das Mädchen hatten sich auf einen großen Findling am Strand gesetzt. Möwen schrien. Der Wind spielte mit ihren Haaren. Fees bunter Schopf leuchtete im Sonnenschein. Die drei schauten dem Spiel der Wellen zu. Die Luft roch nach Salzwasser.

„Kennst du einen Salomon Friedenreich, Fee?" fragte Rahel, während sie aufs Meer schaute.

„Klar", antwortete das Mädchen, „er ist Kunst- und Antiquitätenhändler und wohnt im Alchimistengäßchen. Dort hat er auch seinen Laden."

„Hatte", verbesserte Rahel. „Friedenreich ist ermordet worden. Und ich zweifele, daß er in Frieden im Reich der Toten ruht."

„Was?" entfuhr es dem Mädchen. Fee sah Rahel und Althea ungläubig und erschrocken mit ihren schimmernden Bernsteinaugen an. Althea berichtete, was sich gestern nachmittag ereignet hatte.

Fee sprang vom Stein und rief drängend: „Wir müssen zu Elischa! Wir müssen das Elischa erzählen. Er ist, ich meine, er war sein Freund!"

„Halt, halt!" bremste Rahel. „Erzähl uns erst, was du über Friedenreich weißt. Was war er für ein Mensch?"

„Er war stets freundlich. Ich habe manchmal Dinge für ihn transportiert, Antiquitäten und so, zu Kunden oder auch Ware vom Hafen abgeholt. Er hat immer gut bezahlt. Ich weiß nicht, was ich Ihnen erzählen soll. Er war sehr verschlossen, hat nicht viel geredet. Aber er war mit Elischa und Hanna, seiner Frau, befreundet. Sie trafen sich, glaub ich, regelmäßig entweder in der *Sonne* oder auch im Laden von Salomon Friedenreich, oft auch bei der Leuchtturmwärterin."

„Was haben sie bei diesen Treffen gemacht oder besprochen?" fragte Rahel.

Fee zuckte die Achseln: „Woher soll ich das wissen? Ich war nie dabei."

„Danke", sagte Althea.

Im Gasthaus *Zur Sonne* war am frühen Vormittag nichts los. Der Wirt scheuerte die Holztische, und Hanna, seine Frau, traf Vorbereitungen in der Küche, als die Türglocke läutete und Rahel und Althea eintraten. Elischa schaute auf und begrüßte die Damen: „Guten Morgen, was kann ich so früh für Sie tun?"

„Wir müssen mit Ihnen reden", sagte Rahel bestimmt.

„So ernst?" schmunzelte der Wirt. „Ist unser Essen Ihnen nicht bekommen? Das kann nicht sein. Meine Frau kocht ausgezeichnet."

„Nein", antwortete Althea freundlich. „Es ist so, daß Salomon Friedenreich ermordet wurde. Wir haben gehört, daß Sie mit ihm befreundet waren."

„Waas?!"

Die beiden Frauen sahen, daß dem Wirt die Gesichtszüge entglitten und sich Entsetzen in seinen Augen spiegelte. „Was?! Salomon ermordet. Mein Gott, Channa, Channa!" rief er. „Salomon ist tot! Mein Gott ...!"

Elischa ließ sich auf eine Bank sinken. Rahel und Althea setzten sich ihm gegenüber. Hanna kam aus der Küche gestürzt und wischte ihre

Hände in ihrer Schürze ab. „Was ist mit Salomon?" fragte sie und sah mit ihren großen Kohlenaugen besorgt ihren zusammengesunkenen Mann an. Sie strich sich ihr angegrautes Haar aus ihrem freundlichen Gesicht, dem an den Grübchen und Lachfalten anzusehen war, daß sie oft und gern lachte. Jetzt zeigte es Besorgnis.

„Salomon ist ermordet worden", antwortete er tonlos.

Hanna ließ sich neben ihrem Mann nieder und legte ihm ihren Arm um seine Schulter. „O Gott." Mehr brachte sie nicht hervor.

Althea schilderte nun so behutsam wie möglich, was sich gestern am späten Nachmittag ereignet hatte. Sie beendete ihren Bericht mit folgenden Worten: „Friedenreich erwähnte noch, bevor er starb, etwas von einem Buch und den anderen, die etwas nicht wissen dürfen. Was kann er damit gemeint haben?"

Die Wirtsleute schwiegen und hielten ihre Köpfe gesenkt.

„Was hat es mit dem Buch auf sich?" fragte Rahel bestimmt.

Keine Antwort.

„Raus mit der Sprache. Was wissen Sie über das Buch?"

Der Sonnenwirt sah die beiden Frauen unglücklich an. Dann bewegte er seine Lippen, als wolle er sprechen. Seine Frau fuhr ihm dazwischen: „Nein, Elischa, wir miessen schweigen. Denk an das Geliebde."

Elischa nickte traurig.

„Was für ein Gelübde?" fragte Rahel scharf. „Sollen wir daraus schließen, daß Sie etwas mit dem Mord zu tun haben?"

„Nein, nein, das nicht", antwortete die Sonnenwirtin zerknirscht. Ihre großen, schwarzen Augen waren tränenfeucht. „Auch Salomon chat so ein Geliebde abgelegt."

„Und jetzt ist er tot", stellte Rahel trocken fest. „Vielleicht sind Sie beide die nächsten."

„Trotzdem, wir miessen schweigen", sagte Elischa und versuchte, mutig dreinzublicken.

„Und Ihr Geheimnis mit in den Tod nehmen", schlußfolgerte Rahel.

„Ja, wenn es sein muß, auch das", bestätigte Hanna.

Althea fragte: „Haben Sie eine Ahnung, wer Friedenreich umgebracht und Interesse an jenem Buch gehabt haben könnte? Wer darf davon nicht wissen?"

Die Wirtsleute schwiegen traurig.

„Am Ende waren sie es noch selbst", warf Rahel sichtlich erzürnt ein.

Der Rosengarten war ein friedlicher Ort. Vögel sangen, und Bienen summten. Die Rosen standen in stiller, stummer Pracht und verströmten einen betörenden Duft, vermischt mit dem herben Duft von Lavendel und Salbei. Althea und Rahel saßen wie verzaubert auf einer Bank in Frau Rosenschöns Garten. Rahel hatte den Arm um ihre Liebste gelegt. Althea lehnte ihr Haupt an die Schulter ihrer Freundin und beobachtete einen leuchtend blauen Schmetterling, wie er im Torkelflug von Blüte zu Blüte flatterte und mit seinem Rüsselchen Nektar saugte.

„Heute abend", sagte Rahel, „sollten wir dem Laden von Friedenreich einen Besuch abstatten."

„Meinetwegen", reagierte Althea etwas genervt, „doch jetzt schau dir den wunderbaren Garten an, und hör auf, deinen Geist mit diesem schrecklichen Geschehen zu martern."

„Es gibt zuviel Schreckliches, Althea. Die Welt ist kein Rosengarten. Auch wenn du sie dazu am liebsten erklären würdest. Außerdem, auch Rosen haben Dornen."

„Rahel, das weiß ich. Trotzdem tut es gut, den Geist an schönen Dingen aufzurichten. Wie können wir das Wahre und Gute in der Welt finden, wenn wir das Schöne als ihr Symbol in der sinnlich materiellen Welt nicht sehen und empfinden können? Wenn wir nicht mehr empfänglich dafür sind und nur noch das Häßliche sehen und unsere Gedanken sich nur um Schreckliches ranken? Hör auf, dein Gehirn zu zermartern, Liebes. Zieh deine Gedanken von dem Mordgeschehen ab, und weile in der Schönheit des Gartens. Ich bin sicher, dein Hinterstübchen arbeitet ohne deine permanente Aufmerksamkeit besser. Ich mag es schließlich auch nicht, wenn mir jemand beim Arbeiten über die Schulter schaut."

Rahel lachte: „Du hast ja recht, Süße. Was würde ich nur ohne dich machen?"

„Versauern und verbittern. Komm, laß uns zum Brunnen gehen."

Sie wandelten gemächlich durch die schmalen Wege. Althea blieb immer wieder stehen, um eine besonders schöne Rose zu betrachten oder ihren Duft zu inhalieren. Rahel ging voran. Sie neigte nicht sehr zur Kontemplation. Am Brunnen angekommen, setzte sie sich auf seinen Rand und wartete auf die Freundin.

Der Brunnen hatte die Form eines Sechsecks. Auch die Steine, aus denen er gemauert war, waren wabenförmig aus hellgelbem Sandstein. Mit einer Winde war es möglich, einen Eimer herunterzulassen. Althea betrachtete den Brunnen, stützte sich mit ihren Händen auf die Mauer und blickte in das Innere. Der Brunnenschacht war sehr tief. Sie schritt um den Brunnen herum. Auf der Mauer waren mit Gold ausgemalte Gravuren zu sehen. Auf der einen Seite ein Kreis, auf der anderen ein Dreieck, auf der dritten ein Sechseck und auf der vierten ein Kubus, auf der fünften etwas, das aussah wie eine liegende Acht und auf der sechsten ... „Rahel, sei so gut und hebe deinen reizenden Po von der Mauer."

„Warum?"

„Mach schon!"

Rahel stand auf und drehte sich zum Brunnen. Beide Frauen schauten auf die sechste Mauerseite. „Ein Buch, ja, ich glaube, das soll ein aufgeschlagenes Buch sein", meinte Rahel. „Friedenreich sprach von einem Buch", stellte sie fest und fragte: „Meinst du, daß die nette und plüschige Frau Rosenschön etwas mit der Geschichte zu tun haben könnte?"

Althea zuckte mit den Schultern: „Weiß nicht. Wie war das mit den Rosen und den von dir zitierten Dornen?"

Rahel lächelte finster.

Oberhalb von Tybolmünde steht die alte Burg, leicht ruinös und sehr finster. Ein boshafter Zauberer, so erzählen die Leute, soll sie vor Hunderten von Jahren, wann genau, weiß keiner mehr, erbaut haben. So düster wie die Absichten und Stimmungen des Magiers ist das Baumaterial – schwarzer Basalt. Von wo er es hat bringen lassen, weiß niemand. Schwarz und abweisend steht die Festung auf einem Hügel über der Stadt. Von quadratischem Grundriß, besitzt sie vier Wehrtürme, einen an jeder Ecke. Ausgehend von den Wehrtürmen laufen diagonale Verbindungen zum Zentrum der Anlage. Hier im Kreuzungspunkt stößt ein hoher Turm wie ein schwarz-fauliger Zahn in den blauen Oktoberhimmel. Um ihn herum verwandelte sich das goldige Oktoberlicht in giftiges Schwefelgelb, Höllendunst gleich. Der grimmige Zauberer war längst tot. Nur halbvergessene, düstere Legenden erinnerten an ihn. Die finstere Aura des Ortes verflüchtigte sich nicht. Als vage Bedrohung umwabte sie den Burghügel und zog nun lichtscheue Geschöpfe an, die sich an solchen Orten nicht gerade wohl, aber heimisch fühlen.

Seit geraumer Zeit beherbergte die Burg einen neuen Herrn. In der Stadt hatte ihn nie jemand zu Gesicht bekommen. Nur sein wortkarger, bleichgesichtiger Diener gab Bestellungen im Ort auf und nahm Lieferungen am Eingang der Burg entgegen. Er wirkte verschlagen. Schlank war er und flink wie ein Wiesel. Die Leute fürchteten sich vor ihm.

Im Turmzimmer der Festung stand der neue Burgherr am Fenster. Von hier aus war der Leuchtturm von Tybolmünde und das Meer zu sehen. Er achtete nicht auf die in der Abendsonne schimmernden Segel der Schiffe und auf die Schreie der Möwen.

„Warum hast du ihn ermordet, verdammt? Du solltest aus ihm herauspressen, wo das Buch zu finden ist. Vielleicht war er selbst der Besitzer", sagte die dunkle Gestalt am Fenster, ohne sich umzuwenden.

„Mußte es tun", knurrte sein Diener.

„Ist vielleicht gar nicht so schlecht. Die anderen werden es mit der Angst bekommen. Wenn die Angst regiert, ist das gut für uns. Sicher werden sie gesprächiger, wenn sie um ihr Leben fürchten. Trotzdem, heute nacht schaust du dich in dem Haus des alten Kunstfritzen um."

„Glaube nicht, daß das Buch dort ist."

„Trotzdem. Verschwinde!"

Katzbuckelnd schlich der Diener aus der Tür.

Fee lag am Strand in der Abendsonne. Der Gedanke an den gewaltsamen Tod Salomon Friedenreichs verließ sie nicht. Sie hatte die Augen geschlossen und lauschte dem stetigen Murmeln der See. Ein Möwenschrei zerriß die Stille. Oder war es der Todesschrei eines Menschen? Vor ihrem geistigen Auge sah sie Friedenreichs erschrockenes Gesicht. Er schrie. Dann war eine dunkle Gestalt zu erkennen, die sich flink davonmachte. Entsetzt fuhr das Mädchen hoch. Sie riß die Augen auf. Schweißperlen standen ihr auf der Stirn. Fee erhob sich umständlich und stapfte leicht hinkend durch den Sand davon.

Die Nacht senkte ihre schwarzen Schleier über Tybolmünde. Das Schloß der Tür zu Friedenreichs Antiquitätengeschäft war aufgebrochen. Althea bemerkte es sofort und wies ihre Freundin darauf hin. Leise öffneten sie die Tür und schlichen hinein. Lauschend blieben die

Frauen im dunklen Laden stehen. Er war vollgerümpelt mit altem Trödel, Kunst, Kitsch und Büchern.

„War da nicht jemand?" Rahel hielt ihre Freundin an Arm fest und hinderte sie daran, weiter in den Laden hineinzugehen. Sie horchten gebannt. Etwas schepperte und stürzte mit lautem Krach zu Boden. Den beiden Freundinnen stockte der Atem. In der Etage über ihnen machte sich offenbar jemand zu schaffen. Jetzt hörten sie deutlich Schritte und immer wieder Poltern. Sie schlichen zur Treppe am anderen Ende des Raumes. Da knarrte die Ladentür. Reflexartig duckten sich die beiden Frauen unter die Treppe. Sie hörten leise Schritte. Über ihnen polterte es weiter. Auch der vierte nächtliche Besucher hatte die Geräusche gehört und blieb mitten im Raum horchend stehen. Althea und Rahel konnten ihn sehen, als sie vorsichtig aus ihrem Versteck hervoräugten. Ein kleiner Mann, kaum größer als ein zehnjähriges Kind, aber von kräftiger Statur und mit einem Rauschebart, stand wie angewurzelt mitten im Laden zwischen all dem Trödel. Ein Zwerg – reglos, wie er dastand, hätte er gut für eine naturalistische, vielleicht etwas zu knorrige Holzskulptur gehalten werden können. Jetzt setzte er sich wieder in Bewegung und schritt, so leise es einem Zwerg möglich war, auf die Treppe zu. Vorsichtig nahm er Treppenstufe für Treppenstufe. Sie knarrten unter seinen bestiefelten Schritten. Die Frauen konnten ihn deutlich hören. Über ihnen schien der erste Besucher sein Verwüstungswerk fortzusetzen. Er machte viel Lärm, wähnte sich sicher und allein, so daß er den tolpatschigen Schleicher offenbar nicht hörte. Plötzlich erscholl der markerschütternde Kampfschrei eines Zwerges. Die Freundinnen zuckten unwillkürlich zusammen. Rahel, die größere der beiden, stieß sich dabei den Kopf unter der Treppe. Sie fluchte mit zusammengebissen Zähnen.

„Selbst an guten Tagen dürfte dieser Laden nicht so viel Betrieb auf einmal erlebt haben wie heute nacht ungebetenerweise", flüsterte Althea.

Von oben drangen Kampfgeräusche, gemischt mit Verwünschungen und Flüchen herunter. Dann schlug ein Körper hart zu Boden. Kurz darauf hörten sie schnelle Schritte. Flink kamen sie die Treppe herunter. Sie sahen einen schlanken Mann, der sich behende davonmachte.

Kaum war er aus der Tür, nahm Rahel die Verfolgung auf. „Wir treffen uns im Rosenhag", hauchte sie ihrer Freundin zu.

Althea stieg besorgt die Treppe hinauf. Hier waren Schubladen aufgerissen, Regale umgekippt, Schränke durchwühlt, Polster aufgeschlitzt. In diesem ganzen Durcheinander lag der Zwerg – tot, erstochen. Seine Streitaxt steckte in der Wand. Althea zog ein Amulett aus seinem Wams hervor. Es zeigte ein gleichschenkliges Dreieck mit einem Auge in der Mitte, von dem Strahlen ausgingen.

„Tollkühnheit kann tödlich enden", murmelte sie, stand auf und sah sich weiter im Raum um. Am Fenster stand ein kleines Tischchen mit einer erloschenen Kerze. Auf dem Tischchen lag ein aufgeschlagenes Buch, auf dem Buch eine Brille – eine Oase der Beschaulichkeit, der inneren Einkehr, der Muße, Ruhe und Ordnung an einem Ort der Gewalt und Verwüstung.

Althea versuchte zu lesen. Es war sehr dunkel, und nur mit Mühe entzifferte sie die ersten Worte. „Ta glada paragir ..."

„Die das Schwert predigen ...", übersetzte Althea und ergänzte den Satz im Geiste: „... werden durch das Schwert fallen."

„Die Friedfertigen aber, die nicht das Schwert, sondern Frieden und Liebe predigen, werden trotzdem nicht vom Schwert verschont werden", fügte sie bitter hinzu. „War Salomon Friedenreich, wie der Name verheißt, solch ein Friedfertiger?" fragte sie sich.

Natürlich kannte sie das Heilige Buch des Alten Volkes. Alle kannten es. In den Tempeln wurde es gepredigt. Doch die wenigsten konnten die Sprache lesen, die Alte Sprache, in der es geschrieben war, in Buchstaben, die dazu ersonnen wurden, in Stein gehauen zu werden für die Ewigkeit, von rechts nach links, aus der Zukunft in die Gegenwart und nicht mit zerfließender Tinte auf vergänglichem Papier von links, von der Vergangenheit nach rechts in die Gegenwart. Es war geschrieben in der Sprache der Offenbarung, bestehend nur aus 22 Konsonanten und dem leeren Zwischenraum. Einige häretische Gelehrte behaupteten gar, daß selbst die Interpunktion und die Zusammenfassung der Buchstaben zu Worten, also auch der Raum zwischen den Worten, Sätzen und Satzteilen, eine nachträgliche heroische Interpretationsgroßtat sei, ein Setzen von Unterschieden, dem Zerstückeln eines erlegten Untiers gleich. Der Textkorpus wurde als zuhandene Beute im wahrsten Sinne des Wortes mundgerecht zerlegt.

Althea spürte, wie große Trauer in ihr aufstieg. Sie wandte sich ab und verließ den Ort der Verwüstung.

Rahel folgte dem schlanken Mann. „Wieselflink", schoß es ihr durch den Kopf. Immer wieder verbarg sie sich in Hauseingängen und hinter Mauerecken. Als sie einen belebteren Teil der Stadt erreicht hatten, das Kneipenviertel mit seinen Spelunken und Bordellen, mischte sie sich unter die herumstreunenden, meist angetrunkenen Männer. Mit schwarzer Hose und Jacke bekleidet, groß und breitschultrig, wie sie war, gelang es ihr leicht, den großspurigen Gang eines Möchtegern-Helden zu imitieren und kam unbehelligt und ohne den Verfolgten aus den Augen zu verlieren durch die Gassen. Gelegentlich lud eine Prostituierte sie ein. Rahel reagierte nicht. Grimmig heftete sie sich an die Fersen des flinken Mörders. Die Gassen wurden weniger belebt. Jetzt begann sie wieder, von Hauseingang zu Hauseingang zu schleichen. Die dunkle Gestalt bog in eine enge Gasse ein, die jäh an der Stadtmauer endete. Hinter einer Häuserecke versteckt, beobachtete sie, wie der Mann erst auf ein altes hohes Faß und dann über die Mauer stieg.

Rahel tat es ihm kurz darauf gleich. Sie zog sich auf das Faß und äugte von dort über die Mauer. Der Mann war auf der anderen Seite heruntergesprungen und machte sich auf einem baumbestandenen Weg davon. Rahel stieg auf die Mauer und ließ sich leise und vorsichtig hinunter. Sie fiel noch einige Meter und rollte sich auf der staubigen Erde ab. Sie folgte ihm von Baum zu Baum. Nach einigen Biegungen bemerkte sie, wo der Weg hinführte – zur schwarzen Burg. Sie hatte bereits bei ihrer Ankunft bemerkt, wie sie drohend über der Stadt thronte. Der Weg ging jetzt steil bergauf. Rahel versuchte, ihren keuchenden Atem zu unterdrücken. „Deine Kondition war auch schon mal besser", fluchte sie leise.

Dann ragte die Festung schwarz und dräuend vor ihr auf. Hinter einem Busch geduckt, beobachtete sie, wie der Mann durch ein schwarzes Tor verschwand. Er öffnete es einen Spalt und schlüpfte hindurch. Rahel lief zum Tor, drückte dagegen, aber es gab keinen Millimeter nach. Sie lief an der Burgmauer entlang, doch nirgends fand sie auf dem glatten Basalt eine Möglichkeit, die Mauer zu erklimmen. Leise fluchend, ließ sie sich mit dem Rücken zur Mauer auf die Erde sinken, stellte ihre Füße auf, stützte die Ellenbogen auf die Knie und vergrub ihr Gesicht in den Händen. „Mist, verdammter", zischte sie.

Althea hatte schon ängstlich besorgt auf Rahel gewartet, als diese, etwas staubig von ihrer nächtlichen Verfolgungsjagd, zurückkehrte. „Da bist du ja endlich. Ich dachte schon ..."
„Keine Panik, Süße, so schnell lasse ich mich nicht fressen. Der Kerl haust in der schwarzen Burg. Ich bin ihm bis dorthin gefolgt", unterbrach Rahel die erleichterten Worte ihrer Freundin, nicht zu unrecht einen Wortschwall über alle gehegten Befürchtungen erwartend.
Althea verkniff sich weitere Bemerkungen und berichtete knapp, was sie im Obergeschoß des Ladens vorgefunden hatte.

Fee wohnte hoch oben in einem Baumhaus in der Nähe des Strandes, einem Bretterverschlag in einer alten Eiche. Unten war ihr Handkarren am Stamm festgekettet. Die Strickleiter, die ihr als Auf- und Abstieg diente, hatte sie eingeholt.
Fee wälzte sich unruhig auf ihrem Strohlager. Sie sah fremdartige Zeichen, die sich zu seltsamen Formationen gruppierten. Dann stoben sie in alle Richtungen auseinander, und sie erblickte Salomon Friedenreich. Er las laut aus einem Buch, in einer Sprache, die sie nicht verstand.
„Herr Friedenreich, Herr Friedenreich, ich versteh Sie nicht! Ich versteh Sie nicht!" stieß sie immer wieder hervor.
Plötzlich verschwand das Bild, sie gewahrte ein Auge. Von dem Auge ging gleißendes Licht aus. Sie versuchte, ihre Augen mit den Armen zu schützen. Vergeblich, das Licht war durchdringend gnadenlos. Panik packte das Kind. Dann schloß das Auge sein einsames Lid, und schwärzeste Finsternis brach herein. Fee versuchte mit den Händen zu tasten – nichts. Hohngelächter drang an ihr Ohr, und sie spürte, wie schattenhafte Klauen nach ihr suchten. „Neeiiiiiiiiiiiiiiiiinnnnnnnnnnnn!" schrie sie und schreckte aus dem Schlaf auf. Die erste Morgensonne hatte ihre Strahlen durch die Ritzen ihres Verschlags gezwängt. Im Wind knarrte der alte Baum, Möwen schrien, und eine Krähe krächzte ihr hohles Lachen als Morgengruß.
„Was für ein Alptraum. Was für ein furchtbarer Alptraum", sprach sie leise vor sich hin.

An diesem Morgen krochen Rahel und Althea erst am späten Vormittag aus ihren Betten. Als Frau Rosenschön ihnen im Eßzimmer das Frühstück servierte, war sie wortkarg und wirkte gedrückt.

„Ist etwas nicht in Ordnung?" erkundigte Althea sich höflich.

„Ach, es ist zu traurig, traurig und schlimm. Ein guter Freund ist tot, ermordet. Er war so ein freundlicher Mensch. Ich kann es gar nicht glauben. Gestern abend erst habe ich es erfahren. Du meine Güte, so was ..."

„Es handelt sich wohl um den Antiquitätenhändler Salomon Friedenreich. Wir haben ihn gefunden", unterbrach Rahel das Lamento etwas zu barsch, wie Althea fand.

Sie ergriff sofort das Wort und ergänzte milde: „Es war am späten Nachmittag unserer Ankunft. Wir hörten einen Schrei und sind in die Lagerhalle gerannt. Es tut uns leid, Frau Rosenschön. Wir konnten nicht wissen, daß Sie befreundet waren."

Rosalba Rosenschön schaute sie aus kummervollen Augen an: „Ich weiß, daß Sie ihn gefunden haben. Freunde haben es erzählt", brachte sie endlich hervor. „Du meine Güte, so was, nein." Sie schüttelte traurig den Kopf.

„Bevor er starb, hat er noch etwas gesagt", begann Rahel erneut, „von einem Buch und von den anderen, die nicht wissen dürfen. Was kann er damit gemeint haben?" Den nächtlichen Besuch, die Verwüstung im Hause Friedenreichs und den toten Zwerg erwähnte sie nicht.

Frau Rosenschön wich die letzte rosige Tönung aus ihrem Gesicht. Blaß und erschrocken starrte sie Rahel an und stotterte: „Nichts, was, was ... soll er damit gemeint haben?"

„Genau das möchten wir ja von Ihnen wissen", bohrte Rahel.

Althea sagte vermittelnd: „Salomon Friedenreich ist ermordet worden. Sie wollen doch sicher, daß der Täter gefaßt wird. Um ihn zu finden, ist es wichtig zu wissen, wer Interesse an seinem Tod gehabt haben könnte. Das Buch, von dem Friedenreich sprach, hat bestimmt etwas damit zu tun. Und die anderen, die nicht wissen sollen ..., unter ihnen ist wahrscheinlich der Täter zu suchen."

Frau Rosenschön nickte stumm.

„Raus mit der Sprache. Sie wissen doch etwas", beharrte Rahel.

„Ich darf nichts sagen", brachte Frau Rosenschön endlich hervor.

„Das haben wir doch schon mal gehört", konterte Rahel erbost.

Rosalba Rosenschön nickte stumm und traurig.

„Verdammte Geheimniskrämerei!" polterte Rahel los. „Möglicherweise sind Sie die nächste und nehmen Ihr Geheimnis mit ins Grab!"

„Möglicherweise", stimmte Frau Rosenschön zu.

„Und wem ist damit geholfen? Sicher nicht Salomon Friedenreich", versuchte Althea es noch mal.

„Nein, Salomon ist jetzt nicht mehr zu helfen. Aber die Sache, das allein zählt", sagte Frau Rosenschön und verließ wie ein traurig-stolzes Flaggschiff das Eßzimmer.

Die Bibliothek war riesig, labyrinthisch und schlecht beleuchtet. Zwischen hohen, mit Büchern vollgestellten Regalen versuchten Althea und Rahel, sich in engen Gängen zu orientieren und das Katalogisiersystem zu verstehen, nach dem die Bände geordnet waren. Vor schmutzigen Buntglasscheiben standen Lesetische. Hier hatten sie bereits einige Bücher abgelegt. Während Rahel wieder im Dunkel der Regale verschwand, begann Althea mit der gezielten Durchsicht der Literatur. Ein voluminöses, in braunes Leder gebundenes Werk trug den in Gold geprägten Titel: *Wunderzeichen, Siegel und Symbole der Welt.* Der Autor war Athanasius Wunderlich.

Althea sah zunächst unter der Stichworten „Drei", „Dreieck", „Dreieinig-" und „Dreifaltigkeit", „Trias" und „Trinität" nach. Stets fand sie neben einigen Ausführungen den Verweis auf das Stichwort „Schöpfung" und die Lehre einer gewissen Sybilla von Siebenstein. Sie schlug die Stelle nach und begann zu lesen.

Athanasius Wunderlich hatte versucht, Sybillas Kosmologie zu systematisieren und schrieb: „Jene wundersame und hochgelehrte Sybilla soll nun in Visionen geschaut haben wie alles, was ist und je gewesen sein wird, aus dem Unendlichen hervorgebracht wurde, dem Sof-Ra. Sie lehrte: Im Anfang war der Rückzug, das Ti-fa des Sof-Ra in sich selbst. Es zog sich in sein Eigentum, sein Fa-Run zurück. Doch das Fa-Run entstand erst im Ti-fa. So entstand die erste Grenze, Fa-Lum, und die erste Differenz, der erste Unterschied zwischen Sein, Run und Nichts, Ris-sa. Die erste Manifestation des Run war der Wille zu sein, Run-Wa. So kam das Werden, Run-Se in den Urraum des Nichts oder der Xo-Ra. Sie ist der große Unterschied, die Ris-sa. Ohne sie gibt es keine sonstige Ris-Sa. Ohne sie macht kein Unterschied einen Unterschied, gibt es nicht dieses noch das. Run aber geschieht im Run-Se als Run-Wa. Das Run ist als Run-Wa durch sein Run-Se die Krone aller Schöpfung, Tam-Un und ihre erste Manifestation. Sie ist nicht Anfang, aber das Erste. Im Run wiederholt sich das Ti-fa und die Ris-sa. Das Run zieht sich zurück und grenzt sich ein. Es macht einen Unterschied in sich selbst, der einen zweiten Rückzug, eine weitere Abgrenzung zur Folge hat, und einen zweiten Unterschied. Aller Rückzug auf sich oder in sich ist Wiederholung der ersten Ti-fa und jeder Unterschied Wiederholung des ersten Unterschieds, der ersten Ris-sa. So ist das Erste dreieinig. Es hat drei Relationen: Run, Run-Wa und Run-Se, Sein, Wille (zum Sein, denn jeder Wille ist Wille zum Sein) und Werden. Das Run aber ist das Erste (1.), Tam-Um, die Krone aller Schöpfung. Das Run-Wa ist das Zweite, sein anderes (2.) oder die alles umfassende Weisheit, die Tam-Ma und das Run-Se ist das Dritte (3.), die Unterscheidungskraft oder analytische Intelligenz, Tam-Ris aller Schöpfung, ohne die nichts in seinem Sosein erkannt werden könnte. Tam-Ma und Tam-Ris werden auch als Mutter und Vater der Schöpfung bezeichnet. Das Erste ist also dreieinig und nicht vor dem Zweiten und dem Dritten, sondern nachträglich-vorläufig. In der Dreieinigkeit entfaltet sich das Sein, Run, als Unterscheidbares. Sein Symbol ist ein gleichschenkliges Dreieck.

Hat der Prozeß der Differentiation des Ris-Sanam oder des Werdens, des Run-Se, begonnen, entsteht zugleich ein Zwang, Fa-Tum zu werden, damit das Run währt und Run-Wa sich erfüllt. Werden oder Run-Se ist Schicksal, Fa-Tum ab ad origine. Seit das Sof-Ra sich zurückzog im Anfang, als alles begann, wird Es zum Es des Geschehens des Ris-Sanam geworden sein. Das Fa-Tum aber ist ein Fa-Tum aus Liebe, Am als eine gewisse Strenge oder als das Große Gesetz der Schöpfung. Der Wille zum Sein, Run-Se, ist Liebe zum Sein, zum Run, ein Sich-zum-Sein-hingezogen-Fühlen, Am-Li-Run. Harmonie, Pracht oder Schönheit oder das Wahre, Gute, Schöne, Kos-Mos, entstehen im ausgewogenen Zusammenwirken von Fa-Tum und Am.

Das Vierte (4.) ist Am, die Liebe zum Sein. Aus ihr ergeht das Gesetz, das Fa-Tum, als fünfte Manifestation (5.). Ohne es wird nichts wie es ist und sein soll, aber ohne Am wird nichts wirklich gelingen. Ohne Fa-Tum und Am kann Es nichts Wahres, Gutes, Schönes, nicht Kos-Mos geben. Er ist die sechste (6.) Manifestation und wird doch als Sein Ziel das vorläufig-nachträgliche aller bisherigen Manifestationen gewesen sein.

Sein braucht Beständigkeit und Dauer. Uu-Um ist das Siebte (7.). Im steten Wandel des Ris-Sanams dauert die Herrlichkeit oder Majestät, die Ya-Bo des Kos-Mos, an. Die Ya-Bo ist die achte Manifestation (8.). Das

Neunte (9.) aber ist die Gerechtigkeit, Pta-Mat. Sie ist das Fundament, auf dem die ganze Schöpfung ruht. Denn alles geschieht mit Pta-Mat mit Fug und Recht. Alles Sein erhält das ihm Eigene, damit es in seinen Grenzen, seinem Fa-Lum, und dem ihm eigenen Gesetze, eigenem Fa-Tum frei, autonom sein kann. Die zweite Triade: 4., 5., 6. und die dritte Triade: 7., 8., 9. durchdringen sich. Sie sind als Entäußerungen, als Scho-Di der ersten Triade: 1., 2., 3. konstitutive Momente des Königreichs des Sof-Ra, des Chut-Bar, der zehnten Manifestation (10.). Auch die sechs Säulen des Tempels des Sof-Ra genannt oder die sechs Dimensionen seines Chut-Bar. Sein Symbol ist der Kubus, das fest gegründete Residuum der Schöpfung, in der das Sein, das Run in der Mannigfaltigkeit alles Seienden, alles Run-Da zur Wirklichkeit unserer materiellen Welt, der Chut-Bar-Sur wird."

Hier endete der Text.

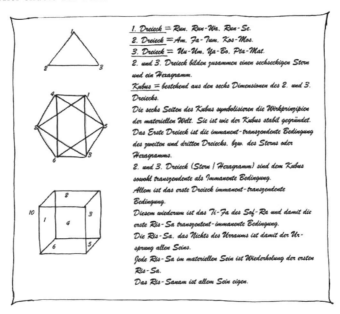

Althea sah atemlos auf. Gebannt hatte sie den Systematisierungsversuch Athanasius Wunderlichs der faszinierenden und komplexen Gedankengänge jener Sybilla von Siebenstein gelesen. Im großen und ganzen stimmte sie ihm zu. So in etwa hatte sie sich die Kosmologie Sybillas aus den Zeugnissen in den diversen Summen und Schriften wider alle Häresien ausgemalt. Allerdings, schien es ihr, fehlten noch einige wichtige Elemente. Doch war es die ausführlichste und bestrecherchierte Abhandlung über Sybillas grandioses Gedankengebäude, die sie bisher gelesen hatte. Rahel und sie suchten schon lange nach dem verschollenen Original. In der Bibliothek von Tybolmünde wollten sie ihre Suche fortsetzen. Doch jetzt ergaben sich Beziehungen zu den schrecklichen Ereignissen hier. Irgendwie, dachte Althea, hängt alles zusammen. Aber wie? Das Dreieck und der Kubus auf der Brunnenmauer. Das aufgeschlagene Buch auf der Mauer, das erwähnte Buch des Salomon Friedenreich, vielleicht auch das aufgeschlagene Heilige Buch und das Buch der Sybilla. Doch was ist mit dem Sechseck, der liegenden Acht, dem Kreis?

In Gedanken vertieft, bemerkte sie Rahel nicht, die aus dem Dämmer der Bibliothek heraustrat und ihr eine Hand auf die Schulter legte. Althea zuckte zusammen.

„Tschuldigung, kleine Träumerin, ich wollte dich nicht erschrecken."
„Ich habe nicht geträumt, ich habe nachgedacht."
Sie zeigte ihrer Freundin Athanasius Wunderlichs Ausführungen. Rahel setzte sich und las nicht weniger gebannt als ihre Schwester im Geiste. Als sie ihre Lektüre beendet hatte und vom Buch aufsah, begann Althea, ihr ihre Gedanken mitzuteilen. Rahel hörte schweigend zu. Gelegentlich nickte sie, zustimmend und ernst. Ihre klaren, blauen Sternenaugen funkelten.

Nachdem Altheas letzte leise Worte verklungen waren, kramte Rahel aus ihrer Tasche ein Blatt Papier, Tinte und Feder hervor. Zuerst zeichnete sie ein Dreieck. Dann ein weiteres und ein drittes Dreieck, welches das zweite durchragte. Darunter skizzierte sie einen Kubus. Sie überlegte eine Weile, während der sie sich mit der Feder an die Stirn klopfte, ein ihr typischer Gestus des Nachdenkens. Endlich begann sie erneut zu zeichnen. Die beiden sich durchragenden Dreiecke hatten einen sechseckigen Stern ergeben. Jetzt verband sie die Spitzen des Sterns miteinander. Das Ergebnis war ein Sechseck, wie es auf der Brunnenmauer im Rosenhag zu sehen war.

„Heureka!" rief Althea leise aus.
Rahel begann nun alle Eckpunkte zu numerieren. Dem Kubus ordnete sie, wie bei Athanasius Wunderlich gelesen, die 10 zu und numerierte seine Seiten. Anschließend schrieb sie:
1. Dreieck = Run, Run-Wa, Run-Se.

2. Dreieck = Am, Fa-Tum, Kos-Mos.
3. Dreieck = Uu-Um, Ya-Bo, Pta-Mat.
2. und 3. Dreieck bilden zusammen einen sechseckigen Stern und ein Hexagramm.
Kubus = bestehend aus den sechs Dimensionen des 2. und 3. Dreiecks.
Die sechs Seiten des Kubus symbolisieren die Wirkprinzipien der materiellen Welt. Sie ist wie der Kubus stabil gegründet.
Das 1. Dreieck ist die immanent-transzendente Bedingung des 2. und 3. Dreiecks bzw. des Sterns oder Hexagramms.
2. und 3. Dreieck (Stern / Hexagramm) sind dem Kubus sowohl transzendente als immanente Bedingung.
Allem ist das 1. Dreieck immanent-transzendente Bedingung.
Diesem wiederum ist das Ti-Fa des Sof-Ra und damit die erste Ris-Sa transzentent-immanente Bedingung.
Die Ris-Sa, das Nichts des Urraums ist damit der Ur-sprung allen Seins.
Jede Ris-Sa im materiellen Sein ist Wiederholung der ersten Ris-Sa.
Das Ris-Sanam ist allem Sein eigen.
Danach notierte sie:
Fragen:
Das Kreissymbol ?
Die liegende Acht?
Ist wirklich eine Lemniskate dargestellt?
Wenn nicht, was dann?
Das Buchsymbol?
a) das verschollene Buch der Sybilla?
b) das Heilige Buch des Alten Volkes?
c) Ein anderes Buch?
Von welchem Buch sprach Friedenreich?
a) das verschollene Buch der Sybilla?
b) das Heilige Buch des Alten Volkes?
c) Ein anderes Buch?
Wer sind die anderen?
Was dürfen sie nicht wissen?
Suchen sie das Buch (welches)?
Was bedeutet das Dreieck mit dem Strahlenauge?

Althea war den Notizen Rahels aufmerksam gefolgt. Sie griff nach der Feder und sagte: „Darf ich?" Sie nahm ihrer Freundin das Schreibgerät aus der Hand und tauchte es in die Tinte. Althea begann einen kleinen

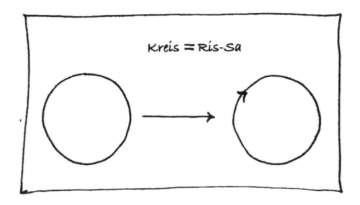

Kreis zu skizzieren. Daneben notierte sie einen Pfeil und dann einen Pfeil, der sich auf sich selbst zurückkrümmt.

Rahel sah sie verwundert an und fragte: „Was soll das sein?"

Althea begann zu erklären. „Als das Sof-Ra sich zurückzog. Wohin zog es sich zurück? Auf sich selbst. Das erste Ti-Fa ist zugleich der erste Reflexionsprozeß, durch den die erste unendliche Ris-Sa, der unendliche Urraum und Ur-sprung allen Seins aufsprang. Der Kreis symbolisiert die erste Ti-Fa und Ris-Sa, die erste Reflexion und den unendlichen Ursprung, das Nichts, in dem alles Sein einen Ort und eine Zeit finden kann, die große göttliche Kluft, die sich im Sein alles Seienden stets wiederholt als Ris-Sa, als Unterschied zwischen allem was ist. Na ja, oder wenigstens so ähnlich."

Rahel hatte gebannt zugehört, jetzt entspannte sich ihr Gesicht, und sie lachte: „Ja, oder so ähnlich!" Sie schrieb:

Kreis = Ris-Sa.

„Genug für heute", sagte sie anschließend. „Wir haben einiges geschafft. Mich verlangt ganz profan nach leiblicher Nahrung."

D er Abend dämmerte bereits über Tybolmünde, als Rahel und Althea die Universitätsbibliothek verließen. Auf dem Campus begegneten sie den beiden bereits bekannten Wachsoldaten.

„Wir haben Sie schon gesucht!" polterte der Ältere los. „Wir hätten da einige Fragen."

Althea legte ihr unschuldigstes Lächeln auf und sagte: „An uns? Fragen Sie nur. Ich hoffe, wir können Ihnen helfen."

„Wo waren Sie gestern nacht?" fragte der jüngere Wachsoldat.

Althea säuselte: „Zu Hause. Im Bett. Wo sollen wir den sonst gewesen sein, Herr Wachmeister?"

Der ältere Wachsoldat brummte: „In den Laden des ermordeten Antiquitätenhändlers ist gestern nacht eingebrochen worden. Die Wohnung wurde verwüstet, und wir fanden einen erstochenen Zwerg."

„Nein", sagte Althea ungläubig, „so was. Da fällt mir ein, wir haben bei dem herrlichen Wetter noch einen Abendspaziergang unternommen und sind auch am Antiquitätenladen vorbeigekommen. Ein hagerer Mann rannte fluchtartig an uns vorbei. Er könnte aus dem Laden gekommen sein."

„Warum haben Sie das nicht gleich angezeigt?"

„Aber Herr Wachmeister", Althea sah die beiden treuherzig an, „wir konnten das ja nicht wissen, und Rennen ist schließlich nicht verboten."

„Würden Sie den Kerl wiedererkennen?"

„Das denk ich schon."

„Sie sind Angehörige der Universität?" fragte der ältere Wachsoldat weiter.

„Ja, aber nur als Gäste. Wir haben hier Gastprofessuren für dieses Semester."

„Der Tote gehörte der Universität an, Professor Steinhart Erzhauer. Er war Professor für Bergbau."

„Sooo", sagte Althea, und Rahel zog interessiert ihre linke Augenbraue hoch.

„Kannten Sie ihn?"

„Nein. Wir sind doch erst seit kurzem hier und dem Kollegium der Universität noch nicht vorgestellt worden."

„Nun gut, dann wollen wir Sie nicht weiter aufhalten. Guten Abend, die Damen."

„Guten Abend", gaben die beiden Frauen unisono zurück.

Erst als sie außer Hörweite waren, sagte Rahel: „Ein Universitätsprofessor bricht bei Friedenreich ein und wird ermordet. Das wird ja immer interessanter."

„Wir sind doch auch Universitätsprofessorinnen und ebenfalls eingebrochen", gab Althea grinsend zurück. „Du hast aber recht. Möchte auch gern wissen, was er dort zu suchen hatte."

Sie spekulierten noch eine Weile auf dem Weg zum Gasthaus *Zur Sonne* vor sich hin, wo sie zu Abend zu essen gedachten.

Fee hatte den Tag im Hafen und auf dem Markt damit verbracht, durch Hilfsarbeiten, Auf- und Abladen und den Transport von Waren einige Kupferlinge zu verdienen. Jetzt war nur noch eine Fuhre für den Gemischtwarenhändler Egon Krämer zu erledigen. Sie sollte einige Waren zur Burg hinaufschaffen. Fritz, sein Lehrling, war heilfroh, die Lieferung nicht selbst erledigen zu müssen. Lieber machte er unentgeltliche Überstunden als den weiten Weg hinauf zur unheimlichen schwarzen Festung.

An den morgendlichen Alptraum dachte Fee nicht mehr, als sie fröhlich pfeifend, den vollbepackten Wagen hinter sich herziehend, den baumüberschatteten Weg zur Burg hinaufmarschierte. Sie war frohen Mutes. Die Geschäfte liefen gut, und der Abend war mild. Doch nach einigen Biegungen wurde der Weg steiler, und es machte ihr reichlich Mühe, den schweren Handkarren den Hang hinaufzuziehen. Nach einer weiteren Kurve blieb sie erschöpft stehen, um Atem zu holen. Mit der linken Hand hielt sie den Wagen, mit der rechten strich sie sich linkisch durchs Haar. Sie schaute den Berg hinauf zur Burg. Schwarz und dräuend stand sie vor dem roten Abendhimmel. War es nur die Erschöpfung, oder wurde ihr tatsächlich etwas mulmig? Zum erstenmal kam ihr der Gedanke, daß es besser gewesen sein könnte, den Auftrag nicht anzunehmen. Sie gewahrte die Stille um sich herum und wußte plötzlich, daß sie schon eine Weile die lautlichen Äußerungen der Natur, Vogelgezwitscher und das Summen der Bienen und Zirpen der Grillen vermißte. Nicht einmal die Blätter in den Bäumen raschelten. Die Welt lag unter einer Glocke aus Schweigen. Richtig unheimlich, so still ist es, dachte sie. Doch dann schlug sie sich die finsteren Gedanken aus dem Sinn und setzte beherzt ihren Weg fort. Unterwegs hielt sie immer wieder an, um zu verschnaufen. Jäh spürte sie, daß sie eine Gänsehaut bekam. Dabei war es warm, und sie schwitzte vor Anstrengung. Fast am Ziel, blieb sie stehen. Ihr war unheimlich zumute. „Feigling!" schalt sie sich selbst und zog tapfer weiter.

Oben angekommen, stand sie noch eine Weile unschlüssig vor dem riesigen schwarzen Eisentor. Drohend ragte die finstere Burg vor ihr in die Höhe. Endlich wagte das Mädchen, das Tor aufzustoßen. Mit beiden Armen, sein ganzes, wenn auch spärliches Gewicht einsetzend, gelang es ihm nur, die Tür einen Spalt zu öffnen. Es schlüpfte ohne den Wagen hindurch und sah sich im Burghof um. Fee befand sich in einem dreieckigen Hof, gesäumt von hohen, schwarzen Gemäuern, die sich in der vermutlichen Mitte trafen, wo ein finsterer Turm sich erhob. Teilweise waren schwarze Steine aus dem Wehrumgang herausgebrochen, und auch die anderen Gebäude waren beschädigt. Schon vor der Burg hatte sie die schwarzen Trümmer bemerkt, die wie dunkle Meteoriten in dem hellen, staubigen Lehmboden eingeschlagen waren und verstreut herumlagen. Beklemmung griff nach ihr mit kalten Fingern, ließ den Atem stocken und den Puls schneller schlagen. Trotzdem stemmte sie sich mit dem Rücken gegen das schwere Tor und versuchte, es weiter aufzudrücken. Nach einer halben Ewigkeit, so schien es Fee, gelang es dem Mädchen endlich, das Tor so weit zu öffnen, daß es seinen Handkarren hindurchziehen konnte. Es lenkte ihn zum Eingang des Turms, einem weiteren großen Tor. Blanke Angst packte Fee bei dem Gedanken, an das schwarze Tor zu pochen. Sie riß sich zusammen und faßte sich ein Herz, stellte sich auf die Zehenspitzen, streckte den linken Arm aus und betätigte den eisernen Türklopfer. Während der schwere Ring gegen die eisenbeschlagene Tür aus schwarzem Holz donnerte, gewahrte sie die ungeheuerliche Fratze, deren Nasenring als Türklopfer diente. Sie hatte das Gefühl, als lebe das Untier aus dunklem Metall, als fletsche es die Zähne, zöge die Lefzen hoch und stiere aus grausamen Augen auf sie herab. Panisch ließ sie den Ring los und wendete sich zur Flucht. Die Tür knarrte in den Angeln, dann fragte eine mürrische Stimme: „Wer da?"

Fee nahm allen Mut zusammen und drehte sich um. In der Tür stand ein dunkelgekleideter, hagerer Mann mit bleichem, boshaftem Gesicht.

Kleinlaut gab das Kind zur Antwort: „Ich soll hier die bestellten Waren abliefern. Herr Krämer schickt mich."

„Stell die Sachen rein und verschwinde!" knurrte der Mann.

Fee schleppte Säcke und Kartons durch die Tür, vorbei an der grimmigen Gestalt. Sie beeilte sich und wagte kaum aufzusehen. Die Waren stellte sie in einen großen, finsteren, runden Raum, in dessen Mitte sich eine Wendeltreppe nach oben und, wie sie bemerkte, nach unten schraubte. Es war dunkel, feucht, kalt und muffig. Als sie den letzten Sack hereintrug, schimpfte der Bleichgesichtige: „Beeil dich und mach, daß du wegkommst!"

Fee ließ sich das nicht zweimal sagen, machte auf dem Hacken kehrt und rannte zur Tür hinaus. Trinkgeld hatte sie hier, das war ihr klar, nicht zu erwarten. Sie ergriff ihren Wagen und wendete ihn so schnell sie konnte, dann stürmte sie zum Tor hinaus. Hinter sich hörte sie schnelle Schritte und kurz darauf das Tor zukrachen. Sie drehte sich nicht um, sondern rannte den Berg hinab.

In ihrer Angst vergaß sie die Gefahr, die ihr Handkarren auf dem abschüssigen Gelände darstellte. Er wurde immer schneller und drückte mit seinem Gewicht von hinten. Fee stolperte mit ihrem hinkenden rechten Fuß über eine Wurzel, stürzte, und der Karren schlug hart auf sie. Das Kind fluchte bitter, mit Tränen in den Augen. Mühsam stemmte es den Wagen von sich und rappelte sich auf. Hände und Knie waren aufgeschlagen, die Hose an den Knien zerrissen, und auch der rechte Fuß tat höllisch weh. Mit der linken staubigen Hand wischte es sich die Tränen fort, die weiße Spuren im schmutzigen Gesichtchen hinterließen. Fee richtete den Karren wieder auf. Er war zum Glück nicht kaputt. Langsam humpelnd machte sich das Kind auf den Heimweg.

Müde und erschöpft erreichte Fee ihr Baumhaus. Sie kettete den Wagen fest. Unter einem Busch zog sie einen langen Stock hervor. Mit diesem langte sie in den Baum und zog die Strickleiter herunter. Anschließend versteckte sie den Stock wieder unter dichtem Buschwerk. Sie kletterte die Leiter hinauf, zog sie ein und verschwand in ihrer Hütte. Dort rollte sie sich sofort auf ihrem Strohlager zusammen und schlief ein.

Trotz der Erschöpfung war ihr Schlaf unruhig. Immer wieder schreckte sie aus Träumen auf. Der Alptraum des letzten Morgens kehrte in dieser Nacht immer wieder und ließ sie keine rechte Ruhe finden. Einmal sah sie die Turmtür sich öffnen, während sich die Fratze des Türklopfers zu einem schauerlichen Grinsen verzog. Im Turm war es dunkel, aber noch dunkler war ein drohender Schatten in Menschengestalt.

Als sie am Morgen erwachte, fühlte Fee sich unausgeschlafen und zerschlagen. Ihre geschundenen Hände und Knie und auch der verletzte Fuß schmerzten. Sie versuchte, die Traumgespenster aus ihrem Kopf zu vertreiben. Doch wollte es ihr nicht recht gelingen. Immer wieder fragte sie sich, was die Träume zu bedeuten hatten und was Salomon Friedenreich ihr sagen wollte. In welcher Sprache las er vor und aus welchem Buch? Und dann waren da noch die seltsamen Zeichen, das schreckliche Auge, das gleißende Licht, die Schattenklauen, die erzerne Fratze und die dunkle Gestalt. Ihr wurde wieder angst und bange.

Aus einem Kasten holte sie etwas Brot und einen Schlauch Wasser, kroch hinaus in den Sonnenschein und ließ ihre Beine baumeln. Sie frühstückte. Hier draußen sah die Welt schon viel freundlicher aus. Die Sonne war noch warm. Es würde ein schöner Herbsttag werden.

Die nächsten Tage verbrachten Althea und Rahel viel Zeit in der Bibliothek. Beide forschten nach alten Schriften, besonders nach denen Sybillas von Siebenstein. Ihnen war klar, daß sie Geduld und Fleiß mitbringen mußten, falls sich diese überhaupt wieder auffinden lassen würden.

Sie hatten ihre ersten Vorlesungen an der Universität gehalten. Rahel las über Logik und Althea über die Geschichte der Ethik.

Während eines Empfangs am Abend in der Villa Professor Narziß Zuckerschales machte dieser sie mit dem Kollegium bekannt. Professor Zuckerschale schmeichelte zuckersüß seinen Gästen und besonders sich selbst. Gewandet in Pastelltönen, die seinem hellen Teint schmeichelten, trug er über einem weißen Rüschenhemd einen blaßgelben Gehrock und zartrosa Kniebundhosen. Goldknöpfe mit glitzernden, hellblauen Steinen schmückten seinen Rock und die an der Außenseite zuknöpfenden Kniebunde. Immer wieder strich er sein dunkelblondes Haar zurecht und gestikulierte geziert, während er mit schönen Reden brillierte. Professor Zuckerschale verwandte viel Geschick darauf, seine Gäste spüren und wissen zu lassen, zwischen welch kostbarem Interieur sie sich bewegten, welch erlesene Speisen und Weine sie genossen, welch künstlerisch wertvolle Musik die Tybolmünder Philharmoniker aufspielten, überhaupt welch geschmackvolles Ambiente sie umgab. Seine schöne Gattin, Rosamunde Tausendschön-Zuckerschale, glänzte gleich einem Edelstein an seiner Seite und unterhielt die Gäste mit gepflegter Konversation. Zukkerschale gefiel sich in seiner Rolle als Gastgeber, Gelehrter und Ästhet ausnehmend gut.

Althea plauschte mit einer Kollegin und einem Kollegen. Sie stand in illustrer Runde mit Professor Adalbert Huschick, einem sauertöpfischen Moralphilosophen – jedenfalls sah er aus, als hätte er ein Magengeschwür – und Dr. Hilda Prächtig, einer stattlichen, jungen Metaphysikerin.

„Wie ich hörte", sagte Althea in die Runde, „ist ein Mitglied der Universität in der letzten Woche ermordet worden."

„Ja, eine furchtbare Geschichte", bestätigte Dr. Prächtig. „Er war ein angesehenes Mitglied der Universität. Die Wachen haben ihn in der Wohnung des ermordeten Antiquitätenhändlers gefunden, ebenfalls erstochen. Der Laden war aufgebrochen worden. Was er dort wohl zu suchen hatte?"

„Vielleicht", warf Althea ein, „hat er dort etwas gesucht, was ein anderer auch gesucht hat. Es ist zum Kampf gekommen und ..."

Professor Huschick bemerkte süffisant: „Nun, Erzhauer war ein Zwerg, und Zwerge sind von Natur aus habgierig. Vielleicht hat er dort etwas Wertvolles vermutet."

„Sie meinen, er wollte Wertgegenstände rauben?" fragte Dr. Prächtig ungläubig. „Nein, das glaub ich nicht. Er soll in irgend so einer Bruderschaft gewesen sein, übrigens zusammen mit unserem Dekan."

„Ja, das weiß doch jeder", meinte Huschick, „der Bruderschaft der Weltweisen. Ein elitärer Debattierclub von Möchtegern-Erleuchteten, die reich genug sind, sich eine Mitgliedschaft leisten zu können. Hauptsächlich handelt es sich dabei um einen Wohltätigkeitsverein. Sie unterstützen die Universität und die Armenfürsorge. Erzhauer tat immer sehr wichtig, seit er aufgenommen worden war. Schauen Sie sich unseren Dekan an, eitel wie ein Pfau. Er tuschelt gerade mit Professor Dietmar von und zu Rabenschnabel. Eigentlich können die beiden sich nicht leiden. Zuckerschale ist für Rabenschnabel nur ein neunmalkluger, neureicher Emporkömmling, und Zuckerschale weiß das, und das wurmt ihn. Aber im selben Club sind sie."

Rahel unterhielt sich währenddessen mit der kleinen, spindeldürren Bibliothekarin, Prudenzia Bibliophilia. Sie trug eine zu große, runde Brille in ihrem mageren, von Falten zerfurchten Gesicht. Wie alt Bibliophilia war, vermochte Rahel nicht zu sagen. Sie kam ihr uralt vor, älter als die ältesten Bücher in der Bibliothek. Ihr feines Silberhaar trug sie zu einem dünnen Knoten im Nacken zusammengebunden. Mit ihren mageren Spinnenfingern gestikulierte sie lebhaft, während sie sprach. Ihr langes Kleid war von undefinierbarer Farbe, ähnlich der abgestoßener Einbände sehr alter Bücher, wie Rahel feststellte. Wenn Bibliophilia sich bewegte, meinte sie, in den Faltenwürfen Reste von Goldschnitt schimmern zu sehen.

Rahel hatte ihr gerade von den verschollenen Schriften Sybillas erzählt und davon, wie sie vergeblich in wie vielen Bibliotheken, alten Speichern und Antiquariaten schon gesucht hatten. Bibliophilia hörte ihr interessiert zu, unterbrach Rahels Rede aber in dem Moment, in dem diese zu einer zusammenhängenden Darstellung des Siebensteinschen Denksystems ansetzen wollte, um der Bibliothekarin die Relevanz der Schriften für die philosophische Forschung zu erläutern.

„Oh, Sie brauchen mir nicht zu erklären, wie wichtig diese Schriften für die Forschung sind", warf Bibliophilia ein. „Ich habe mich etwas mit dieser großen Denkerin beschäftigt. Nur leider werden Sie in meiner Bibliothek nichts Geschriebenes von ihr finden. Habe selbst intensiv danach gesucht. Und wenn ich nichts gefunden hätte, dann unser Dekan. Zuckerschale hat systematisch von seinen Studenten die Bibliothek durchsuchen lassen. Und die Bruderschaft der Weltweisen, der Dekan ist dort Mitglied, hat Forschungsgelder lockergemacht und finanziert damit Reisen von Zuckerschales Doktoranden zu verschiedenen Bibliotheken. Zuckerschale war selbst die letzten zwei Jahre auf der Suche nach den verlorenen Schriften in der Welt unterwegs gewesen."

„Interessant", entgegnete Rahel, „ich dachte immer, Wiesengrün und ich seien die einzigen, die über Sybilla von Siebenstein forschen."

„Das mag schon sein", antwortete die Bibliothekarin, „aber hinter den Schriften ist nicht nur Zuckerschale her. Vor einiger Zeit suchte der ermordete Steinhart Erzhauer in den hinterletzten Ecken des Archivs danach. Was ein Zwerg und Bergbauprofessor mit Sybillas Schriften will, ist mir rätselhaft. Vielleicht war er auch im Auftrag der Bruderschaft unterwegs. Salomon Friedenreich, der tote Antiquitätenhändler, erwähnte so etwas. Bei ihm hat er auch nachgefragt. Seltsam, Erzhauer wurde tot in der Wohnung von Friedenreich gefunden."

Rahel zog ihre linke Braue hoch, und der leicht zynische Zug um ihren Mund krümmte sich zu einem winzigen spöttischen Lächeln, dann fragte sie: „Ein Dreieck mit einem Strahlenauge ist nicht zufällig das Zeichen jener Bruderschaft der Weltweisen?"

„Doch. Warum fragen Sie?"

„Ach, nur so."

Es dunkelte bereits. In dem kleinen runden Zimmer Lucia Faros, der Leuchtturmwärterin, war es eng geworden. Um den runden Tisch saßen Frau Rosenschön, Elischa und Hanna. Faro zündete gerade eine Öllampe an und stellte sie in die Mitte des Tischs. Warmer Schein erhellte die Gesichter der Anwesenden. Faro stand hoch aufgerichtet, den flachsblonden Schopf gesenkt, vor dem Tisch und sprach in die Runde: „Lasset uns ein stilles Gebet für unseren verstorbenen Bruder Salomon sprechen. Wir werden ihn sehr in unserem Kreis vermissen. Mögen ihn die guten Mächte mit offenen Armen aufnehmen und sein Leben ein Mosaiksteinchen in der großen Wiederherstellung des unendlichen Ganzen sein." Während sie sprach, füllten sich ihre grauen Augen mit Tränen.

Frau Rosenschön und die Wirtsleute erhoben sich. Alle Anwesenden schlossen ihre Lider und hoben ihre Hände. Mit geöffneten Handflächen nach außen verweilten sie still in Orantenhaltung. Ihre Lippen bewegten sich leicht im stummen Gebet.

Nach der stillen Andacht holte Faro ein Buch aus einem kleinen Regal und legte es vor sich auf den Tisch. Nach dem sich alle gesetzt hatten, ergriff Frau Rosenschön das Wort: „Lieber Bruder, liebe Schwestern, das tragische Geschehen hat uns wieder enger zusammengeführt, und die gemeinsame Lektüre wird uns in unserem Glauben festigen. Unsere Gespräche werden uns helfen, zu erkennen und den rechten Pfad zu wählen."

Die anderen nickten stumm. Faro öffnete das Buch und sagte: „Die letzten Tage habe ich viel über eine Zeile nachgedacht. Ich möchte sie euch vorlesen, daß wir darüber nachdenken und sprechen können." Sie begann aus dem Heiligen Buch in der Alten Sprache zu lesen: „Pe ta rissa akaratu!"

„Aus der Tiefe ruf ich zu dir", übersetzte Elischa.

„Ist ‚rissa' mit ‚Tiefe' richtig übersetzt?" fragte Lucia Faro. „Und was soll das bedeuten?"

„‚Rissa' wird iebersetzt mit Unterschied, Kluft, Spalte und Abgrund, chäufig aber auch einfach nur mit ‚Tiefe'", sagte Elischa.

Hanna gab zu bedenken: „Einfach mit ‚Tiefe' iebersetzt, du bist lustig. Was ist die Tiefe? Die Tiefe eines Abgrundes, einer Spalte oder Kluft? Ist es die Tiefe, die aufklafft im Unterschied? Wenn ja, welcher Unterschied ist gemeint?"

„Wir sollten das Wort allgemeiner denken", warf Rosalba Rosenschön ein. „Jeder Abgrund ist gemeint. Die Abgründe unseres Herzens, wie die Abgründe, welche zwischen uns Menschen klaffen, zwischen Menschen und Zwergen, zwischen Zwergen und Zwergen, Zwergen und Elfen, zwischen allen Geschöpfen, zwischen und in allem, was ist."

„Auch der Abgrund zwischen uns und Gott?" fragte Elischa.

„Ja, auch dieser Abgrund", kam die Antwort.

„Aber", meinte Lucia Faro, „es heißt doch ‚pe ta rissa' – ‚aus der Tiefe' oder ‚aus dem Abgrund' oder ‚der Spalte' oder ‚Kluft'."

„Vielleicht", gab Hanna zu bedenken, „ist der Abgrund in uns gemeint, der zugleich der Abgrund unserer Existenz, die unergriendliche Tiefe unseres Seins, unsres Cherzens, unseres Gewissens ist, in die wir niemals dringen können. Aus ihr aber erwächst die Gewißcheit, daß wir sind, als Grundlage all dessen, was uns als gewiß erscheinen mag."

„Ist dann die ‚Rissa' identisch mit der ersten Ris-Sa des Anfangs, von der Sybilla von Siebenstein spricht?" fragte Frau Rosenschön.

„Ich weiß nicht", überlegte Elischa, „identisch in dem Sinne, daß jede Rissa, die es je gegeben chaben wird, eine Rissa der großen Ris-Sa gewesen sein wird, die in sich alle zusammenfaßt als die Eincheit aller Differenzen in der großen Differenz. Das ist sehr schwer zu denken."

Stummes Nicken signalisierte Zustimmung, was die Kompliziertheit des Gedankens betraf.

D er Oktober neigte sich dem Ende zu, und die Tage und vor allem die Nächte wurden kälter. Seit gestern fiel Regen, und bald würde es Schnee geben. Fee war schon vor ein paar Tagen aus ihrer Sommerresidenz in der Baumhütte in ihr Winterquartier, eine wetterfeste Höhle in der Nähe des Strandes, gezogen. Sie wärmte sich an einem kleinen Feuer und schaute gedankenversunken dem Spiel der Flammen zu. An den Höhlenwänden flatterten aufgeregte Schatten. Aufmerksam Beobachtende hätten bemerkt, wie sich ihre Gesichtszüge entspannten. Ausdruckslos und mit leerem Blick starrte sie vor sich hin.

Ihr schien, als zerteilten sich die Flammen. Sie stoben auseinander und bildeten feurige Zeichen, dieselben Zeichen, die sie im Traum so oft gesehen hatte. Die Flammenzeichen formierten sich. Plötzlich ging ein Beben durch Fees zarten Körper. Sie schlug die Hände vor das Gesicht und fiel zur Seite auf den steinigen Höhlenboden. Es dauerte einige Zeit, bis Fee sich wieder aufrappelte. Sie hatte starke Kopfschmerzen. Vor ihrem geistigen Auge tanzten Flammenlettern. Mechanisch griff sie ein Stückchen verkohltes Holz, stand auf und ging zur gegenüberliegenden erleuchteten Höhlenwand. Das Holzkohlestück hielt sie in der linken Hand. Sie hob sie und begann, an der Felswand zu zeichnen. Sie malte den ersten Buchstaben ihres Lebens. Sie wußte weder, daß sie einen Buchstaben zeichnete, noch was er bedeutete. In Trance malte sie ungelenk Buchstaben der Alten Sprache, die zugleich Zahlen waren und ausschließlich Konsonanten. Danach trat sie von der Wand einige Schritte zurück und betrachtete ihr Werk. Sie ließ den Rest der Holzkohle zu Boden fallen und strich sich durchs Gesicht. Ein schwärzlicher Streifen blieb zurück von ihren kohlegeschwärzten Fingern. Ihr Kopf dröhnte, und sie verkroch sich auf ihr Lager.

Um den Leuchtturm schlich eine dunkle Gestalt. Immer wieder sah sie hinauf zu den erleuchteten Fenstern. Dahinter saßen Elischa, Hanna, Frau Rosenschön und die Leuchtturmwärterin im Schein einer Öllampe.

„Im Grunde", sagte Lucia Faro, „handelt es sich bei dem Abgrund in uns um eine Weise des großen Nichts, der großen Ris-Sa."

Hanna sagte leise und tonlos: „‚Asris', das alte Wort für ‚ich' und ‚rissa' bestechen aus denselben Konsonanten."

„Es ist schon spät", sagte Rosalba Rosenschön, „wir sollten Schluß machen."

Elischa nickte und fügte hinzu: „Ja, Montag nächste Woche lasse ich meine Gaststube geschlossen. Wir treffen uns am besten wieder im Leuchtturm."

Sie verabschiedeten sich voneinander, und Frau Rosenschön, Elischa und Hanna stiegen die Wendeltreppe hinab, öffneten die Tür und traten ins Freie. Es regnete leicht. Gemeinsam machten sie sich auf den Weg in die Stadt. Was sie nicht sahen, war, daß ihnen eine dunkle Gestalt heimlich folgte. Flink schlich sie von Busch zu Busch und verbarg sich hinter Bäumen.

Zusammen schritten die drei durch das Stadttor, hier trennten sich ihre Wege. Frau Rosenschön ging allein weiter. Die dunkle Gestalt folgte ihr. Als Rosalba Rosenschön in eine menschenleere Gasse einbog, beschleunigte der Verfolger seinen Schritt.

Plötzlich rannte er auf leisen Sohlen los, und bevor Rosalba Rosenschön auf die Laufschritte hinter ihrem Rücken reagieren konnte, griff er an, preßte ihr eine Hand auf den Mund und hielt ihr ein Messer an die Kehle.

„Keinen Mucks, sonst ist es aus!" zischte der Mann ihr ins Ohr.

Frau Rosenschön nickte.

Er nahm die Hand von ihrem Mund, dann flüsterte er: „Wo ist das magische Buch?"

„Welches Buch?" fragte sie ängstlich.

„Du weißt genau, welches ich meine!"

Rosalba Rosenschön schüttelte den Kopf.

Der Angreifer preßte das Messer fester an ihre Kehle, um seinen Worten mehr Nachdruck zu verleihen: „Los, raus mit der Sprache! Sonst ergeht es dir wie Friedenreich und diesem Zwerg!"

Rahel und Althea verließen die Villa von Professor Zuckerschale. Es war kühl und feucht geworden. Ihnen fröstelte ein wenig, als sie in ihren dünnen Abendkleidern, nur in leichte Umhänge gehüllt, in das Dunkel der Nacht traten. Sie schritten zügig aus und tauschten die Neuigkeiten des Abends aus. Gerade bogen sie in eine kleine, dunkle Gasse ein, als Rahel ihre Freundin am Arm festhielt und ihr andeutete, den Mund zu halten, indem sie ihr leicht mit ihren Fingern gegen die Lippen tippte. Vor sich sahen sie eine männliche Gestalt, die offenbar eine recht korpulente Dame bedrohte.

Doch der Mann hatte sie bereits gehört. Fluchend stieß er die Frau zu Boden und rannte davon. Rahel hetzte hinter ihm her, während Althea zu der auf dem Weg liegenden Frau eilte und ihr wieder auf die Beine half.

„Frau Rosenschön! Sie? Sind Sie verletzt?"

Rosalba Rosenschön schüttelte den Kopf, richtete ihr Haar und strich sich ihr Kleid sauber und glatt. „Danke", sagte sie endlich, „was bin ich froh, daß Sie gekommen sind. Meine Güte, der Kerl drohte, mich umbringen. So was. Was bin ich froh."

„Hoffentlich erwischt sie den Mistkerl", sagte Althea. Da bog Rahel schon um die Ecke. Er war ihr entwischt. Sie fluchte vor sich hin, ob ihres zu engen und bei der Hetzjagd hinderlichen Abendkleides.

In Haus Rosenhag angekommen, ließ Frau Rosenschön sich in einen ihrer großen Sessel mit dem großblumigen Rosenmuster fallen und stöhnte: „Du meine Güte, so was, nein."
„Was wollte der Kerl von Ihnen?" fragte Rahel.
„Ich weiß es nicht, Geld vielleicht."
„Geld? Oder vielleicht doch eher ein Buch?" fragte Rahel und musterte Frau Rosenschön durchdringend.

Rosalba Rosenschön wich ihrem Blick aus und sagte leise: „Ich weiß nicht, wie Sie darauf kommen."
„So? Er wollte wissen, wo sich ein gewisses Buch befindet, stimmt's? Welches Buch?"
Frau Rosenschön wandte sich. Lügen war nicht ihre Stärke: „Ich weiß nicht, was Sie meinen."
„Handelt es sich um Schriften der Sybilla von Siebenstein?"
„Die Schriften sind verschollen."
„Sie wissen also von den Schriften. Ja, so heißt es allgemein. Vielleicht sind sie ja gefunden worden, und Sie und die Sonnenwirtsleute wissen, wo sie sind. Friedenreich mußte wegen der Schriften sterben und auch Erzbauer, der sie bei Friedenreich suchte. Hab ich recht?" Rahel fixierte ihre Wirtin mit starren Augen.

Frau Rosenschön fühlte sich sichtlich unwohl. „Ich weiß davon nichts. Ich bin müde und möchte zu Bett."
„Wo waren Sie heute abend?"
„Bei Freunden. Ich bin dankbar, daß Sie mir geholfen haben. Aber wo ich war, geht Sie nichts an".

Oben in ihrem Zimmer angekommen, meinte Rahel: „Es war derselbe Kerl, der Erzbauer ermordet hat. Da bin ich mir sicher."
„Dacht ich mir", antwortete Althea.

Am nächsten Tag traf Rahel den Dekan auf dem Campus, als sie gerade aus ihrer Vorlesung kam und der Bibliothek zustrebte. Sie war dort mit Althea verabredet.

„Guten Tag, meine Liebe", grüßte Zuckerschale übertrieben freundlich, „ich hoffe, mein bescheidenes Fest gestern hat Ihnen gefallen."

„Oh, danke", gab sie ebenso freundlich zurück, dann fragte sie unverwandt: „Ich hörte, Sie suchen nach den Schriften der Sybilla von Siebenstein? Haben Sie einen konkreten Hinweis über ihren Verbleib?"

Der Dekan stutzte und strich sich durch sein blondes Haar: „Nein, leider nicht. Sie interessieren sich für Sybilla?"

„Ich arbeite zur Zeit über Sybilla. Nach dem, was auf uns gekommen ist durch Zitate und Kommentare, handelt es sich um ein sehr interessantes Denkgebäude."

„Nun, äh ja, da stimme ich Ihnen zu, wenn auch etwas verrückt. Ich meine, diese ganze Mystik. Im Grunde handelt es sich um ein Glaubenssystem."

„Beruht nicht all unser Denken auf einem mehr oder weniger begründeten Glauben und vollzieht sich innerhalb eines mehr oder weniger konsistenten Systems?"

„Das würde ich nicht gerade sagen. Wissenschaft beruht nicht auf Glauben, sondern auf systematischem Wissen. Dieses Wissen verleiht ihren Adepten Macht. Sie üben sie aus, in dem sie das Wissen anwenden."

„Auch ein schöner Glaube und frommer Wunsch", entgegnete Rahel spitz.

„Finden Sie? Sie zweifeln doch sicher nicht daran, daß wir uns beide auf dem windigen Campus befinden und miteinander sprechen?" fragte er und lächelte süßlich süffisant.

„Sagen wir, ich glaube ziemlich fest daran, so daß mir kein Zweifel darüber in den Sinn kommt. Und ich kann einige triftige Gründe, die für diese Annahme sprechen, ins Feld führen. Zum Beispiel die Dichte meiner Sinneswahrnehmung. Ich spüre den Boden unter meinen Füßen, den kalten Wind, während ich mit Ihnen spreche, rieche die See und schmecke das Salz. Ich sehe Sie und höre, was Sie zu mir sagen, und ich bin in einer etwas gereizten Stimmung und bin mir während der ganzen Zeit selbst gegeben. Ich bin mir präsent, wenn mir dies auch nicht zu jedem Zeitpunkt präsent ist. Das alles kann eine riesige Täuschung sein, Lug und Trug. Vielleicht träumt es mir nur. Doch wer ist es, und wem gehört das ‚mir'? Vielleicht ist alles nur ein Traum in einem Traum, in einem Traum ad infinitum. Das läßt sich nicht beweisen. Das Gegenteil aber auch nicht. Trotzdem scheint mir meine Wahrnehmung evident, und ich glaube ziemlich fest daran, daß ich hier stehe und eine viel zu lange Rede halte."

„Dann sind Sie also doch Realistin", bemerkte Zuckerschale amüsiert.

„Ja, aber aus pragmatischen Gründen und nicht aus naiven. Ich glaube nicht daran, daß unsere Wahrnehmung eine Punkt für Punkt Wiedergabe all dessen ist, wie es ist. Nun Sie unterstellen mir, daß ich mir bewußt bin, mich mit Ihnen auf dem windigen Campus zu befinden, zu dem unterstellen Sie mir wahrscheinlich, daß ich Ihnen dasselbe unterstelle. Ich unterstelle Ihnen das nämliche. Aus diesem gegenseitigen Unterstellen ziehen wir unsere Gewißheit über die Realität, ein Realitätsbeweis ist das nicht. Was wir Realität nennen und uns so evident erscheint, konstituiert sich für jeden von uns aufgrund unserer immanenten Erkenntnisbedingungen und in Abhängigkeit eines wechselseitigen Unterstellens, welches nur für jeden allein zu durchschauen ist. Auf diese Weise entgehen wir zwar dem Solipsismus, mehr ist aber nicht erreicht."

„Nun, ich sehe schon, verehrte Frau Kollegin", sagte Zuckerschale geziert, „hier besteht zwischen uns noch ein erhöhter Diskussionsbedarf."

„Auf Wiedersehen", sagte Rahel.

„Auf Wiedersehen."

Fee war mit unverminderten Kopfschmerzen erwacht. Sie fühlte sich zerschlagen und fror. Fetzen wirrer Träume huschten ihr durch den Kopf. Sie hörte Salomon Friedenreich in einer ihr unverständlichen Sprache lesen. Da war wieder das Strahlenauge und das gleißende Licht und die finstere Bedrohung durch eine schwarze Gestalt mit Schattenklauen, die nach ihr griffen. Doch diesmal war es anders gewesen. Bevor die Klauen ihr etwas anhaben konnten, wurden sie plötzlich von einer sehr alten Frau mit schlohweißen, langen Haaren durch eine schnelle Handbewegung fortgewischt. Für einen Augenblick sah sie in ein altes, weises Gesicht mit großen Augen von einem silbrigen Grün wie die Rückseite eines Weidenblattes. Um ihren Mund spielte ein mildes Lächeln.

Fee stand auf und ging vor die Höhle. Ein kalter Wind fuhr ihr in die dürren Glieder. Es wird Regen geben, das spürte sie. Das Kind zog sich frierend ins Innere der Höhle zurück. Es hockte sich neben die erloschene Asche ihrer kleinen Feuerstelle und stocherte nach noch glühenden Resten. Fee fühlte sich matt, und sie fror erbärmlich. Sie brauchte lange, bis es ihr gelang, etwas Stroh zu entzünden. Sie legte Holz nach und entfachte ein kleines Feuer. Fröstelnd rollte sie sich davor zusammen. Wieder suchten wirre Träume sie heim, und wieder wischte die alte Frau die drohende Gefahr einfach aus.

Als Fee erneut erwachte, war das Feuer heruntergebrannt. Es war stockfinster in der Höhle. Ihr war heiß, trotz der Kälte. Eine steinerne Steifigkeit lähmte ihre Glieder. Sie meinte, Regen zu hören, dann fiel sie wieder in wirre Fieberträume. Erneut hörte sie Friedenreich lesen, und da geschah etwas Seltsames. Das Mädchen verstand plötzlich jedes Wort, als wäre es in ihrer Muttersprache gesprochen. Oder war diese fremde Sprache ihre Muttersprache?

Friedenreich las, und sie verstand: „Wenn die selbsternannten Hüter des Lichts und der Finsternis nach ihrem Gesetze um das tiefste Geheimnis ringen, wird ein Kind es bewahren. Wenige Gerechte werden es schützen. Fürwahr, es kommt der Tag der Bewährung, da die Gerechten um das offenbarste Geheimnis zittern."

Fee verstand jedes Wort, doch begriff sie den Sinn nicht. Unruhig wälzte das Kind sich auf seinem Lager.

Der November war mit Sturm und Regen über Tybolmünde hereingebrochen. Triefend naß betraten Rahel und Althea das fast leere Gasthaus *Zur Sonne*, um ihr Mittagessen einzunehmen. Dienstbeflissen war Elischa zur Stelle, begrüßte sie freundlich und nahm die Bestellungen auf. Er wirkte bedrückt. Als er das Essen brachte, rang er sich zu einer Frage durch: „Chaben Sie Fee gesehen? Seit Tagen war sie nicht mehr chier. Langsam mache ich mir Sorgen."

Althea verneinte, und Rahel fragte: „Wo wohnt die Kleine denn?"

„Genau weiß ich das nicht, aber im Winter wohnt sie in einer Chöhle in der Nähe des Strandes, glaube ich."

„Vielleicht sollten wir mal nachsehen. Bei diesem Wetter haben wir sowieso nichts Besseres zu tun, als am Strand spazierenzugehen. Naß sind wir ja eh", sagte Althea munter, und Rahel zog erstaunt die linke Augenbraue hoch.

„Ich begleite Sie", sagte Elischa. „Irgendwie ich bin beunruhigt. Wissen Sie, ich mag die Kleine", setzte er wie zur Rechtfertigung hinzu.

Nachdem Rahel und Althea gegessen hatten, brachen die drei zum Strand auf. Hanna ermahnte sie, das Kind in jedem Falle mitzubringen. Es goß in Strömen, und ein eisiger Wind peitschte ihnen den Regen ins

Gesicht. Die breite Flußmündung war aufgewühlt, und die Wellen schwappten weit ins Land oder brachen sich wütend an den Klippen. Sie stiegen auf einem kleinen Weg einen Hang hinauf. Er war recht steil. Auf dem aufgeweichten Lehm glitten sie immer wieder aus. Rahel fluchte. „Ich hoffe nur, Sie wissen, wo Sie uns hinführen und schicken uns nicht umsonst bei diesem beschissenen Wetter diesen beschissenen Weg hinauf."

Elischa war völlig außer Atem. Er keuchte: „Chier miessen irgendwo Chöhlen sein."

Tatsächlich fanden sie einige kleinere Grotten. Alle waren leer. Kein Lebenszeichen von Fee war zu entdecken. Elischa rief ihren Namen. Sein Rufen blieb ohne Antwort. Sie kamen gerade aus einer dieser Grotten, als Althea, die Arme in die Hüften gestemmt, nach oben schaute. Regen peitschte ihr in die Augen, aber sie meinte, oberhalb der kleinen Höhle eine große Öffnung gesehen zu haben. Sie wies die anderen darauf hin, und gemeinsam folgten sie dem Weg bergan.

Durchgeweicht bis auf die Knochen standen sie vor einem Höhleneingang. Elischa rief hinein. Nichts rührte sich. Sie betraten die Höhle. Nach einigen Metern öffnete sich rechts ein weiterer großer Raum. Nachdem ihre Augen sich an das Dämmerlicht gewöhnt hatten, sahen sie einen Handkarren nahe der rechten Höhlenwand stehen.

„Das ist ihr Wagen", stellte Althea fest.

Rahel betrachtete verwundert die linke Höhlenwand. Nahe der Öffnung fiel etwas Licht auf den hellen Stein. Hier waren mit schreibunkundiger Hand Zeichen mit Holzkohle an die Wand gemalt worden, Zeichen, die ihr vertraut waren, Zeichen in der Schrift der Alten Sprache. Sie waren zu einem Dreieck und einem Sechseck formiert, und unter dem Sechseck stand noch ein einzelnes Zeichen. „Althea!" rief sie verwundert. „Sieh nur!"

Althea wollte gerade zu ihr hinübergehen, als Elischa rief: „Chier ist sie!"

Althea eilte zu Elischa. Rahel betrachtete noch eine Weile die unvermutete Höhlenzeichnung und ging dann langsam zu den beiden anderen. Elischa und Althea knieten am Boden. Vor ihnen lag Fee, bewußtlos, fiebernd und unverständliche Worte brabbelnd.

„Wir bringen sie ins Haus Rosenhag!" sagte Althea bestimmt. „Ich kenne mich ein wenig mit Heilkunst aus."

Der Abstieg mit dem bewußtlosen Kind war noch schwieriger als der Aufstieg. Elischa, der Fee trug, glitt mehrfach aus und mußte gestützt werden. Einmal stürzten alle drei bei einem solchen Manöver zu Boden, und das Kind fiel auf sie. Zusammen rutschten sie den Hang hinunter. Naß und lehmverschmiert erreichten sie Haus Rosenhag.

„Du meine Güte!" empfing sie Frau Rosenschön, nahm ihnen dann aber ohne weitere Worte das durchnäßte, bewußtlose Kind ab und trug es in die warme Stube.

Im finsteren Turm in der finsteren Burg schritt ein finsterer Zauberer, finsteren Gedanken nachhängend, wütend auf und ab. Sein finsterer Diener stand gesenkten Hauptes bei der Tür. Der Zauberer fluchte und stieß Verwünschungen aus: „Fast hätte ich es gehabt, fast. Oh, diese Alte aus dem Wald. Sie pfuscht mir ins Handwerk. Fast hätte ich das Kind gefunden? Welches Kind? Welches Kind? Dieses verfluchte Gör. Ich hasse Kinder. Diese verdammte Prophezeiung. Ich muß das Kind finden, vor allen anderen. Und du finde endlich das Buch! Wir müssen es vor den anderen haben!"

„Meister?" fragte der Diener unterwürfig.

„Ja", knurrte der Zauberer ungehalten, „was ist?"

„Meister, vielleicht führt Euch das Kind zu dem Buch."

Der Zauberer überlegte. „Schon möglich. Doch müssen wir erst mal das Kind finden. Die anderen wissen nicht, daß die Zeit der Prophezeiung gekommen ist. Sie wissen nicht, daß sie ein Kind suchen müssen. Diese Narren, geblendet vom Licht der Vernunft, halten sie sich selbst für die einzig Gerechten und die Prophezeiung für eine Metapher. Mit dem Kind, so glauben sie, sei die unbefleckte Weisheit des Erleuchtetsten unter ihnen gemeint, und die, denen sie das Buch abjagen wollen, seien die selbsternannten Hüter des Lichts. Daß ich nicht lache, was für eine Verblendung! Haarch! Ich muß das Kind finden. Wenn ich es doch schon hätte. Es muß beseitigt werden. Aber vorher soll es mich zum Buch führen. Es ist der Schlüssel zur Allmacht."

Er setzte sich vor seinen Tisch, auf dem ein blanker, runder Spiegel lag. Mit seinen langen, klauenartigen Händen stützte er sich auf die Tischkante und starrte auf die glänzende Oberfläche. Zunächst sah er nur sein knochiges Gesicht mit den farblosen, kalten Augen, der spitzen Hakennase und dem strähnigen, graumelierten Haar. Das Bild verblaßte, und er sah Salomon Friedenreich aus einem Buch die alte Prophezeiung vorlesen. „Ach verdammt, ich bin wieder in seinen Träumen. Doch wer ist der Träumer?" Er ließ seine Klauenhände über dem Spiegel kreisen: „Zeig dich mir! Wer bist du?"

Fee lag in einem weichen Daunenbett. Kleine Rosen zierten den Bezug. Unruhig stöhnte sie im Schlaf und warf den Kopf hin und her. Schweiß perlte auf ihrer Stirn. Althea saß an ihrem Bett, machte kalte Wadenwickel und tupfte ihr die Stirn mit einem feuchten, kühlen Tuch. Doch das Kind wurde immer unruhiger. „Nein, nein ... nein!" stöhnte es.

Rahel trat neben das Bett. Sie faßte Fee an die schmalen Schultern und schüttelte sie sanft mit den Worten: „Hey, kleine Schwester, wach auf, wach auf!"

„Laß!" unterbrach sie Althea. „Es hat keinen Zweck. Sie träumt so schwer."

Fee spürte, wie die Schattenklauen nach ihr suchten. Sie versuchte auszuweichen. Eine unangenehme Stimme befahl ihr, sich zu zeigen und ihren Namen zu sagen. Sie wollte sich verbergen, aber sie wußte nicht, wo. Plötzlich verschwand die dunkle Bedrohung, weggewischt von der alten Dame mit den grünen Augen, die sie freundlich anblickten. Die Angst fiel von ihr ab.

Althea und Rahel sahen, daß das Kind sich beruhigte. Der Atem ging langsamer, und es lag jetzt still und friedlich im Bett.

Der finstere Zauberer ballte wutentbrannt seine Klauenhände zu Fäusten. Es mußte einen anderen Weg für ihn geben, die Identität des Träumers festzustellen.

Zuckerschale streifte sich die weiß-irisierende Kutte über, zog das Amulett mit dem Strahlennauge in einem Dreieck aus dem Ausschnitt und legte es sorgfältig auf seine Brust, dann zog er die Kapuze hoch. Durch eine Holztür betrat er den Konferenzraum der Universität, in dem sich bereits die anderen Brüder der Bruderschaft der Weltweisen versammelt hatten. Die Brüder verstummten. Kalt blickte er auf die weißen Kapuzenmänner. Er verachtete sie. Sie waren Narren, die sich für Eingeweihte und Weise hielten und ihn für den Auserwählten. Bis auf Rabenschnabel, der konnte ihm gefährlich werden. Er begehrte diese

Auszeichnung für sich. Aber die anderen folgten ihm. Sie würden ihn schützen. Er mußte nur das Buch finden. Seine Macht würde vollkommen sein. Sie würden ihm dabei helfen. Dann würde er das offenbarste Geheimnis verstehen. Er allein war der Berufene, dem Kind gleich, das in seiner Unschuld der göttlichen Weisheit nahe ist, doch ohne es zu wissen. Er aber würde es wissen. Das Offenbarste ist das, woran die Narren sich versehen.

Er hob beide Hände zum Gruß und sprach: „Seid gegrüßt, meine Brüder. Seit unser Bruder Erzhauer im Einsatz für unser großes Ziel, der Vernunft auf dieser Welt zum Sieg zu verhelfen, auf schmähliche Weise von unserem niederträchtigen Feind, dem es nicht um Weisheit, sondern um Willkürherrschaft geht, darum, seine zügellosen, niedrigen Triebe wie Habgier und Haß auszuleben, ermordet wurde, sind einige Wochen ins Land gegangen. Doch das Buch, das unserer Weisheit und Güte zur Vollendung und damit der Vernunft zum Sieg über die Unvernunft der Welt verhelfen wird, in dem die letzten Geheimnisse offenbart sind, ist immer noch nicht gefunden. Soll das Opfer unseres Bruders umsonst gewesen sein? Ich beschwöre euch, meine Brüder, nach dem Buch zu suchen. Ihr kennt die Verblendeten, die sich für seine Hüter halten. Es sind irrgeleitete, einfältige Menschenkinder, die es nicht besser wissen. Doch unsere Zeit ist gekommen, die Welt nach Vernunftgesetzen neu zu ordnen, die gottgewollte Ordnung herzustellen. Diesem hohen Ziel haben wir uns verschrieben, und für dieses Ziel ist kein Opfer zu groß. Die Zeit der Geduld mit diesen Einfältigen, die den Schatz verbergen, ist vorbei. Lasset uns ihnen den Schatz entreißen, damit er in die richtigen, in unsere Hände gelangt und wir zum Segen der ganzen Menschheit aus ihm schöpfen."

Zustimmendes Geraune ging durch die Reihen der Brüder. Es wurden Stimmen laut: „Ja, wir müssen sie zwingen!"

„Notfalls mit Gewalt!"

„Das hehre Ziel heiligt jedes Mittel!"

Professor von und zu Rabenschnabel stand etwas abseits mit untergeschlagenen Armen und betrachtete das Spektakel, heimlich unter seiner Kapuze böse grinsend. Auf Demagogie verstand sich sein Erzrivale Zukkerschale, das mußte er ihm lassen. Er aber hatte längst eigene Pläne.

Frau Rosenschön trat in das Krankenzimmer. Auf einem Tablett trug sie eine Tasse und ein Kännchen mit Tee, den sie nach Angaben Altheas gebraut hatte. „Ich bringe die gewünschte Medizin", sagte sie leise und stellte das Tablett auf das Nachtschränkchen.

Rahel lehnte an der Wand und beobachtete, wie Althea der kleinen Patientin kalte, feuchte Tücher um die Waden wickelte. Jetzt schenkte sie etwas Tee in die Tasse zum Abkühlen.

Fee schlief wieder unruhiger. Sie warf den Kopf hin und her, unverständliche Worte hauchend. Plötzlich richtete das Kind sich auf und öffnete die Augen. Ihr Blick war starr. Sie schien durch Althea hindurchzusehen. Rahel näherte sich dem Krankenbett. Mit ihrer rechten Hand fuhr sie vor den Augen des Kindes auf und ab. Fee reagierte nicht. Sie zuckte nicht mal mit den Wimpern. Sie schien nichts zu sehen, wenigstens nichts, was sich in diesem Raum befand. Langsam öffnete sie die Lippen, und leise, ganz leise sprach sie die Worte der Prophezeiung in der Alten Sprache. Kaum hatte sie die letzten Silben gehaucht, ließ sie sich zurück in die Kissen fallen und schloß die Augen. Sie schlief jetzt friedlich.

Rosalba Rosenschön starrte gebannt auf das Kind, leise übersetzte sie: „Wenn die selbsternannten Hüter des Lichts und der Finsternis nach ihrem Gesetze um das tiefste Geheimnis ringen, wird ein Kind es bewahren. Wenige Gerechte werden es schützen. Fürwahr, es kommt der Tag der Bewährung, da die Gerechten um das offenbarste Geheimnis zittern." Dann brach es aus ihr heraus: „Mein Gott, sie spricht die Alte Sprache."

Rahel, die Rosalba Rosenschön scharf fixierte, erwiderte: „Sie aber auch."

Frau Rosenschön nickte und fragte sichtlich erregt: „Was hat das zu bedeuten? Was träumt das Kind da?"

Althea hob den Kopf des schlafenden Mädchens und bat ihre Freundin, Fees Kopf zu stützen. Mit einem geschickten Griff öffnete sie den Mund der Kleinen und flößte ihr langsam und vorsichtig den Kräutertee ein. Anschließend ließ Rahel das Mädchen behutsam zurücksinken.

Althea stellte die Tasse ab und sagte an ihre Freundin und die Wirtin gewandt: „Sie will uns etwas mitteilen, uns aufmerksam machen auf die Prophezeiung."

„Woher bitte kennt sie die Prophezeiung? Wieso spricht ein Straßenkind die Alte Sprache? Wahrscheinlich handelt es sich nur um einen Fieberwahn", warf Rahel skeptisch ein.

„Im Fieberwahn", gab Frau Rosenschön zu bedenken, „wird wirres Zeug gebrabbelt."

„Nicht unbedingt", meinte Rahel, „es kommt vor, daß Fragmente bekannter Texte zitiert werden. Das habe ich mal gelesen."

„Fee kennt die Sprache nicht", beharrte Frau Rosenschön. „Wie soll sie einen Text zitieren, deren Sprache sie nicht mal versteht?"

„Woher wissen Sie, daß Fee die Sprache nicht versteht?" fragte Rahel, trat vom Krankenbett zurück und lehnte sich wieder an die Wand.

Frau Rosenschön drehte sich zu Rahel um und antwortete: „Die Kleine ist höchstens neun oder zehn Jahre alt. In diesem Alter sprechen selbst Kinder, die regelmäßig eine gute Schule besuchen, diese Sprache noch nicht. Fee hat, seit ich sie kenne, seit etwa einem Jahr nie auch nur eine Schule betreten. Sie kann weder lesen noch schreiben."

„Nehmen wir mal an", überlegte Althea, „jemand oder etwas will sich durch das Mädchen mitteilen, an die Prophezeiung erinnern. Oder die Kleine spricht nur nach, was sie im Traum hört, und jemand versucht, sich dem Kind mitzuteilen."

Rahel schüttelte den Kopf und sagte: „Warum sollte jemand zu einem Kind in einer Sprache sprechen, die es nicht versteht, dazu noch in einem Fiebertraum? Das ist doch verrückt. Außerdem, warum die Prophezeiung? Warum dieses Kind?"

Rosalba Rosenschön entfuhr es mit vor Ehrfurcht bebender Stimme: „Mein Gott, es geht um die Prophezeiung. Die verkündete Zeit der Prophezeiung ist gekommen, und Fee ist das Kind, von dem es heißt, daß es das Geheimnis bewahren wird."

Rahel begann, im Zimmer auf und ab zu spazieren und warf unwirsch ein: „Und wer sind die Gerechten? Hey Leute, wacht auf. Ihr könnt doch nicht die deliranten Worte eines fiebernden Kindes für eine Offenbarung halten. Wer weiß, wo die Kleine die Sätze aufgeschnappt hat und auf welch krüschen Bahnen sie im Wahn an die Oberfläche gespült wurden."

„Und die Zeichen an der Höhlenwand?" fragte Althea.

„Was für Zeichen?" fragte Frau Rosenschön und sah von Althea zu Rahel.

Rahel blieb unvermittelt stehen und sagte: „Du hast sie also doch bemerkt. Wer weiß, welcher Spintisierer sie an die Wand gekritzelt hat."

„Nun, Vergleichbares haben wir auch schon, allerdings auf Papier gekritzelt", entgegnete Althea.

Rahel überlegte und sprach: „Es war mit unsicherer Hand geschrieben, wie von jemanden, der nicht wirklich des Schreibens kundig ist und mühsam Buchstaben abmalt."

„Fee?"

„Ich weiß nicht."

„Was für Zeichen?" fragte Frau Rosenschön erneut.

Und Rahel antwortete: „In der Höhle, in der wir das Kind fanden, ist eine Zeichnung des sogenannten Schöpfungsbaums der Sybilla."

Rosalba Rosenschön sagte sichtlich erschüttert: „Sie ist gewiß das Kind. Die Zeit ist gekommen."

Rahel nahm ihren Spaziergang durch das Zimmer wieder auf. Nachdenklich ruhte der Zeigefinger ihrer rechten Hand auf ihren Lippen. Ohne die Hand herunterzunehmen, fragte sie: „Was hat die Prophezeiung mit dem Schöpfungsbaum der Sybilla, den Sie, Frau Rosenschön, zu kennen scheinen, zu tun?"

Rosalba Rosenschön schwieg betreten.

Rahel fragte verärgert: „Wissen Sie es nicht, oder sind Sie wieder an ein Schweigegelübde gebunden?"

Die Wirtin schwieg beharrlich, wich dem durchdringenden Blick Rahels, die vor ihr stehengeblieben war, aber nicht aus. Kühl sagte Rahel: „Ich werde die Frage für Sie beantworten. In der Prophezeiung ist vom offenbarsten Geheimnis die Rede. Sie glauben, dieses Geheimnis sei die Schöpfung selbst, deren Struktur Sybilla im Schöpfungsbaum dargestellt hat. Dieses Geheimnis ist in der Tat das Offenbarste, denn es liegt überall offen zutage. Zugleich ist es aber das Verborgenste. Bei allem Wissen der Physik, der Biologie, Chemie, Kosmologie und so weiter haben wir keine Ahnung, wie und warum alles wurde, wie es ist und einmal sein wird. Das Lüften des Geheimnisses verliehe Gott gleiche Machtvollkommenheit. Weil wir aber weder die Weisheit noch die Güte Gottes besitzen, darf das Geheimnis nie in unsere Hände gelangen. Wir würden es für partielle Ziele mißbrauchen und das Gleichgewicht der Schöpfung endgültig zerstören. Diese Ziele müssen nicht einmal böse Ziele sein. Gewisse Leute scheinen nun zu glauben, daß es ein Buch gibt, in dem entweder das Geheimnis preisgegeben oder eine Methode beschrieben wird, es zu entschlüsseln. Jedenfalls scheinen sie in diesem Buch den Schlüssel zur Allmacht zu vermuten. Friedenreich, Sie, die Sonnenwirtsleute und vielleicht auch noch andere kennen dieses Buch oder wissen gar, wo es sich befindet. Und Sie wissen, wer hinter diesem Buch her ist. Jetzt glauben Sie, die Zeit der Prophezeiung sei gekommen und Fee sei das Kind, welches das Geheimnis bewahrt, und Sie und ihre Freunde seien die Gerechten, die das Kind schützen. Zu welcher Seite glauben Sie, gehören wir beide?" Und dabei wies sie auf Althea und sich.

Frau Rosenschön sah Rahel unerschrocken an und sagte: „Ich weiß nicht, ob Sie überhaupt zu einer Seite gehören. Ich glaube auch nicht, daß Sie etwas Böses im Schilde führen, aber ich bin verpflichtet zu schweigen und werde daher Ihre Vermutungen weder bestätigen noch verneinen."

„Sie haben sie bereits bestätigt", konterte Rahel frostig. „Und Sie wissen auch, wer hinter dem Buch her ist, und wer Friedenreich ermordet und Sie bedroht hat. Ich weiß, daß die Bruderschaft der Weltweisen hinter den Schriften der Sybilla her ist. Und es geht die Legende, daß Sybilla der Schlüssel zum Geheimnis der Schöpfung in einer ihrer Visionen offenbart wurde. Allerdings glaube ich nicht, daß die Bruderschaft Friedenreich ermorden ließ. Tot kann er ihnen nichts mehr verraten. Erzhauer hoffte, bei seinem Besuch im Haus des Ermordeten, einen Hinweis oder gar das Buch zu finden. Ein anderer, sozusagen von der Gegenseite, wahrscheinlich der Mörder Friedenreichs, hoffte das ebenfalls. Es kam zum Kampf, und Erzhauer unterlag. Der gleiche Kerl hat Sie des Nachts bedroht. Ich glaube, wir alle drei wissen genau, wo dieser Kerl wohnt."

Rosalba Rosenschön sagte, und ihre Stimme sollte fest klingen: „Sie haben eine blühende Phantasie."

„Nein", entgegnete Althea lächelnd, von einer zu anderen blickend, „eine gute Kombinationsgabe."

Doch während Althea und Frau Rosenschön glaubten, daß die Zeit der Prophezeiung gekommen und Fee das erwähnte Kind sei, hatte Rahel ihre Zweifel. Sie hielt nichts von Prophezeiungen und Wahrträumereien. Sie glaubte nicht daran, daß das Geheimnis der Schöpfung von sterblichen Wesen je gelüftet werden könnte und schon gar nicht, daß dies in irgendeiner alten Schrift bereits geschehen war. Sie hielt das Ganze für eine Art kollektiven Wahn. Die einen wähnen sich im Besitz des Wissens, die anderen meinen zu wissen, daß diese im Besitz des Wissen sind und begehren es für sich und für ihre Zwecke. Die, welche sich im Besitz des Wissens glauben, wissen nun, daß andere es ebenfalls begehren und wollen es für sich behalten. Dabei stilisieren sie sich zu den Hütern des

Geheimnisses, die das Wissen vor Mißbrauch schützen wollen. Für Rahel bestätigten sich die Leute ständig und ohne es zu bemerken gegenseitig in ihrer Realitätsgewißheit, auch dann, wenn es sich dabei um einen Wahn handelte. Jeder echte Wahn nimmt es mit der Realität leicht an Konsistenz auf. Hat doch das, was wir Realität nennen, selbst wahnhaften Charakter. Der Realität zum Nachteil gereicht leider häufig ihr offensichtlicher Mangel an Konsistenz. Am ärgerlichsten aber fand Rahel, daß aufgrund dieses Wahns offenbar Schriften verborgen gehalten wurden, an denen sie ein leidenschaftlich wissenschaftliches Interesse hegte. Zugleich keimte in ihr die Hoffnung, daß die Schriften der Sybilla doch nicht auf ewig verloren seien und auf eine Chance, sie zu finden.

Dank Altheas Pflege ließ das Fieber rasch nach, und Fee schlief ruhiger. Als sie das erste Mal erwachte, fand sie sich allein in einem dämmrigen Zimmer, in Rosenbettwäsche weich gebettet. Obgleich sie sich behaglich fühlte, war sie doch erschrocken. Sie hatte erwartet, in der Höhle am Strand zu erwachen. Wo war sie? Langsam richtete Fee sich auf, schob die Bettdecke beiseite und setze sich auf den Bettrand. Vorsichtig stellte sie sich auf die Füße. Sie fühlte sich etwas weich in den Knien. Als sie an sich herabblickte, gewahrte sie, daß sie ein viel zu langes und zu weites, mit Röschen geblümtes Nachthemd trug. Die Hände des Mädchens verschwanden in den Ärmeln, und auf dem Boden lag das Hemd in Falten auf. „Rosen", dachte Fee. Sollte sie etwa im Haus Rosenhag sein? Sie ging behutsam zum Fenster, darauf bedacht, nicht über das zu lange Nachthemd zu stolpern. Sie stützte sich am Fensterbrett ab und erblickte in der Abenddämmerung einen Rosengarten, der auch im stürmisch, kalt-feuchten Spätherbstwetter noch die Pracht des Sommers ahnen ließ.

Durch die zu langen Ärmel hindurch griff sie mit ihrer linken Hand nach dem Nachthemd und raffte es hoch, so daß sie ungehindert ausschreiten konnte. Recht wackelig auf den Beinen, hinkte sie zur Tür. Um sie zu öffnen, mußte sie das Nachthemd loslassen. Sie schlüpfte durch die Tür hindurch, wieder mit ihrer Linken das Hemd raffend. Sie befand sich auf einem Umgang unweit einer Treppe und konnte durch das Holzgeländer in eine Diele hinabblicken. Das Kind näherte sich auf unsicheren Beinen der Treppe. Unter ihm knirschte leicht der Dielenboden. Bei der Treppe angekommen, versuchte sich Fee mit ihrer behinderten rechten

Hand am Geländer zu stützen und stieg langsam Stufe für Stufe die Treppe hinab, indem sie den linken Fuß auf die untere Stufe stellte und anschließend das behinderte rechte Bein nachzog.

Plötzlich erscholl ein silberner Glockenklang. Fee zuckte erschrocken zusammen. Es fehlte nicht viel, und das Kind wäre die Treppe hinabgestürzt. Sie fing sich wieder, aber der Schreck und die körperliche Schwäche ließen sie schwindlig werden. Die Stufen begannen sich vor ihr zu wölben, dann drehten sich die Treppe und das gedrechselte Geländer und wanden sich zu einer immer schneller kreisenden Spirale, die alle Konturen verschlang.

Rahel und Althea öffneten die Haustür und vernahmen den Klang der vertrauten Glocken. Sie kamen aus der Universität zurück. Althea brannte darauf, nach Fee zu sehen. Frau Rosenschön trat bei dem Glockenton aus ihrem Wohnraum in die Diele und grüßte die beiden Mieterinnen freundlich. Althea erwiderte ihren Gruß, während Rahel jäh in langen Schritten die Treppe hinaufstürmte. Die beiden Frauen unten sahen, wie Rahel das Kind in letzter Sekunde auffing und vor einem gefährlichen Sturz die Treppe hinab rettete.

„Nein!" schrie Althea leise auf.

Frau Rosenschön stöhnte: „Oh Gott, Kind!"

Rahel trug Fee zurück ins Bett und deckte sie zu. Als Frau Rosenschön und Althea das Zimmer betraten, sagte sie ruhig: „Das war knapp. Sie darf nicht ohne Aufsicht sein."

Die beiden Frauen nickten, und Rosalba Rosenschön musterte Rahel und dann Althea mit seltsamem Blick, den Rahel, die ihn bemerkte, nicht zu deuten verstand.

Es dunkelte bereits, als Elischa die Schankstube durch die Küche verließ, um Feuerholz aus dem Schuppen hinter der Gaststube zu hohlen. Es hatte aufgehört zu regnen. Er öffnete gerade den Riegel der Tür, als ein Schlag in den Nacken ihn bewußtlos zusammensinken ließ. Ein in unauffälliges Grau gekleideter Mann mittleren Alters fing ihn auf und packte den Sonnenwirt unter die Arme. Ein zweiter, sehr adrett angezogener Herr ergriff die Beine des Bewußtlosen, darauf bedacht, sich nicht an den Schuhen des Wirts zu beschmutzen. Die beiden Männer schleppten ihn zu einer Droschke und legten ihn hinein. Der adrette Herr setzte sich dazu, der unauffällig Graue schloß von außen die Tür, kletterte auf den Kutschbock und ließ die Pferde lostraben.

Er steuerte die Kutsche Richtung Universität, hielt jedoch nicht auf dem Campus, sondern an einem abseitsgelegenen Nebengebäude der Bibliothek, in dem alte naturkundliche Schriften und Bestiarien verstaubten. Der graue Herr, es handelte sich um Professor Heinrich Furunkulus, seines Zeichens Ökonom, hielt unmittelbar vor einer massiven Holztür. Er stieg vom Kutschbock hinab, zog einen großen Schlüssel aus der Tasche und schloß, nachdem er sich vergewissert hatte, daß die Luft rein und niemand weit und breit zu sehen war, die Tür auf. Daraufhin ging er zur Droschke, öffnete die Tür und ergriff die Beine des immer noch ohnmächtigen Elischa. Der adrette Herr, ein gewisser Professor Karl Adolf Kupferstich, Kunsthistoriker von Profession, packte ihn unter die Arme. Gemeinsam hoben sie den Sonnenwirt aus der Kutsche und trugen ihn durch die Tür des Hauses. Nach einiger Zeit tauchte Furunkulus wieder auf und schloß von außen ab. Er schlug die Tür der Kutsche zu, bestieg den Kutschbock und lenkte die Pferde zum Haupteingang der Bibliothek. Dort stellte er die Droschke ab und betrat das Gebäude.

Prudenzia Bibliophilia saß im Dämmerlicht der Bibliothek zwischen Türmen von Büchern. Sie blätterte in einem Werk über Geometrie eines gewissen Kleudiel, das sie zwischen Werken über Architektur hervorgezogen hatte. Sicher war es dort nicht ganz fehl am Platz, doch schien es ihr bei ihrem Bemühen um eine gewisse Ordnung und Systematik in der Bibliothek angemessener, es bei den Mathematikbüchern unterzubringen. Sie hatte gerade gelesen, daß alle Parallelen sich im Unendlichen treffen sollen und überlegte, ob das Buch nicht vielleicht doch eher zur Metaphysik oder spekulativen Naturphilosophie gehörte. Welcher Geometer vermißt schon Parallelen auf unendlichen Flächen, schoß es ihr durch den Kopf.

„Guten Tag, Frau Bibliophilia", sagte eine überaus höfliche Stimme.

Die Bibliothekarin schreckte aus ihren Gedanken hoch und sah in das Gesicht Professor Furunkulus, der sie anlächelte.

„Ich habe Ihnen eine erfreuliche Mitteilung zu machen", setzte er seine Rede fort. „Als Vorsitzender des Finanzausschusses der Bruderschaft habe ich das Vergnügen, Ihnen mitteilen zu dürfen, daß die Bruderschaft der Weltweisen einige wertvolle wissenschaftliche Werke für unsere Bibliothek erstanden hat. Sie werden demnächst in Tybolmünde eintreffen."

Bibliophilia bedankte sich höflich. Insgeheim ärgerte sie sich aber, daß sie von der Bruderschaft nicht gefragt wurde, welche Bücher sie für wertvoll und wichtig für die Bibliothek hielt. Aber die Weltweisen meinten eben in ihrer übergroßen Weisheit, allein darüber entscheiden zu können.

Nachdem Furunkulus sich verabschiedet hatte, versenkte sie sich wieder in ihre Lektüre und achtete nicht darauf, welchen Weg der Ökonom nahm. Dieser verschwand im Labyrinth der Regale und tauchte im Dunkel der Bibliothek unter.

Mit schmerzendem Nacken erwachte Elischa und erinnerte sich nur allmählich des Schlages. Er rieb sich den Hals mit seiner linken Hand, während er sich mit der rechten stützte. Mühsam richtete er sich auf und gewahrte den ungastlichen Ort, einen fensterlosen Raum, der nur spärlich durch eine Öllampe beleuchtet war. Es handelte sich offensichtlich um eine Abstellkammer. An den Wänden, von denen der Putz blätterte, lehnten verstaubte Bilder. In Regalen standen Gefäße mit eingelegtem Getier, das er nicht zu identifizieren vermochte, und seltsame Glasgerätschaften. Auf allem lag eine dicke Staubschicht. In einer Ecke stand ein altes Astrolabium. Unter Schmerzen versuchte er, den Kopf zu drehen. Was er sah, ließ ihm das Blut in den Adern gefrieren. Unweit von ihm entfernt stand ein riesiger, schwarzer Wolf, die Lefzen gierig hochgezogen, bleckte er seine großen, gelben Zähne. Die Bestie rührte sich nicht, und kein Laut drang aus ihrer Kehle. Tote Glasaugen, denen das spärliche Licht einen unguten Reflex des einstigen Lebens verliehen, blickten ihn böse an. Ein Stoßseufzer entfloh Elischas Lippen, als er endlich begriff, daß das Untier tot und ausgestopft in der dunklen Kammer verstaubte.

„Es tut mir leid, dir weh getan haben zu müssen", hörte er eine ölig-freundliche Stimme sagen, „aber wir hatten keine Wahl. Du oder deine Freunde haben etwas oder wissen doch wenigstens, wo es sich befindet, etwas, das wir haben möchten, weil es uns als einzige zusteht. Da du ein vernünftiger Mann bist, wirst du uns sagen, wo wir es finden oder wie wir es bekommen können. Anschließend kannst du heim zu deinem Weib."

Elischa schaute in die Richtung, aus der die Stimme kam. Das Licht blendete ihn. Nach einiger Zeit unterschied er drei Männer. Einen unauffällig graugekleideten Mann, einen äußerst adretten Herrn und einen eleganten, in pastellgelbem Anzug und dunkelblauem Umhang mit hellblauem Futter. Alle drei Männer trugen weiße Masken, die ihre Gesichter verdeckten. Diese weißen Masken waren in ihrer makellosen Ausdruckslosigkeit das Furchtbarste an den Männern, furchtbarer als das tote Drohen des Wolfes, wie Elischa fand. Die ölige Stimme gehörte dem pastellgelben Herrn, der, während er sprach, seine Hände betrachtete.

„Ich versteche nicht, was Sie von mir wollen", sagte Elischa fest.

„Oh doch, du verstehst sehr gut", sagte die ölige Stimme mit bedrohlichem Unterton. „Du wirst doch nicht unsere Geduld und Freundlichkeit überstrapazieren."

„Ich versteche wirklich nicht, was Sie wollen von mir", versicherte Elischa, „Ich chabe nichts, und ich weiß nichts, was so feine Cherrn interessieren könnte. Ich bin ein einfacher Mann aus dem Volke, was kann ich schon wissen oder chaben, nichts, was für Sie von Wert sein könnte. Ich weiß, wie man braut Bier und ..."

„Hör auf!" zischte der Pastellfarbene, dann strich er sich sein dunkelblondes Haar glatt, als sei es durch eine zu heftige Reaktion aus der Fasson geraten. „Du bist zwar ein einfacher, aber kein dummer Mann. Halte uns also auch nicht für dümmer als wir sind. Wir kennen Mittel und Wege, dich zum Sprechen zu bringen. Wir würden nur ungern davon Gebrauch machen, aber wenn du uns zwingst ..."

„Aus jemandem, der nichts weiß, können Sie nichts cherauspriegeln", entgegnete Elischa mutig.

„Wer redet denn von Prügeln?" kam die höhnische Antwort. „Ich mache dir einen Vorschlag. Du sagst uns, wo wir das Buch der Schöpfung, das Kaha ta sohim der Sybilla finden, und wir werden dich fürstlich belohnen ..."

„Ich weiß nichts von Kacha ta sowieso, und ich kenne keine Sybilla", warf Elischa etwas zu vorschnell ein, „ich bin ein einfacher Mann, ich kenne mich nicht aus mit so'n gelechrten Kram."

„Ja, du bist ein einfacher Mann. Und was kann ein Kerl wie du schon mit so einem Buch anfangen? Aber du solltest mich besser ausreden lassen." Die ölige Stimme klang zunehmend bedrohlicher. „Entweder das Buch, und du bekommst eine stattliche Belohnung, daß du und dein

Weib in Wohlstand leben könnt, oder du bist schuld, wenn deinem treuen Eheweib etwas zustößt."

„Ich weiß nichts von diesem Buch." Elischa klang jetzt schon flehender. Die Angst um Hanna legte sich schwer auf seine Seele. Zu was mochten diese Herren fähig sein? Zu allem, das wurde ihm schlagartig klar. Sie würden über Leichen gehen, um an das Buch zu kommen, von dem sie sich Wissen und vor allem Macht erhofften. Dafür würden sie morden.

„Ist da die Belohnung nicht die bessere Lösung?" fragte der Pastellfarbene und fügte hinzu: „Wir lassen dir etwas Bedenkzeit. Überlege dir gut, was du uns sagen wirst."

Der graue Herr nahm die Öllampe, und die drei Maskierten verließen den Raum. Elischa hörte, wie die Tür von außen verriegelt wurde.

Fee war, nachdem Rahel sie zurück ins Bett gebracht hatte, bald wieder zu sich gekommen. Sie hatten ihr erzählt, daß sie sich in Haus Rosenhag befand und Elischa und sie beide sie fiebernd in der Höhle gefunden hatten. Frau Rosenschön beschloß, daß Fee jetzt eine kräftigende Suppe bräuchte, damit sie schnell wieder auf die Beine kam. Althea pflichtete ihr bei, und Rosalba Rosenschön ging hinunter in die Küche. Althea saß an ihrem Bett und nötigte sie, Kräutertee zu trinken, indem sie ihren Kopf stütze und ihr die Tasse an die Lippen hielt. Rahel stand am Fußende und lehnte mit den Armen auf dem Bettgestell. Fee schaute, nachdem sie die Tasse geleert hatte, von einer zur anderen, dann sagte sie mit matter Stimme: „Ich muß Ihnen allen, auch Frau Rosenschön und Elischa, wohl sehr dankbar sein."

„Das brauchst du nicht", sagte Althea. „Doch wage dich, solange du noch so wackelig auf den Beinen bist, nicht mehr auf die Treppe. Rahel hat dich im letzten Moment aufgefangen. Du hättest dich zu Tode stürzen können."

Fee nickte und sagte kleinlaut: „Danke."

Rahel, der sowohl das Danke als auch die Predigt Altheas unangenehm waren, fragte unvermittelt: „Fee, hast du die Zeichen an die Höhlenwand geschrieben?"

„Welche Zeichen? In der Höhle waren keine Zeichen an einer Wand. Ich kann auch gar nicht schreiben."

Rahel sah das Kind lang und nachdenklich an. Althea hatte zwischenzeitlich eine Öllampe entzündet, da es im Zimmer langsam dunkel wurde. Im Schein der Lampe schimmerten die Bernsteinaugen des Kindes golden, die dunklen Ringe um seine Augen wirkten noch schwärzer und sein mageres und erschreckend weißes Gesichtchen noch blasser. Rahel begann plötzlich in der Alten Sprache die Prophezeiung zu zitieren, dabei beobachtete sie das Kind.

Fee schien ihr aufmerksam zuzuhören. So etwas wie Erkennen leuchtete in ihrem Gesicht auf. Ihre Augen weiteten sich, dann schien plötzliche Angst ihren Blick zu verdunkeln. Das Kind wurde unruhig, und ihre kleinen, dürren Hände begannen leicht zu zittern.

„Hör auf!" fuhr Althea ihre Freundin an. Dann nahm sie die linke Hand des Kindes und strich ihr sanft durchs wirre Haar. „Hab keine Angst. Böse Träume haben dich gequält. Das ist vorbei."

Rahel wandte sich erneut an das Kind: „Du hast diese Sätze im Fiebertraum gesprochen. Erkennst du sie wieder?"

Fee zögerte mit einer Antwort. Endlich sagte sie: „Es ist alles so seltsam. Aber im Traum habe ich Herrn Friedenreich gesehen. Er las aus einem Buch in einer fremden Sprache. Erst habe ich ihn nicht verstanden. Doch später schien mir die Sprache so vertraut, als hätte ich sie immer schon gesprochen. Im Traum verstand ich sie plötzlich. Aber jetzt ist sie mir wieder fremd." Fees Stimme war die Erschöpfung anzumerken. Sie schloß, während sie sprach, die Augen.

„Kannst du dich noch ungefähr erinnern, was sie bedeuteten?"

Fee schüttelte leicht den Kopf, sagte aber leise: „Ich glaube, es war so was wie eine Vorhersage."

Althea sah mit Besorgnis die Erschöpfung des Kindes und meinte: „Rahel, laß es gut sein für heute. Die Kleine muß sich ausruhen. Sie sollte noch die Suppe ..."

„Ich bin keine Kleine", protestierte das Kind, aber es klang kläglich. Rahel lächelte, und ihre sonst leicht zynischen Züge milderten sich und spiegelten Verständnis.

In diesem Moment öffnete sich die Zimmertür, und Frau Rosenschön trat mit einer duftenden Suppe ein. Sie stellte sie auf das Nachtschränkchen. Althea half dem Kind, sich aufrechter hinzusetzen. Frau Rosenschön stopfte ihr das Kissen in den Rücken und legte ihr ein Handtuch um. Althea nahm die Suppentasse und den Löffel und wollte Fee füttern.

Fee aber wehrte ab: „Ich bin kein Baby. Ich kann allein essen."
„Du bist zu schwach", sagte Althea in mütterlichem Ton. Sie reichte ihr aber den Löffel. Fee ergriff ihn mit ihrer linken Hand. Doch sie mußte feststellen, daß er schwerer war, als sie erwartet hatte. Sie versuchte, aus der Tasse Suppe zu löffeln und anschließend zum Mund zu führen. Ihr zitterte die Hand, und die meiste Suppe landete auf dem Handtuch. Althea nahm ihr nach einem weiteren mißglückten Versuch den Löffel sanft aus der Hand und begann, sie zu füttern. Ergeben ließ Fee es geschehen.

Plötzlich pochte es heftig an der Haustür. Frau Rosenschön stand auf und verließ das Zimmer, um nachzusehen. Rahel, neugierig, wer so drängend an die Tür hämmerte, folgte ihr.

Auf der rosenberankten Veranda stand Hanna. Frau Rosenschön bemerkte sofort ihren aufgeregten Zustand. „Elischa ist verschwunden! Oh Gott, oh Gott, Elischa ist verschwunden!" brach es aus Hanna heraus. Ihre großen, schwarzen Augen schwammen von Tränen, und ihr angegrautes Haar begann sich aus dem Haarknoten zu lösen.

Rosalba Rosenschön zog die Sonnenwirtin ins Haus. „Beruhige dich erst einmal, Hanna", sagte sie und legte der weinenden Frau ihre Arme um die Schulter, „beruhige dich, und dann erzähl der Reihe nach, was geschehen ist."

Hanna faßte sich und begann zu berichten: „Er ging chinaus, um Cholz zu chohlen. Doch er kam nicht zurieck. Ich ging nachschauen. Die Tier vom Schuppen stand offen, doch Elischa war nirgends zu sehen. Auf dem Chof sind Wagenspuren. Ich chabe die Gaststube geschlossen und bin hierchergerannt. Sie haben Elischa entfiehrt. Ich spiehre das. Oh Gott, was können wir bloß tun?"

„Wer sind ‚sie'?" fragte Rahel, die während der Rede Hannas die Treppe heruntergekommen war. „Nun, Sie vermuten doch irgendwelche Personen, die hinter der Entführung stecken könnten", bohrte Rahel weiter.

Frau Rosenschön und die Sonnenwirtin sahen sich an. Hanna senkte ihren Kopf und schluchzte. Rosalba Rosenschön sagte zu ihr gewandt: „Ich glaube, wir können ihr und der anderen Professorin vertrauen. Erinnerst du dich an die Prophezeiung aus dem Heiligen Buch? ‚Wenn die selbsternannten Hüter des Lichts und der Finsternis nach ihrem Gesetze um das tiefste Geheimnis ringen, wird ein Kind es bewahren. Wenige

Gerechte werden es schützen. Fürwahr, es kommt der Tag der Bewährung, da die Gerechten um das offenbarste Geheimnis zittern.' Ich glaube, nein, ich bin mir sicher, daß Fee das Kind ist, von dem die Prophezeiung spricht. Die beiden gelehrten Damen aber gehören zu den wenigen Gerechten, die das Kind schützen. Sie haben zusammen mit Elischa Fee gesucht. Frau Wiesengrün hat sie gepflegt, und als Fee die Treppe hinabzustürzen drohte, hat sie", Frau Rosenschön wies auf Rahel, „das Kind aufgefangen."

Hanna, erstaunt über die Worte, fragte: „Wie kommst du darauf, daß mit dem Kind Fee gemeint sein könnte? Und wie kommst du darauf, daß die Zeit der Prophezeiung gekommen ist?"

„Fee hat im Fieber gesprochen. Ihr ist Salomon im Traum erschienen, und er hat die Prophezeiung zitiert. Fee hat sie im Schlaf wiederholt. Denk an seinen Tod, und auch ich bin letztens bedroht worden", erklärte Frau Rosenschön.

„Du bist bedroht worden? Oh Gott! Und jetzt ist Elischa verschwunden." Hanna brach wieder in Tränen aus.

Rahel, zu deren Stärken Geduld nicht zählte, reagierte genervt und drängte: „Sie haben doch eine Ahnung, wer hinter den Untaten steckt." An die Prophezeiung mochte sie nicht recht glauben, aber an ein handfestes Interesse irgendwelcher Personen. Sie vermutete, daß sie hinter einem Buch der Sybilla her waren. Aber wer mordete und kidnappte wegen eines Buches? Obgleich, dachte sie sich, es gibt Fanatiker, die für noch weniger morden würden als den Besitz einer alten, kostbaren Schrift. Sie fragte sich nur, zu welcher Sorte Fanatiker die Gruppe um Frau Rosenschön gehörte, daß sie für ein Buch sterben würden.

Hanna sah Rahel verzweifelt an. Dann wandte sie sich an Frau Rosenschön. Unter Tränen sagte sie: „Es ist nicht richtig, mit Ihnen darieber zu sprechen. Wir sollten erst in der Gruppe darieber beratschlagen, was zu tun ist und nicht unabgesprochen Fremde einweihen. Denk an das Geliebte, Rosalba."

Rosalba Rosenschön nickte. Sie bewunderte die Willensstärke Hannas, die trotz der Angst um ihren Mann stark blieb und sie an das Gelübde erinnerte.

Rahel aber platzte fast vor Wut. Während sie die Treppe hinaufstapfte, empörte sie sich: „Ich bin von Irren und Fanatikern umgeben."

Als sie in Fees Zimmer trat, schlief diese bereits. Althea saß in einem Sessel und las. Noch während sie ihr von dem Vorfall erzählte, hörten die beiden Frauen, wie Rosalba Rosenschön und die Sonnenwirtin das Haus verließen.

In der finsteren Burg oberhalb von Tybolmünde marschierte ein finster dreinblickender und zorniger Zauberer im düsteren Turmzimmer auf und ab. Wer ist das Kind? fragte er sich immer wieder. Ihm war klar, daß er nur über die Gerechten, von denen die Prophezeiung sprach, an das Kind herankommen würde. Friedenreich gehörte zu den sogenannten Gerechten, Oh, wie er das Wort haßte. Außerdem waren da noch die Sonnenwirtsleute, die Leuchtturmwärterin und die Rosenschön, alles harmlose Idioten, wie ihm schien. Nur stur waren sie. Sie starben lieber, als etwas über das Buch zu verraten. Aber sie würden ihn zu dem Kind führen. Er würde sie beobachten lassen und sie selbst durch seine magische Kugel im Auge behalten. Was wohl seine vermeintlich erleuchteten Konkurrenten trieben? Nun, er sollte wohl auch ein Auge auf sie haben.

Er trat vor seinen Tisch, stützte sich mit den Armen auf der Tischplatte auf, während er sich bückte und in eine Kristallkugel starrte. Sein strähniges, graumeliertes Haar fiel nach vorn und berührte den Tisch.

In der Kugel wirbelte weißer Nebel, der sich langsam lichtete und den Blick auf den Leuchtturm freigab. Er sah, wie Hanna und Frau Rosenschön aus dem Leuchtturm kamen. Elischa war nicht bei ihnen, was den Zauberer sehr wunderte. Er beobachtete die Frauen, wie sie zügigen Schrittes durch die Nacht nach Haus Rosenhag gingen. Durch seine Kugel hindurch sah er, wie die beiden Frauen das Haus betraten. Er konzentrierte sich, aber es gelang ihm nicht, mit seinen neugierigen Blicken in das Innere des Hauses zu gelangen. Alles, was er sah, war eine dichtverfilzte Wand aus Dornengestrüpp. Ein Zauber mußte auf dem Haus liegen. Wütend stieß er die Kristallkugel vom Tisch und rief nach seinem Diener. Flink und devot erschien dieser kurz darauf in der Tür. Der Zauberer befahl ihm, herauszufinden, was in Haus Rosenhag vor sich ging und wo der Sonnenwirt steckte.

Es war schon spät, als es an Rahels Zimmertür klopfte. Rahel las im Schein einer Lampe. Sie stand auf und öffnete die Tür. Überrascht hörte sie Frau Rosenschöns Bitte, ob sie und Althea herunterkommen konnten. Sie nickte, schloß die Tür und ging leise in Fees Zimmer. Althea schlief im Sessel. Behutsam weckte sie ihre Freundin und teilte ihr Frau Rosenschöns Anliegen mit. Althea war müde. Sie rieb sich die Augen und stöhnte: „Was mag jetzt schon wieder sein?" Frau Rosenschön wartete vor der Tür. Sie führte die beiden die Treppe hinab in ihre Wohnstube. Auf einem Sofa mit großblumigen Rosenornamenten saß eine unglücklich dreinschauende Sonnenwirtin. Frau Rosenschön bat Althea und Rahel, auf den Rosensesseln Platz zu nehmen. Sie selbst setzte sich zu Hanna auf das Sofa. Auf dem Rosenholztisch mit einem weißen Spitzendeckchen spendete eine Öllampe spärliches, aber warmes, gelbes Licht.

Rosalba Rosenschön räusperte sich und begann sichtlich verlegen ihre Rede: „Ich weiß nicht recht, wo und wie ich anfangen soll."

„Egal, fangen Sie nur endlich an", forderte Rahel sie unwirsch auf, und ihr leicht zynischer Zug um ihren Mund verzog sich, Unmut und Ungeduld signalisierend. Althea, noch schläfrig, hatte sich zurück in die Polster gelehnt. Die Arme unter der Brust verschränkt, bemühte sie sich, aufmunternd zu lächeln.

„Gut", nahm Frau Rosenschön die Rede wieder auf. „Wir haben uns mit unserer Schwester Lucia Faro, der Leuchtturmwärterin, besprochen. Wir sind die Ereignisse der letzten Wochen durchgegangen und haben auch über Sie und Ihr Verhalten in der Sache gesprochen und über Fee. Fee ist ein seltsames Kind. Wir wissen nicht viel über sie. Eines Tages tauchte sie in Tybolmünde auf. Niemand weiß, woher sie kam, wie alt sie ist, wer ihre Eltern sind. Daß unser Bruder Salomon ihr im Traum erschienen ist und sie die Prophezeiung, die er ihr im Traum vorlas, im Schlaf wiederholte, ebenso wie die Zeichen an der Höhlenwand, die die Professorin Sternenhain erwähnte und von denen Bruder Elischa seiner Frau ebenfalls berichtet hatte, wie Schwester Hanna uns sagte, ließen uns zu dem Schluß kommen, daß es sich bei Fee um das Kind handeln könnte, von dem die Prophezeiung spricht. Sie beide haben sich gegenüber dem Kind von Anfang an freundlich verhalten. Nach all dem, was Sie für die Kleine getan haben, könnten Sie zu den wenigen Gerechten gehören, die das Kind schützen."

Rahel, die schon die ganze Zeit unruhig in ihrem Sessel hin- und herrutschte, konnte nicht mehr an sich halten und unterbrach Frau Rosenschön barsch: „Was soll das Gerede über die Prophezeiung? Alles blanker Spekulatius und Mystizismus. Außerdem bin ich nicht gerecht, sondern aufgebracht. Ihr Mann ist verschwunden, wahrscheinlich verschleppt, und Sie quatschen hier von irgendwelchen Gerechten, zu denen wir gehören sollen. Ich fasse es nicht!"

Hanna richtete sich im Sofa auf und sah Rahel ernst an, dann sagte sie fest: „Die Gerechten miessen nicht wissen, daß Sie zu den Gerechten gechören. Selbstunterschätzung, die dazu führt, daß sie ihr Verchalten als selbstverständlich erachten, mag einer ihrer Wesensziege sein. Wir chaben nicht vergessen, meinen lieben Mann. Sie miessen uns chelfen, doch um chelfen zu können, miessen Sie erst begreifen, worum es geht."

„Sprechen Sie weiter, Frau Rosenschön", sagte Althea beschwichtigend, und Rahel verdrehte genervt die Augen.

Rosalba Rosenschön begann erneut: „Nur weil wir glauben, daß Sie zu den Gerechten gehören, glauben wir auch, Ihnen vertrauen zu dürfen. Sie werden helfen, das Kind zu schützen, welches das Geheimnis, das tiefste und zugleich offenbarste, bewahren wird, ein Geheimnis, von dem es selbst noch gar nichts weiß, zumindest nicht bewußt weiß. Es handelt sich um das Geheimnis der Schöpfung. Es ist das offenbarste, denn nichts liegt offen zutage wie die Schöpfung, ihr Werden und Vergehen. Zugleich aber verbirgt sie sich gerade darin und gibt ihr Innerstes wie ihr Äußerstes nicht preis. Sie bleibt so als Geheimnis offenbar. Vor vielen hundert Jahren schrieb Sybilla von Siebenstein ein Buch über das Buch der Schöpfung aus der Heiligen Schrift des Alten Volkes. Was sie schrieb, wurde ihr in Visionen offenbart. Das Buch der Schöpfung kündet vom Geheimnis. Sybilla weist in ihrer Schrift einen Weg der Deutung. Der Weg der Deutung des Buches der Schöpfung ist zugleich ein Weg des Verstehens des Geheimnisses der Schöpfung. Sybilla wußte, daß ihre Schrift nie in falsche Hände gelangen darf. Mißbraucht und fehlgedeutet in magischer oder technischer Absicht, im privaten Interesse Einzelner oder Gruppen bringt das Wissen Unheil und Zerstörung, gerät der große Schöpfungszusammenhang aus den Fugen. Sybilla wußte dies und vertraute nur wenigen Eingeweihten ihr Wissen an. Über die Jahrhunderte hinweg wurde es von wenigen an wenige überliefert. Durch fromme Lebensführung und geistige Übungen, in Gesprächen und Meditationen über Texte der Heiligen Schrift des Alten Volkes bemühten sie sich, dieses Wissen zu festigen, zu vertiefen und zu bewahren. Nur die Heilige Alte aus dem Walde weiß, wo das Buch ist, zu ihr floh Sybilla vor ihren Widersachern, damit es ihr nicht erginge, wie einst der weisen Hythia. Wir gehören zu den wenigen Eingeweihten, und auch Salomon war einer der Unsrigen. Die Bruderschaft der Weltweisen scheint nun zu glauben, daß wir das Buch der Sybilla besitzen oder wissen, wo es sich befindet. Aber da gibt es noch jemand anderen, den wir noch nicht kennen, der aber vermutlich für den Tod unseres Bruders und des Bergbauprofessors verantwortlich ist. Erzhauer war Mitglied der Bruderschaft. Wir glauben nicht, daß die Bruderschaft ihn umbringen ließ. Ich glaube auch nicht, daß der Mann, der mich bedrohte und wissen wollte, wo sich das Buch befindet, von der Bruderschaft angeheuert wurde."

Rahel unterbrach Frau Rosenschöns Rede mit den Worten: „Der Kerl wohnt in der Burg."

„Wocher wissen Sie das?"

„Ich weiß es eben."

Althea aber meinte: „Nachdem Sie uns so viel Vertrauen entgegengebracht haben, sollten wir dieses Vertrauen in uns erwidern und berichten, was wir wissen."

„Das hab ich vielleicht gerade", entgegnete Rahel genervt, die nicht so leicht geneigt war, ihre nächtlichen Erlebnisse in der Friedenreichschen Wohnung und der anschließenden Verfolgung zum Besten zu geben. Sie hielt die Gruppe um Rosalba Rosenschön nach wie vor für ausgemachte Spinner, ebenso die Bruderschaft und die anderen Interessenten an dem Buch, die sich gegenseitig in ihrem Wahn bestätigten. Aber sie kannte Althea und wußte, daß sie sich von dieser versponnenen Geschichte beeindrucken ließ und jetzt ihrerseits geneigt war, zu plaudern.

„Ja, das hast du", bestätigte Althea. Sie kannte den Skeptizismus ihrer Freundin zu gut und wußte, daß Rahel nicht so schnell ihre kritische Distanz aufgeben und sich in ein Denksystem mit der ihm eigenen Zwangsläufigkeiten, Selbstverständlichkeiten und emotionalen Bindungen einlassen würde, und wenn, dann zunächst nur als ironisch distanziertes Spiel, als phantastische Inszenierung, deren Charakter auf allen Ebenen sie mitreflektierte. Althea vermochte eher auf ihre innere Stimme zu hören, die ihr sagte, daß die Geschichte, die ihr da erzählt wurde, weniger spinnert war, als sie klang, und nur insofern Dichtung, als sich die Ereignisse hier durch das Prisma einer individuellen Perspektive zu einer Geschichte für eine Gruppe von Menschen verdichteten.

Sie berichtete, was sich in der bewußten Nacht in der Ladenwohnung des Antiquitätenhändlers zugetragen hatte, und daß Rahel den Mörder bis zur Burg gefolgt war. Sie berichtete auch, daß sie am Habitus des Mannes ihn als den Mörder Erzhauers wiedererkannten, als er Frau Rosenschön bedrohte und anschließend vor ihnen floh.

Hanna und Rosalba Rosenschön waren einigermaßen erstaunt zu hören, daß Rahel und Althea in Friedenreichs Laden eingedrungen waren. Althea aber konnte ihre Bedenken zerstreuen mit dem Hinweis, daß Friedenreich selbst es war, der sie vor seinem Tod einweihen wollte, und sie lediglich herausbekommen wollten, warum er ermordet wurde, um seine Mörder zu finden. „Friedenreich", so schloß Althea, „wollte uns sagen, was die anderen nicht wissen sollten. Er kam nur nicht mehr dazu. Wir mußten also versuchen, es selbst herauszufinden und damit den letzten Willen des Toten zu erfüllen. Aber was sollen die anderen nicht wissen? Daß das Buch der Sybilla bei der Alten aus dem Walde ist?"

Rosalba Rosenschön nickte. Dann sagte sie: „Salomon besaß schon immer eine gute Menschenkenntnis und ein feines Gespür dafür, wem er trauen konnte und wem nicht."

Rahels Ungeduld meldete sich wieder, kühl warf sie ein: „Wie dem auch immer sei, die Frage ist doch: Wer hat Elischa verschleppt, und wo befindet er sich jetzt? Hat ihn die Bruderschaft in den Fängen oder wird er in der Burg gefangengehalten?"

Plötzlich hörten sie einen wütenden Schrei, gefolgt von lauten Flüchen. Die Frauen sprangen erschrocken auf.

„Das kam von draußen, vom Fenster", meinte Rosalba Rosenschön. „Da ist doch jemand meinen Rosen zu nahe getreten. Mal schauen, wer heimlich nachts ums Haus schleicht."

Fluchend vor Zorn und Schmerz versuchte sich der hagere Mann aus den Dornenfesseln zu befreien. Doch je mehr er zerrte, desto fester umschlangen ihn die Rosen. Ihre Dornen stachen ihm ins Fleisch. Die Kletterrosen – im Sommer eine wahre Pracht, und auch jetzt im Spätherbst blühten noch einige und verströmten ihren betäubenden Duft – bildeten für ungebetene Gäste einen schier undurchdringlichen und sehr wehrhaften Schutz. Sie hatten den Mann fest in ihr Rankenwerk verwikkelt. Er begriff schnell, daß es keinen Sinn machte, sich zu wehren, und verhielt sich still, um die Dornenfesseln davon abzuhalten, ihn noch weiter und heftiger ins Fleisch zu stechen.

„Wen haben wir denn da?" fragte Rosalba Rosenschön ruhig. „Den kennen wir doch, nicht wahr, meine Damen?"

Hanna trat vor und fragte sichtlich erregt: „Ist das der Kerl, der dich überfallen chat, Rosalba, und der Professor Erzhauer und wahrscheinlich auch Salomon auf dem Gewissen chat?"

Die drei Frauen nickten, und Althea sagte: „Ja, das ist der Kerl aus der Burg."

Hanna ging dicht an den Mann heran und fragte aufgeregt und wütend: „Wo ist mein Mann, wo chast du Elischa chin verschleppt? Ist er in der Burg?"

Der Mann antwortete mit schmerzverzerrtem Gesicht: „Keine Ahnung, wo der Sonnenwirt steckt. Wir haben ihn nicht. Befreit mich aus dem Gestrüpp."

„Du lügst!" schrie Hanna. „Erst sagst du uns, wo Elischa ist!"

„Ich weiß es nicht. Los, holt mich hier raus." Er hatte eine häßliche Fistelstimme.

„Nein!"

„Ich sollte herausbekommen, was mit ihm ist. Meinem Herrn fiel auf, daß ihr ohne ihn im Leuchtturm wart."

„Er beobachtet uns!" stellte Frau Rosenschön mehr fest als sie es fragte. „Wer ist dein Herr?"

„Nun, äh, das darf ich nicht sagen."

„Oh, dann wirst du wohl noch einige Zeit in der Dornenhecke verbringen müssen", antwortete Frau Rosenschön kühl. „Kommt, laßt uns ins Haus gehen. Es ist recht kalt." Die vier Frauen drehten dem unglücklich Gefesselten den Rücken zu und machten Anstalten, ihn zu verlassen.

„Athanasius Wunderlich", rief der Mann hinter ihnen her. „Er ist ein mächtiger Zauberer. Es wäre besser für die Damen, ihm zu willfahren."

Rahel und Althea sahen sich bei dem Namen erstaunt an, sagten aber nichts. Erst nachdem sie sich wieder zu dem Mann umgedreht hatten, fragte Rahel: „Wieso sollten wir ihm willfahren? Was will er überhaupt?"

„Das Buch, er will das Buch der Schöpfung einer gewissen Sybilla. Ihr solltet es ihm geben oder sagen, wo es sich befindet. Mein Herr ist sehr mächtig und kann sehr unangenehm werden."

Rahel lachte kalt und sagte: „Dein Herr beliebt zu scherzen, das Buch hätte ich selbst gern aus rein wissenschaftlichem Interesse. Aber es ist wohl auf ewig verloren. Generationen von Gelehrten haben danach gesucht, und da sollen ausgerechnet wir wissen, wo es ist. Wie ist dein Name?"

„Spy."

„Nomen est omen", stellte Rahel fest und fuhr fort: „Paß auf, Spy", in ihrer Stimme schwang ein leicht grausamer Unterton mit, „während du hier wartest, werde ich den Wachen Bescheid sagen."

Sie brauchten nicht bis zur Wachstation zu gehen. Im Kneipenviertel traf Rahel auf die ihr bereits bekannten Wachsoldaten. Sie waren gerade dabei, eine ziemlich heruntergekommene Spelunke zu betreten, aus der kurz vorher ein Besoffener durch die Schwingtür in die Gosse geflogen war und in der, den Geräuschen nach zu urteilen, sich eine muntere Schlägerei zutrug. Rahel trat von hinten an die beiden Wachen heran, legte ihnen ihre Hände auf die Schultern und sagte vergnügt: „Guten Abend, wie immer im Dienst für Recht und Ordnung, meine Herren. Doch lassen Sie die Kneipenschlägerei, die löst sich von allein auf. Wir haben für Sie fettere Beute."

Die Wachsoldaten drehten sich verdutzt um. In diesem Moment flog ein zweiter Besoffener durch die Tür und riß die beiden Wachen mit zu Boden. Der Betrunkene blieb regungslos liegen. Die Wachsoldaten rappelten sich fluchend aus dem feuchten Dreck der Gasse auf. Rahel verkniff sich ein Lachen, was ihre ohnehin etwas zynischen Züge betonte. Um Ernsthaftigkeit bemüht, sagte sie: „Kommen Sie besser von der Tür weg, wer weiß, wer und was da noch so alles durchgeflogen kommt. Übrigens, wir haben den Mörder Friedenreichs und Erzhauers festgesetzt. Er hat versucht, in Haus Rosenhag einzudringen."

Bei Haus Rosenhag angekommen, staunten die Wachen nicht schlecht über den Fang in den Kletterrosen. Frau Rosenschön gab an, daß Spy sie schon einmal des Nachts mit dem Messer bedroht hatte und sie ihr Freikommen dem Einsatz der Professorinnen Wiesengrün und Sternenhain verdanke. Althea legte ihre unschuldigste Miene auf und erzählte, daß dies der Mann gewesen sei, der an ihr und Rahel bei ihrem abendlichen Spaziergang in der Nähe des Antiquitätenladens vorbeigerannt war.

Spy, der noch immer in den Rosen festhing, protestierte: „Da war niemand. Niemand hat mich gesehen."

„Verraten!" lachte Rahel.

Nachdem Frau Rosenschön die Kletterrosen berührt hatte, die Spy gefangenhielten, gaben diese ihr Opfer frei. Die Wachsoldaten schnürten ihm die Hände auf dem Rücken zusammen und führten ihn ab. Spy spie wütende Verwünschungen aus wie: „Verdammte Hexen, das werdet ihr noch büßen."

Die Frauen lachten, nur Hanna blieb stumm. Im Haus brach sie in Tränen aus und schluchzte: „Jetzt wissen wir immer noch nicht, wer Elischa verschleppt chat."

„Doch", antwortete Althea, „wenn die Finsterlinge aus der Burg es nicht waren, bleibt nur die Bruderschaft der Weltweisen. Schon erstaunlich, daß sie sich zu solchen Mitteln hinreißen lassen. Ich glaube nicht, daß sie ihm etwas antun werden. Wir sollten morgen weiter forschen, in der Universität. Rahel und ich sollten uns darum kümmern."

So wurde es beschlossen. Hanna blieb die Nacht über in Haus Rosenhag.

Elischa wußte nicht, wieviele Stunden er schon in diesem dunklen, kalten Loch eingesperrt war, zusammen mit dem ausgestopften Wolf, dem in Formaldehyd eingelegten Getier und einer umfangreichen Käfersammlung, die der Sonnenwirt noch gar nicht entdeckt hatte und im Düsteren auch nicht entdecken konnte. Schwarze Gedanken, dunkel wie sein Gefängnis, plagten ihn. Immer wieder dachte er an das Gelübde, und zugleich packte ihn Angst. Er wußte, daß er es nicht ertragen würde, wenn sie Hanna etwas antaten. Mit ihm mochten sie machen, was sie wollen. Er würde ihnen nichts verraten. Aber Hanna, nein, das würde er nicht durchstehen. Er würde sprechen, noch bevor sie ihr auch nur ein Haar krümmten. Und wenn er log? Er mußte es wenigstens versuchen.

Plötzlich hörte er, wie sich ein Schlüssel im Schloß drehte und die Tür sich öffnete. Der Schein einer Lampe blendete ihn. Der Mann mit der öligen Stimme sprach ihn an: „Hast du über unser Angebot nachgedacht?"

Elischa richtete sich auf. Jetzt sah er wieder drei weißmaskierte Männer. Er antwortete: „Ja, Cherr, ich werde sagen, wo sie das Buch finden können."

„Sehr weise, Elischa", sagte die ölige Stimme, und der Mann betrachtete seine polierten Fingernägel.

„Cherr", begann Elischa, „das Buch der Sybilla wird seit Alters cher im Sybillenkloster weit oben auf dem Wolken-Djebel aufbewahrt, in einem Schrein, dessen Schlüssel besitzt nur die jeweilige Äbtissin."

„Im Sybillenkloster?" Die ölige Stimme klang leise und bedrohlich. „So, in einem Schrein? Lüg nicht, Schuft." Die Stimme wurde heftiger. „Es gibt keinen Schrein im Sybillenkloster. Glaubst du, wir hätten diesen Ort nicht schon durchsucht?"

„Ganz bestimmt gibt es dort einen Schrein, er ist gut versteckt", befleißigte sich Elischa zu sagen.

„Halt den Mund, Lügner! Die Äbtissin ist mir sehr verpflichtet. Sie hätte mir das Buch ohne zu zögern überlassen!" fauchte die ölige Stimme und setzte bedrohlich ruhig hinzu: „Es wird Zeit, daß wir uns um dein Weib kümmern."

„Nein", schrie Elischa. Panik stieg in ihm auf. „Nein, bitte nur das nicht. Ich werde sagen alles." Dann erzählte er von der Alten aus dem Walde, die allein wußte, wo das Buch der Sybilla sich befand.

„Die Heilige Alte aus dem Walde", wiederholte die ölige Stimme mechanisch. „Lügst du auch nicht?" Oder soll ich erst dein Weib holen lassen?"

„Nein Cherr, das ist die Wachrcheit", beteuerte Elischa und fühlte sich wie ein erbärmlicher Verräter. Was würde jetzt folgen? Was, wenn sie die Alte fanden? Nein, sie würde sicher nicht ihr Wissen preisgeben.

„Die Heilige Alte, sie soll irgendwo im Großen Wald wohnen", hörte er die ölige Stimme sagen. „Ich habe schon von ihr gehört. Ich dachte immer, sie sei ein Phantasieprodukt übergeschnappter Waldläufer und Mystiker. Um zu prüfen, ob du die Wahrheit gesprochen hast, Sonnenwirt, werde ich dein Weib herbeischaffen lassen."

„Nein", schrie Elischa, „das ist die Wachrcheit. Ich schwöre es. Bei meiner Seel, es ist die Wachrcheit. Lassen Sie Channa, bitte, Cherr." Elischa kniete jetzt und rang flehend die Hände.

„Wir werden sehn, ob du die Wahrheit gesprochen hast", sagte der Maskierte und ließ Elischa im Dunkel seines Kerkers verzweifelt zurück.

Fee hatte lange geschlafen. Nach einem guten Frühstück fühlte sie sich recht munter und erzählte den Frauen bereitwillig ihre Träume. Sie berichtete über die Schattenklauen, die nach ihr griffen, und von der Alten mit den großen, grünen Augen, die die Klauen mit einer Handbewegung fortwischte. Sie vergaß auch nicht das Strahlenauge, das die Anwesenden nach Fees Beschreibungen als Zeichen der Bruderschaft der Weltweisen identifizierten.

Rahel hatte auf ein Blatt Papier Zeichen gemalt, die untereinander erst zu einem Dreieck, dann zu einem Hexagramm angeordnet waren. Unter dem Hexagramm war ein einzelnes Zeichen zu sehen. Die Zeichnung glich der auf der Höhlenwand. Fee erkannte sie nach kurzem Zögern wieder. Sie meinte, diese Zeichen im Traum gesehen zu haben. Es handelte sich um den Schöpfungsbaum der Sybilla. Das untere Zeichen stand für den Kubus, als Symbol für das festgegründete Reich dieser Welt. Rahel hatte dies schon in der Höhle bemerkt.

Gegen die spitzbogigen Buntglasscheiben der Bibliothek trommelte der Regen. In der Trübe des Tages waren die Farben verblaßt. Die Bibliothek versank im grauen Zwielicht, das alle Erinnerung an das farbige Dämmerlicht, wenn Sonnenschein sich in den bunten Scheiben brach, auslöschte.

Prudenzia Bibliophilia war auf der Suche nach einem geeigneten Platz für die Geometrie des Kleudiel in der Abteilung für Kosmometrie gelandet. Parallelen, die sich im Unendlichen treffen sollen, hatten sie hierher geführt. Der Kosmos schien ihr der geeignete Ort für die Unendlichkeit. „Parallelen, die sich im Unendlichen treffen, nein, das konnte nicht sein, höchstens auf gekrümmten Oberflächen. War der Kosmos eine Kugeloberfläche?" Die Bibliothekarin war überzeugt, daß Kleudiel sich irrte. Die Parallelen würden sich selbst treffen. Sie hielt ein Buch in den Händen, in dem von gekrümmten Räumen gesprochen wurde und kam wieder ins Grübeln. Je nachdem, wie der Raum gekrümmt war, mochten sich parallele Linien in ihm vielleicht irgendwo treffen. Schließlich ist jeder beliebige Ort im unendlichen Raum im Unendlichen gelegen. Nein, wenn sie parallel zueinander verliefen, würden sie sich nicht treffen. Was aber, wenn der Raum in sich zurückgebogen war, dann könnten die Parallelen sich selbst treffen. Die Linien kehren zu sich selbst zurück, und niemand würde wissen können, von wo sie ihren Ausgang nahmen und wo sie sich einst selbst wieder getroffen haben werden.

Sie stellte das Buch über den gekrümmten Raum zurück und zog einen anderen Band hervor. Sie las: De revolutionibus orbium coelestium. Ein gewisser Nikopernus hatte dieses Werk verfaßt und pries untertänigst seinem reaktionären Herren sein neues Weltbild an, das so neu nun auch nicht mehr war, aber eben nicht offiziell.

Während sie noch über gekrümmte Räume und Elipsenbahnen von Himmelskörpern um ihr Zentralgestirn nachdachte, fiel ihr das alte Astrolabium ein, das sie vor Jahren irgendwo in den unendlichen Räumen des Kellergewölbes der Bibliothek und Universität, die ineinander übergingen und von denen niemand sagen konnte, wo sie aufhörten und wo sie begannen, gesehen hatte. Das Astrolabium wäre nicht nur eine Zierde für die Abteilung Himmelskunde, sondern ein geeignetes Anschauungsobjekt für Studierende. Die allerdings verirrten sich selten in diesen Teil der Bibliothek. Wo hatte sie es doch gesehen?

Bibliophilia stellte den Kleudiel neben das Werk über gekrümmte Räume. In den Taschen ihres weiten Gewandes, in das die schmächtige Gestalt wie in ein riesiges, verknittertes Palimpsest verpackt war, tastete sie nach ihrem Schlüsselbund. Daraufhin ging sie zu ihrem Lesepult, griff sich die Öllampe und machte sich auf den Weg in die Unendlichkeit der kryptischen Tiefen des Kellergewölbes. Sie hatte lange nicht mehr darin herumgestöbert und freute sich auf die Entdeckungsreise in den Bauch der Bibliothek und Universität.

Rahel und Althea hielten vergeblich nach Zuckerschale Ausschau. Sie hatten am Nachmittag ihre Vorlesungen gehalten und waren auf dem Weg, die Universität in Richtung Bibliothek zu verlassen, um von Bibliophilia mehr über die Bruderschaft der Weltweisen zu erfahren. Sie bogen um die Ecke eines langen, tristen Universitätsganges, vor und hinter sich schwatzende Studierende, die aus den Hörsälen und Seminarräumen strömten, als sie den Dekan des Fachbereichs Philosophie, Professor Narziß Zuckerschale, sahen, wie er um eine weitere Ecke verschwand.

Mit einem schnellen Blick verständigten sich die Freundinnen und nahmen gemeinsam die Verfolgung auf. Sie drängten sich durch die Studierenden, die dem Ausgang zustrebten. Vor ihnen lag ein langer Korridor, der ebenso trist wie alle anderen war. Auch von hier kamen ihnen junge Leute entgegen. Sie sahen, wie Zuckerschale erneut um eine Ecke bog. Sie erreichten den Korridor, in den Zuckerschale eingebogen war. Der Dekan war verschwunden, der Gang leer. Am Ende führte eine Steintreppe tief in das Untergeschoß hinab. Die Treppe endete in einem viereckigen, kleinen Raum, von dem vier dunkle Korridore abzweigten. Welchen sollten sie nehmen? Da sahen sie in einem der Gänge weit hinten ein schwaches Licht und folgten ihm. In der Dunkelheit erahnten sie mehr die Türen in unregelmäßigen Abständen links und rechts des Ganges. Gelegentlich kamen sie an finsteren Nischen und abzweigenden dunklen Fluren vorbei. Sie bemühten sich, kein Geräusch zu machen, und kamen unbemerkt näher an das Licht heran. Es bewegte sich nach wie vor von ihnen weg. Der Klang harter Ledersohlen auf Stein drang an ihr Ohr. Dann erstarben die Schritte. Offenbar war der Dekan stehengeblieben.

Rahel und Althea schlichen, an die rechte Wand gepreßt, näher, bis sie an einen abzweigenden, dunklen Gang gelangten. In diesem verbargen sie sich, gelegentlich vorsichtig um die Ecke spähend. Der Dekan hatte ihnen den Rücken zugewandt. Links neben ihm befand sich eine Tür. Worauf wartete er? Jetzt begann er unruhig auf und ab zu gehen. Seine Sohlen klackten auf dem Steinboden.

Sie verließ einen modrigen Kellerraum, in dem alte Seminararbeiten und anderer akademischer Müll, den Legionen von Studierenden im Laufe der langen Geschichte der Universität hinterlassen hatten und der niemanden wirklich je interessierte, sich langsam zersetzte, als Prudenzia Bibliophilia Schritte und den wütenden Protest einer Frau vernahm. Sie war beinahe zu Tode erschrocken, hatte sie doch erwartet, allein hier unten zu sein. Jetzt hörte sie, wie eine Frau offensichtlich gegen ihren Willen in das Kellergewölbe gezerrt wurde. Die Schritte kamen näher. Gleich würden die anderen um die Ecke biegen und sie erblicken.

Bibliophilia besann sich kurz und verschwand in dem Raum mit den modernden studentischen Arbeiten. Der muffige Geruch stieg ihr in die Nase. Sie stellte ihre Lampe hinter die Tür und äugte vorsichtig durch einen offengehaltenen Spalt. Sie hörte, wie sie näherkamen. Kurz darauf sah sie zwei Männer mit weißen Masken, die eine wild schimpfende Frau, Bibliophilia erkannte Hanna, die Sonnenwirtin, an einem Strick, kurz angebunden, hinter sich herzerrten. Einer der Männer trug eine Laterne.

Ein Junge hatte am Nachmittag heftig an die Tür der geschlossenen Gaststube geklopft und Hanna, als diese öffnete, einen verschlossenen Brief überreicht. Er sagte, daß ein vornehmer Herr ihn beauftragt habe. Verstört las Hanna, sie solle, wenn ihr etwas am Leben ihres Mannes gelegen sei, allein in das leerstehende Lagerhaus am Ende der Hafenstraße kommen.

Obgleich sie eine Falle ahnte, kam sie der Aufforderung nach. Kaum hatte sie das alte Lagerhaus betreten, als sie von zwei Männern überwältigt wurde. In der dunklen Halle konnte sie nur zwei weiße Masken leuchten sehen. Die Maskierten hatten sie gefesselt, geknebelt und die Augen verbunden. In einer Kutsche waren sie mit ihr abgefahren und entfernten erst in den dunklen Kellergängen Augenbinde und Knebel.

„Ihr verdammten feigen Bastarde, was chabt ihr mit meinem Mann gemacht? Wo bringt ihr mich chin? Was wollt ihr von uns?" hörte die Bibliothekarin Hanna zetern.

Die Schritte und Hannas schimpfende Stimme entfernten sich. Bibliophilia nahm ihre Lampe und trat aus ihrem Versteck. Sie sah noch, wie die Männer die Sonnenwirtin in den nächsten abgehenden Korridor zerrten. Die Bibliothekarin schlich bis zur Abzweigung und lugte um die Ecke, bemüht, ihre Lampe zu verbergen. Sie traute ihren Augen kaum. Da stand ein weiterer weißmaskierter Mann, den sie an der pastellfarbenen Kleidung und am gezierten Habitus unschwer als Professor Zuckerschale erkannte. Zuckerschale zog einen Schlüssel aus der Tasche seines hellblauen Gehrocks und schloß eine Tür auf. Die zwei Männer stießen Hanna hinein, und der Dekan folgte ihnen. Er ließ hinter sich die Tür ins Schloß fallen.

Prudenzia Bibliophilia nahm ihren ganzen Mut zusammen und schlich in Richtung Tür. Beinahe hätte sie vor Schreck ihre Lampe fallenlassen und laut aufgeschrien, als sie zwei Gestalten gewahrte, die von der anderen Seite auf sie zukamen. Geblendet konnte sie zunächst nur die Umrisse erkennen. Sie stand da wie angewurzelt. Erst als die Gestalten näherkamen, erkannte sie die Professorinnen Wiesengrün und Sternenhain. In einem Anflug von Galgenhumor dachte sie: Was für eine seltsame Konferenz mag das sein, zu der sich das akademische Kollegium hier unten versammelt? Dann sah sie, daß Sternenhain ihren Finger auf die Lippen legte und ihr bedeutete, sich ruhig zu verhalten.

Sie sah erstaunt, wie die beiden Frauen zur Tür schlichen und sie ruckartig aufrissen. „Tja, meine Herren", hörte Bibliophilia die Sternenhain in einem äußerst zynischen Tonfall sagen, „diese jetzt folgende Auseinandersetzung ist nicht rein akademischer Natur. Hier zählen allein handfeste und schlagfertige Argumente."

Die beiden Professorinnen stürzten in den Raum. Kurz darauf vernahm die Bibliothekarin Kampfgeräusche. Mutig betrat sie den Kellerraum und gewahrte, wie Wiesengrün einen adrett schwarzgekleideten Maskierten gegen ein rückwärtiges Regal schleuderte. Einige Gläser mit eingelegtem Getier stürzten zu Boden und zerbrachen. Der Gestank des auseinanderspritzenden Formalins stach ihr in die Nase. Neben ihr schlug der pastellfarbene maskierte Mann, den sie als Zuckerschale identifiziert hatte, mit dem Rücken auf einen ausgestopften schwarzen Wolf. Eine dichte Wolke von Staub und winzigen Motten stob empor. Der Maskierte hustete. Sternenhain hatte ihn am hellblauen Schlafittchen gepackt und holte gerade zu einem Kinnhaken aus. Im Augenwinkel bemerkte Bibliophilia noch das Astrolabium, als ein heftiger Schlag auf den Kopf ihr die Sinne verdunkelten. Während die zierliche alte Frau langsam zusammensackte, nahm ein Weißmaskierter ihr die Lampe aus der Hand.

Rahel erwischte hart das Kinn des maskierten Dekans, im selben Augenblicke ging sie, mindestens ebenso hart am Hinterkopf getroffen, zu Boden. Althea, die Gefahr spürend, drehte sich um und erblickte fünf weitere weißmaskierte Männer. Ein graugekleideter Maskierter nutzte die Gelegenheit, sie von hinten in den Schwitzkasten zu nehmen. Sie hörte Elischa stöhnen und versuchte den Kopf zu drehen. Unweit von ihr erblickte sie ihn. Er war in das Regal mit den präparierten Käfern gestürzt. Ein Maskierter hielt ihn im Schach. Hanna, immer noch an den Händen gefesselt, kniete neben der bewußtlosen Rahel.

Das erste, das Rahel verspürte, als ihre Sinne wiederkehrten, war ein hämmernder Kopfschmerz, kurz darauf fühlte sie unangenehme Kälte und Feuchtigkeit. Im Moment konnte sie sich an die vergangenen Ereignisse nicht erinnern und überlegte, ob diese Empfindungen einem Alptraum entsprangen. Sie entschloß daraufhin, die Augen zu öffnen.

Dunkelheit umfing sie. Der Kopf dröhnte nach wie vor, und ihre Glieder waren steifgefroren. Es war kein Alptraum, so viel wurde ihr klar. Langsam kehrte auch die Erinnerung zurück. Sie stöhnte. Dann hörte sie Althea ihren Namen sagen. Mühsam drehte sie den Kopf in die Richtung, in der sie ihre Freundin vermutete. Undeutlich sah sie Althea wie ein Paket verschnürt im feuchten Laub liegen. Sie selbst lag mit dem Gesicht nach oben auf regennassem Boden. Über sich konnte sie in der Dunkelheit schwach ein Gewirr aus Ästen erkennen. Rahel versuchte, ihre Arme und Beine zu bewegen. Sie waren zwar steif, aber nicht gefesselt. Sie blickte um sich. Neben ihr lag die Bibliothekarin, immer noch bewußtlos, aber ohne Fesseln. Dicht daneben lagen, gut verschnürt, die Sonnenwirtsleute.

Schwerfällig erhob sich Rahel. Ihr Kopf drohte zu platzen. Sie wankte zu Althea hinüber und versuchte, die Fesseln zu lösen, dabei fluchte sie leise vor sich hin. Es dauerte einige Zeit, bis es ihren klammen Fingern gelang. Althea streifte unbeholfen die Stricke ab und richtete sich auf. Anschließend befreite Rahel Elischa und Hanna, während Althea sich um die bewußtlose Bibliothekarin kümmerte. Nur sehr langsam kam diese wieder zu sich.

„Verdammter Mist", fluchte Rahel. „Wo sind wir?"

Elischa erklärte, daß sie von einigen der maskierten Männer mit einer Kutsche in dieses Waldstück gefahren und hier abgeladen worden waren.

Hanna sagte: „Wir kennen den Weg zurieck in die Stadt."

Doch zunächst mußten sie aus dem Wald herausfinden. In der Dunkelheit stolperten sie über Baumwurzeln, verfingen sich im Gestrüpp oder glitten auf dem feuchten Waldboden aus. Der Regen hatte wieder eingesetzt. Der durch die Herbststürme der letzten Tage fast entlaubte Wald schützte sie nicht vor den Schauern, in die sich jetzt auch Schnee mischte. Da sie mit einer Kutsche hierhergebracht worden waren, hatten die Männer sie unweit des Weges abgesetzt. Er war aufgeweicht, und sie mußten durch Schlamm waten. Der Morgen graute bereits, als sie erschöpft, naß und durchgefroren Tybolmünde erreichten.

Trotz Gliederschmerzen hatte Rahel sich durch ihre Vorlesung gequält. Ihr Vortrag war immer wieder von Niesattacken unterbrochen worden. Froh, ihre Lektion beendet zu haben, war sie auf dem Weg zur Bibliothek, als sie erneut mehrfach heftig niesen mußte.

„Gesundheit", hörte sie hinter sich eine ölige Stimme, „Sie haben sich doch wohl nicht bei diesem scheußlichen Wetter eine Erkältung eingehandelt?"

Rahel drehte sich um. Ihr war klar, daß sie miserabel aussah, übernächtigt, mit Rändern unter den Augen und blaß. Aber als sie Zuckerschales Gesicht erblickte, durch eine dicke Unterlippe und ein blaues, geschwollenes Kinn verunziert, grinste sie gemein. Scheinheilig fragte sie: „Und Sie sind doch nicht etwa eine Treppe hinabgefallen? Oder hatten Sie einen handfesten Streit mit Ihrer charmanten Gattin?"

Zuckerschale verzog das Gesicht und versuchte zu lächeln. Er entgegnete gequält: „Ein kleiner Unfall."

Ihre Antwort war zynisch genug, damit Zuckerschales Befürchtung, trotz Maske erkannt worden zu sein, zur Gewißheit für ihn wurde. Er wußte jetzt, daß sie wußte, daß er log, und er wußte, daß sie wußte, daß er wußte, daß sie sich nur auf das Versteckspiel einließ, weil die öffentliche Behauptung, der Dekan des Fachbereichs Philosophie sei an der Verschleppung eines Gastwirts und dessen Ehefrau beteiligt, niemand glauben würde. Auch wenn sie es ahnte oder sich dessen gewiß war, daß die Bruderschaft der Weltweisen dahintersteckte – Zuckerschale war sich nicht sicher, wie weit Rahel die Zusammenhänge durchschaute –, konnte sie es nicht beweisen. Die Wahrheit würde wie eine paranoide Verschwörungstheorie einiger Verrückter klingen. Er und die ehrenwerte Bruderschaft, die Wohltäter Tybolmündes, waren über jeden Zweifel erhaben. Leise und drohend sagte er: „Es wäre gesünder, wenn Sie sich aus allem heraushielten, das nächste Mal kommen Sie nicht mit einer harmlosen kleinen Erkältung davon. Ade, und grüßen Sie mir Ihre reizende Kollegin, Frau Professorin Wiesengrün, sie wird sich doch nicht etwa auch einen Schnupfen geholt haben?"

Mit diesen Worten ließ er Rahel, die vor Zorn innerlich kochte, stehen. Mit Wut im Bauch betrat sie die Bibliothek. Bibliophilia saß blaß und zusammengekauert hinter ihrem Lesepult. Sie sah auf, als Rahel zu ihr trat, und ohne zu grüßen wies sie auf einen Stapel neuer Bücher. Rahel griff nach dem obersten und las laut: „Narziß Zuckerschale: Aufgabe und Abriß der analytischen Sprachphilosophie." Rahel grinste böse und meinte spitz: „Dafür bin ich auch."

Bibliophilia mußte lächeln ob des absichtlichen Mißverständnisses, sagte aber wieder ernst: „Diese Bücher sind heute vormittag gebracht worden, eine Stiftung der Bruderschaft der Weltweisen. Zwischen ihnen fand ich diesen Zettel." Sie reichte Rahel ein Blatt Papier, auf dem zu lesen stand: Seien Sie gewarnt!

Rahel legte den Zettel beiseite und sagte gespielt vergnügt: „Oh, Zukkerschale hat mir vorhin auch gedroht."

„Ich verstehe nicht, worum es hier geht, was der Dekan und die anderen von den Sonnenwirtsleuten wollten."

„Ist vielleicht auch besser so, für Ihre Sicherheit, meine ich. Ich brauche alles, was die Bibliothek über die Heilige Alte aus dem Walde zu bieten hat."

Prudenzia Bibliophilia sah Rahel erstaunt an und berichtete, daß Professor Rabenschnabel mit derselben Bitte hiergewesen sei. Alles, was sie gefunden habe, läge dort. Sie wies mit ihren Spinnenfingern auf einen anderen Bücherstapel.

Rahel bedankte sich, nahm die Bücher und setzte sich an einen Tisch in der Nähe der Buntglasscheiben, durch die trübes Abendlicht fiel. Bibliophilia hatte zwischen die ihr relevant erscheinenden Seiten schmale Papierstreifen aus alten Palimpsesten als Lesezeichen gelegt. Es handelte sich bei den Büchern um Sagen- und Legendensammlungen, ein mythologisches Lexikon und ein Kompendium sagenhafter und mythologischer Gestalten sowie um einen schmalen Reisebericht eines gewissen Peregrino Pilgrim über seine Pilgerreise ins Alte Land.

Rahel sah die Texte durch. Sie erfuhr, daß es sich bei der Heiligen Alten aus dem Walde, auch die Heilige Silvia genannt, um eine Sagengestalt handelte, die, so berichten die Legenden, irgendwo in dem sagenhaften Großen Wald des Alten Landes wohne, auf der Grenze zwischen dem Hier und dem Anderswo, dort, wo die Wege zu Traumpfaden sich verschlingen. Der Große Wald, so las Rahel, sei ebenso ein Phantasieprodukt wie seine Hüterin. Denn das Alte Land ist ein reines Wüstenland. Die Nomaden der Wüste berichten, daß sie am Horizont häufig einen Wald flimmern sehen, dem sie sich aber nie nähern konnten. Wahrscheinlich handelte es sich um eine Fata Morgana, eine Luftspiegelung irgendeines Waldes aus üppigeren Gefilden. Anderen Berichten zufolge war die Alte eine boshafte alte Vettel, die durch Truggebilde Wanderer immer tiefer in die Wüste führte, wo sie dann jammervoll verdursteten. Wieder andere behaupteten, ungeachtet der Wüstentheorie, sie verhexe die Wege im Großen Wald, um Wanderer in die Irre zu führen. So mancher sei auf ewig im Großen Wald verschollen. Es gab auch Berichte, nach denen sie eine weise alte Frau und zaubermächtige Einsiedlerin war. Sie wurde gar mit der Seherin des Alten Volkes identifiziert, die in Trance, nachdem sie in der Wüste tagelang gefastet und gebetet hatte, den Schöpfungsbericht auf Tontafeln niederschrieb, wie er im Ersten Buch des Heiligen Buches des Alten Volkes noch heute zu lesen steht. Sie habe sich anschließend zurückgezogen, um in der Einsamkeit über die Worte zu meditieren, die ihr da in die Hand geflossen waren. Denn sie begriff, daß sie von ihnen eigentlich nichts begriff. So lebe sie noch heute in frommer Interpretation des von ihr niedergelegten Textes versunken, fernab von der Welt in ihrer Klause in der unerforschlichen Tiefe des Großen Waldes.

Am aufschlußreichsten schien Rahel der Reisebericht des Pilgers, der im Alten Land die Heiligen Stätten besucht hatte und unweit der Ruinen von Ruvok, als er der untergehenden Sonne folgte, erst auf vom Wind verwehtes welkes Laub, dann auf einen Hain abgestorbener Bäume gestoßen sein wollte, die ihre toten, bleichen, knorrigen und von Sturm zerbrochenen Äste in den kalten, sternklaren Wüstenhimmel reckten. Der Pilger erzählte nun, wie er, verwundert über das welke Laub, denn die Bäume mußten schon vor sehr langer Zeit abgestorben und das Laub längst zu Staub zerfallen sein, sich danach bückte und es sich in seiner Hand in frische, junge, grüne Blätter verwandelte, feucht vom Tau der Nacht. Ein Windstoß habe die Blätter davongetragen. Als er ihnen nachsah, wollte er voller Erstaunen gewahr geworden sein, daß die Wüste verschwunden war und er sich in einem dichten, hohen, dunklen Wald befand, durch dessen grünes Dach kein Sternenlicht drang. Wieviele Tage und Nächte er im Wald herumgeirrt sei, vermochte er nicht zu sagen. Obgleich der Wald voll von wilden Tieren gewesen sei, habe keines ihm etwas zuleide getan. Als er schon der Verzweiflung nahe war, sei ein altes Weiblein vor ihm aus dem Blättermeer aufgetaucht. Dieses habe ihm einen kleinen, grünenden Stecken gereicht und befohlen, diesem zu folgen. Dann sei es, wie es gekommen war, im dichten Grün des Waldes verschwunden. Der Stecken aber habe ihm den Weg aus dem Wald gewiesen, indem er mal in die eine, mal in die andere Richtung zeigte. Urplötzlich sei er aus der dunklen Kühle des Waldes in die Hitze und gleißende Helligkeit eines Wüstentages getreten. Unweit von ihm entfernt habe er einige Nomaden ziehen sehen. Er sei zu ihnen gerannt. Als er ihnen erzählte, er käme soeben aus dem Wald, hätten sie ihn ausgelacht und behauptet, er habe einen Sonnenstich. Deshalb hatte er sich umgewandt, um ihnen den Wald zu zeigen, an dem sie doch gerade vorbeizogen, der aber sei verschwunden gewesen. In seiner Hand hielt er nur mehr einen verdorrten Zweig. Der Pilger behauptete nun, der Wald, in dem er sich verirrt hatte, sei der Große Wald im Herzen des Alten Landes, sein grünes Herz und das der Wüste, das alte Weiblein aber niemand anderes als die Heilige Alte aus dem Walde.

Rahel schlug das Büchlein zu. Sie wußte nicht recht, was sie von all dem zu halten hatte. Sollte sie jetzt auch schon phantastischen alten Legenden aufsitzen und Phantasmen hinterherjagen wie diese Verrückten, die nicht vor Mord und Menschenraub zurückschreckten, oder wie jene harmlosen Irren, die sich in Nachfolge der Anhängerschaft der Sybilla als deren Jünger und Jüngerinnen betrachteten und glaubten, ihr vermeintliches Geheimnis wahren zu müssen, koste es auch das eigene Leben? Sie war verwirrt. Zuviel blutiger Ernst um eine Phantasmagorie, befand sie. Doch war die Geschichte dieser Welt nicht voll davon. Jagten die Wesen auf diesem Planeten nicht immer wieder aufs neue irgendwelchen Phantasmen nach und stürzten ihretwegen, als einer vermeintlichen höheren Sache, sich und andere ins Verderben? Überzogen das Land mit Meuchelmord und Krieg?

Rahel seufzte, stand auf, nahm die Bücher und ging zur Bibliothekarin hinüber. Sie legte die Bände vor ihr auf den Tisch, nahm aber das schmale Werk des Peregrino Pilgrim und sagte: „Das Büchlein leihe ich mir aus. Sagen Sie niemanden, auch nicht Rabenschnabel etwas von dem Buch, bitte."

Verwundert sah Bibliophilia sie an, nickte aber und sagte: „Gut." Leise fügte sie hinzu: „Ich glaube, Rabenschnabel war auch unter den Maskierten im Keller."

Als Rahel die Bibliothek verließ, begegnete sie Professor Dietmar von und zu Rabenschnabel im Eingang. Sie tat ahnungslos und grüßte freundlich.

Athanasius Wunderlich schäumte vor Wut. Spy hatte sich von ein paar Kletterrosen überwältigen lassen und war verhaftet worden. In Gestalt eines vornehmen, jungen Edelmannes war der Zauberer auf der Wache erschienen und hatte mit schmeichlerischem Zauber in der Stimme die Wachsoldaten überzeugt, daß Spy nur die wunderbaren Rosen der Frau Rosenschön, die auch noch im November blühten, bewundert habe. An dem bewußten Abend aber, an dem Erzhauer in Friedenreichs Haus ermordet worden war, konnte er keinesfalls dort gewesen sein. Die ehrenwerten Damen, Wiesengrün und Sternenhain, mußten sich irren, wenn sie glaubten, seinen getreuen Diener gesehen zu haben. Er sei die ganze Zeit bei ihm gewesen. Des häufigeren hätte er seine Dienste benötigt, ebenso in der Nacht, in dem er Frau Rosenschön bedroht haben soll. Sein Umgarnungszauber wirkte, und Spy konnte seinen Herrn auf die finstere Burg folgen.

Wunderlich hatte wieder seine alte, häßliche Gestalt angenommen. Die tiefliegenden, farblosen, kalten Augen seiner Totenkopffratze funkelten böse, und seine Krallenhände waren zornig zu Fäusten geballt. Spy, dieser hirnlose Narr. Am liebsten hätte er ihn geviertelt. Wer das Kind der Prophezeiung war und wo es sich befand, wußte er immer noch nicht. Und dann waren da diese verfluchten Professorinnen. Wie sollte er sie einschätzen? Waren sie auch hinter dem Buch her? Natürlich waren sie das. Die ganze verdammte Philosophenbrut predigte Enthaltsamkeit von jeglicher Praxis und gierte insgeheim nach Macht. Den Sonnenwirt hatte wohl die Bruderschaft entführt. Er schloß dies aus den knappen Worten seines maulfaulen Dieners, der berichtet hatte, daß die Frauen vermuteten, er habe den Wirt entführt. Da dies nicht der Fall war, konnten es nur die anderen gewesen sein.

Wunderlich blickte in seine Kristallkugel. Er sah Elischa und Hanna allein in ihrem Gasthaus an einem Tisch sitzen. Sie hielten sich an den Händen. „Er ist also wieder frei", dachte der Zauberer und fragte sich, was die Bruderschaft herausbekommen hatte, oder ob sie gar mehr wußten als er.

Elischa hielt Hanna bei der Hand. Still saßen sie an einem der blankgescheuerten Tische ihrer Gaststube. Er hatte ihr unter Tränen gestanden, daß er um ihretwegen das Gelübde gebrochen hatte. Hanna tröstete ihn mit den Worten: „Vielleicht chaben sie dir nicht geglaubt. Warum sonst chätten sie mich ebenfalls entführen sollen? Doch nur um auf dich Druck auszuüben, damit du ihnen verrätst, wo das Buch ist. Sie cha-

· ben dir sicher nicht geglaubt. Die Cheilige Alte aus dem Walde gilt als Sagengestalt."

Früher als erwartet überzog der Winter das Land mit Eis und Schnee. Tybolmünde lag unter einer reinen, weißen Decke. Auf dem Tybol liefen Groß und Klein Schlittschuh, an den Hügeln rodelten Kinder und Jugendliche, andere balgten sich im Schnee und bewarfen sich mit Schneebällen.

Fee hatte sich gut erholt. Doch die Frauen ließen sie nicht zurück in ihre Höhle am Strand. Frau Rosenschön sorgte mit gutem Essen dafür, daß sie etwas auf die Rippen bekam, wie sie sich ausdrückte. Rahel und Althea hatten beschlossen, das Kind zu unterrichten. Täglich übten sie Rechnen, Lesen und Schreiben. Fee lernte leicht und machte zur Freude ihrer Lehrerinnen schnell Fortschritte.

Nach dem Unterricht war Fee mit Rahel und Althea in den verschneiten Rosengarten gegangen. Wie verzaubert lag er da, geduldig still die weiße Fracht des Himmels tragend, unter deren schwerer Last sich die Zweige demütig beugten.

Die drei hatten einen Schneemann gebaut und mit ihren Scherzen und freudigem Rufen die fast heilige Stille des Gartens gebrochen. Jetzt stand der Schneemann in der Mitte eines kleinen Rondells, umgeben von einem Wall verschneiter Rosenbüsche. Er trug einen alten, rosaroten Hut mit einer großen Rosenblüte aus glänzendem roten Stoff. Frau Rosenschön hatte ihn gestiftet. Die Augen waren aus Kohlenstücken, die Nase eine große Möhre. Ein roter Stoffstreifen bog sich zu einem breitlächelnden Mund. Kohlenstücke waren auch die Knöpfe seines weißen Anzugs. Er stützte sich auf einen alten, abgenutzten Reisigbesen. Die Erbauerinnen waren voll Bewunderung für den in der Wintersonne glitzernden, kalten, weißen Mann. Fee tanzte begeistert um ihn herum, stets bemüht, über seinen langen, blauen Schatten zu springen. Sie trug nicht mehr ihre alten Lumpen, sondern einfache, aber warme Kleidung und feste Winterstiefel.

Mit einem Mal hörten sie das Schlagen von Flügeln eines großen Vogels. Heiseres Krächzen brachte einen Mißton in die Wintersinfonie von Stille und Lachen. Fee hielt in ihrem Freudentanz inne. Sie, Rahel und Althea trauten ihren Augen kaum. Auf den Hut des Schneemannes hatte sich ein großer, schwarzer Rabe gesetzt. Mit schiefem Blick musterte er sie aus intelligenten Augen. Das Seltsamste aber war ein grünender

Eschenzweig in seinem Schnabel. Geschickt begann er damit zu hantieren – eigentlich müßte es schnabelieren heißen, denn Hände hat ein Vogeltier ja keine. Es dauerte nicht lange, und der Rabe hatte den Zweig zur roten Stoffrose in den Hut gesteckt, als wisse er, daß Rot des Grüns bedarf, um in seiner geballten Farbenergie für das Auge erträglich zu bleiben. Mit dem Zweig war eine zarte Erinnerung an den Sommer in den winterlichen Garten zurückgekehrt.

Kaum hatte der Rabe sein Werk vollendet, schwang er sich mit einem lauten, heiseren Schrei in die Luft und flog davon. Beim Start verrutschte der rosarote Hut und saß dem Schneemann jetzt verwegen schräg auf dem weißen Haupte. Keck hing ihm der grüne Eschenzweig ins Gesicht.

„Ein grüner Zweig mitten im Winter", begann Rahel kopfschüttelnd, „das gibt es doch gar nicht."

„Ein Rabe, der den Hut eines Schneemannes schmückt, aber auch nicht", ergänzte Althea.

„Aber ihr habt es doch auch gesehen", meinte Fee. „Und der Zweig ist noch da."

Rahel ging zum Schneemann und berührte den Eschenzweig. „Kein Zweifel, der ist echt."

„Der Große Wald, vielleicht ist der Zweig aus dem Großen Wald."

Rahel verdrehte die Augen und spöttelte: „Ja, und das Rabenvieh hat die Heilige Alte aus dem Walde gesandt."

„Warum nicht?"

„Dir ist wohl die Geschichte des verrückten Pilgers zu Kopf gestiegen. Du glaubst aber auch jede Story, Hauptsache, sie ist gut erzählt."

„Und gegen dich war der heilige Tom geradezu leichtgläubig. Ich bin ja auch deiner Meinung, daß ohne Not, ohne Erklärungsnot die Ontologie nicht erweitert werden sollte, Sankt Willy sei's gelobt. Aber hier besteht ein Erklärungsnotstand."

Rahel schwieg. Sie hatte Althea gar nicht mehr richtig zugehört und beobachtete fasziniert Fee, die zum Schneemann gegangen war und mit ausgestreckter linker Hand den Eschenzweig berührte. Das Kind stand ganz still. Rahel ging um den Schneemann herum, um von der anderen Seite ihr Gesicht sehen zu können. Die Augen des Mädchens waren weit geöffnet und starr. Es war, als blicke sie durch den Schneemann hindurch in die Ferne. Althea rief ihren Namen. Aber Fee schien die Welt um sich herum nicht mehr wahrzunehmen.

Zunächst sah Fee nur die kalte, weiße Schulter des Schneemannes. Dann schmolz der Schnee und verwandelte sich zu Tau, der in Kaskaden von Blatt zu Blatt eines grünen Dickichts troff. Das Dickicht öffnete sich, und sie stand im dichten Unterholz eines hohen Waldes. Sein grünes Laubdach ließ kaum Sonnenlicht hindurch. Auf dem untersten Ast einer mächtigen Esche saß der Rabe und beäugte sie schief. Plötzlich flog er auf, um auf der Schulter einer alten Frau zu landen, die wie aus dem Nichts aufgetaucht war. Fee erkannte sie sofort als die Alte ihrer Träume, die die Schattenkrallen fortwischen konnte. Mit ihren großen, silbergrünen Augen blickte sie das Mädchen freundlich an. Langsam ging sie auf das Kind zu und reichte ihm etwas mit der verschlossenen Hand.

Althea und Rahel sahen, wie Fee ihre rechte behinderte Hand unbeholfen hob, so, als wolle sie eine Gabe empfangen. Sie schloß die Hand wie um einen Gegenstand und lies den Arm wieder sinken. Ihrer linken Hand entglitt der Eschenzweig. Ihre Augen begannen zu zittern, sie taumelte. Die Welt drehte sich wie im wilden Tanze, erst in Grün, dann in Weiß. Ihr wurde schwindlig, und sie fiel in den Schnee.

Erschrocken beugten sich Rahel und Althea über das Kind. Rahel wollte Fee aufheben und ins Haus tragen, da schlug sie die Augen auf. Ein Lächeln flog über ihr schmales Gesicht. Ihre Bernsteinaugen schimmerten golden. „Ich war dort", hauchte sie.

„Wo warst du?"

„Im Wald, im Großen Wald", kam die begeisterte Antwort. „Der Rabe war auch da. Und auch die Alte Frau aus meinen Träumen. Sie ist bestimmt die Heilige Alte aus dem Wald, ganz bestimmt."

Wortlos hob Rahel das Kind auf und trug es durch die Hintertür in die Küche. Sie setzte Fee behutsam auf die warme Ofenbank und begann, ihr die Stiefel auszuziehen, während Althea ihr aus der Jacke half.

Frau Rosenschön, die in diesem Moment die Küche betrat, fragte beunruhigt: „Was ist geschehen?"

„Ich war im Großen Wald bei der heiligen Alten."

„Was redet das Kind da?" Rosalba Rosenschön klang besorgt.

„Sie hat mir etwas gegeben." Fee setzte sich aufrecht hin, streckte leicht ihren rechten Arm aus und öffnete langsam die Hand. Etwas Farbiges lag zerknüllt in ihrer Handfläche. Althea griff danach und entfaltete ein schmales Band aus einem dünnen, seidigen Stoff. Das Band war einmal in sich gedreht und einseitig geschlossen, dadurch hatte es nur scheinbar zwei Seiten und weder Anfang noch Ende. Das Stoffband war mit winzigen Landschaften bedruckt. Wüstenszenen gingen in eine Flußlandschaft über, gefolgt von einer Stadt, einem Gebirge, waldigen Hügeln und einem tosenden Meer. Auf der scheinbaren Rückseite war ein grünes Blätterdickicht auf goldenem Grund zu sehen. An einer Stelle des Bandes trafen sich die beiden Seiten und gingen ineinander über.

Fasziniert betrachteten die Frauen und das Kind das Band. Althea spannte es mit den Fingern ihrer beiden Hände. Das geschlossene Band war in sich gedreht, daran ließ sich nichts ändern. Eigentlich ein einfacher technischer Trick. Ein solches Band ließ sich leicht herstellen. Rahels kritischem Geist war dies durchaus nicht entgangen. Seltsam an dem Band war etwas anderes. Der Übergang, wo das Dickicht mit den beiden Landschaftsszenen zusammenstieß, hätte immer derselbe bleiben müssen. Statt dessen wechselte er, war schwer zu fixieren und schien bei der leichtesten Bewegung, ja bei jedem Blinzeln der Augen die Position zu wechseln. Rahel war sich nicht einmal sicher, ob alle Anwesenden den Übergang zur gleichen Zeit am gleichen Ort sahen. Sie kniff die Augen zusammen und wendete ihren Blick ab.

Sie sah Fee an, die mit glänzenden Augen das zauberische Band betrachtete. Offenbar hatte es sie ganz in seinen Bann gezogen. Plötzlich sagte das Kind: „Der Übergang vom Hier zum Anderswo kann überall sein. Der Große Wald ist die Rückseite unserer Wirklichkeit. Der Große Wald ist überall. An jedem Ort der Welt kann es möglich sein, über die Schwelle zu treten."

Rosalba Rosenschön nickte. Ihr Blick war verklärt, als sie sagte: „Die Immanenz in der Transzendenz und die Transzendenz in der Immanenz."

„Ein Prinzip der Schöpfung nach Sybilla von Siebenstein", ergänzte Althea. Dann schlug sie sich mit der offenen Handfläche gegen die Stirn: „Natürlich, daß ich da nicht gleich drauf gekommen bin: Die liegende Acht auf der Brunnenmauer stellt ein einseitig geschlossenes Band dar."

„Das hätte ich Ihnen auch verraten können", sagte Frau Rosenschön. „Wie die Lemniskate symbolisiert es einen unendlichen Prozeß."

Althea hatte Fee das Band zurückgegeben. Das Mädchen ließ es, in Gedanken versunken, durch die Hände gleiten. Rahel beobachtete es mit gemischten Gefühlen. Sie stand auf und ging zum Fenster. Sie sah den

Schneemann, auf dem Haupt den rosaroten Hut mit dem grünen Eschenzweig. Nachdenklich sagte sie: „Es ist nicht gut für Wesen mit einem endlichen Verstand, sich zu intensiv mit der Unendlichkeit zu befassen. Weil wir das für uns Unfaßbare mit unserem begrenzten Geist nicht begreifen können, neigen wir dazu, Fixpunkte nach unserem Gutdünken zu setzen als Koordinaten, nach denen wir unser Sinnen und Trachten ausrichten. Letztlich sind alle Koordinaten, die wir auswerfen, Ankerstellen, Halte- und Anhaltspunkte in der Unendlichkeit und als prinzipiell Mögliche niemals völlig falsch. Sie müssen sich in der Praxis als mehr oder weniger tragfähig für unsere partiellen Ziele erweisen. Damit die Unendlichkeit ausloten zu wollen, ist irre, ein größenwahnsinniges Projekt. Werden solche, aber auch bescheidenere Ziele zu fixen Ideen, verschieben sich die Relationen im Gefüge unseres Denkens und Fühlens zu einer falschen, weil einseitigen Perspektive, die uns als die absolute und einzige erscheint. Alles ist in sich verrückt. Wir merken es bloß nicht in unserem Wahn, der in unserer Verrücktheit für uns die Wirklichkeit ist.

Nehmt als Beispiel Athanasius Wunderlich. Einst schien er ein vernünftiger Mann gewesen zu sein. Dann hat er sich zuviel mit Sybillas System und dem Unendlichen beschäftigt und ist übergeschnappt. Er hat sich wahrscheinlich auf die Möglichkeit magischer Anwendungen fixiert. Warum? Um zu sein wie Gott?! Das ist bizarr, so bizarr wie die Relationen seines Denkens und Fühlens. Oder die Bruderschaft der Weltweisen, auch sie sind einseitig fixiert, glauben an absolute Vernunftgesetze, deren technische Anwendung Allmacht verheißt. Von Sybillas Buch erhoffen sie sich die absolute Vernunfterkenntnis. Auch sie wollen sein wie Gott. Ihr Wahnsystem ist nicht weniger bizarr und ebenso geschlossen und nur für die, die darin leben, völlig konsistent. Ihre Zwecke werden zu heiligen Zwecken, die jedes Mittel rechtfertigen werden, und sie werden für sie bereitwillig ihr eigenes, aber vor allem das Glück und Leben anderer opfern. Fixe Ideen versklaven alles Sinnen und Trachten."

Nach dieser langen Rede drehte Rahel sich um. Fee spielte noch immer mit dem Band. Sie ging auf das Kind zu und nahm es ihr aus der Hand. Fee sah sie an und sagte besänftigend: „Du brauchst keine Angst zu haben, ich will nicht sein wie Gott, ich will damit nur spielen. Es ist so lustig."

„Ja", bemerkte Rosalba Rosenschön, und ihre Stimme klang ernst und nachdenklich, „damit spielen wie Gott mit dem Unendlichen."

Die Nächte und Tage blieben kalt und weiß. Althea, Rahel und Fee waren zu einem Winterspaziergang aufgebrochen, der sie auf den vereisten Typol führte. Kinder und Erwachsene gaben sich dem winterlichen Vergnügen des Schlittschuhlaufens hin oder schlitterten einfach so auf dem zugefrorenen Fluß. Auch Fee rutschte mit viel Vergnügen, wenn auch ungeschickt, über das Eis. Mehr als einmal setzte sie sich dabei auf den Po.

Sie hatte sich bei ihrer Schlitterpartie etwas von ihren beiden Begleiterinnen entfernt. Sie glitt wieder mal aus. Lachend versuchte sie auf dem glatten Untergrund aufzustehen, als sie auf ein schwarzgekleidetes und bestiefeltes Beinpaar blickte, das direkt vor ihrer Nase stehengeblieben war. Irritiert blickte sie hoch und sah an einem hageren Mann empor, den sie sofort als den Diener aus der schwarzen Burg erkannte. Er verzog sein Gesicht zu einem grimmigen Lächeln. Fee erschrak. Der Mann machte ihr Angst. Hastig bemühte sie sich, auf die Beine zu kommen, rutschte jedoch immer wieder aus. Sie hörte den Mann gemein lachen. Endlich gelang es ihr, aufzustehen. Geschwind drehte sie sich um und floh über das Eis. Mehrmals rutschte sie aus und stürzte hin. Jetzt fand sie es gar nicht mehr spaßig. Panik hatte sie erfaßt. Sie bahnte sich ihren Weg durch die anderen Menschen, die sich hier auf dem Eis vergnügten. Ihr Lachen und Scherzen drang wie Hohn in ihren Ohren. Sie sah Althea und Rahel vor sich auftauchen und stürzte erneut hin. Althea reichte ihr die Hand und zog sie hoch.

Den beiden Frauen war die Angst im Gesicht des Kindes nicht entgangen, und Rahel fragte: „Was ist los?"

Fee drehte sich um. Unweit von den dreien entfernt stand Spy und grüßte mit einem unverschämten Grinsen.

„Hat er dir etwas getan?" fragte Rahel und Zorn lag in ihrer Stimme.

„Nein. Aber er macht mir Angst."

Spy hatte die Frauen und das Kind schon eine ganze Weile beobachtet und gesehen, wie sie aus Haus Rosenhag kamen und zu einem Winterspaziergang aufgebrochen waren. Er erinnerte sich an das dürre, zerlumpte Geschöpf, das im Herbst Waren in der Burg abgeliefert hatte. Offenbar hatten die Rosenschön und die Professorinnen sich der Kleinen angenommen. Zerlumpt sah sie jetzt jedenfalls nicht mehr aus. Womöglich war sie das Kind, nach dem sein Herr so zornig und verzweifelt suchte.

Weiß und schweigend lag der Wuselwald unter dem kalten, klaren Winterhimmel. Über den ungewohnt hohen Schnee vor Jahresende schlurfte Wurz auf seinen Schneeschuhen. Der kleine Waldgnom glitt leichtfüßig dahin, an schneeverhangenen Tannen vorbei, unter hohen Bäumen hindurch. Er war ganz in Grün gekleidet und trug einen ledernen Rucksack.

Plötzlich stockte er in seinem Lauf. Er war auf Fußspuren gestoßen. Die Abdrücke von vier Stiefelpaaren konnte er deutlich unterscheiden. Tief waren ihre Träger im Schnee versunken. Vielleicht hätte er sich nicht weiter darum gekümmert, aber sie liefen genau in die Richtung, die auch Wurz vorhatte einzuschlagen. Die Spuren waren frisch, und er fragte sich, auf wen er wohl treffen würde. Er fragte sich dies um so mehr, als bei dieser Witterung im allgemeinen nur verrückte Waldläufer wie er in den Wäldern unterwegs waren. Nach Waldläuferspuren sahen die Abdrücke aber nicht aus. Waldläufer würden nicht so durch die Botanik trampeln, wie es hier geschehen war. Rücksichtslos war alles niedergetreten. Außerdem waren Waldläufer meist allein unterwegs. Und wenn sie eine Gruppe führten, leiteten sie diese an, nicht wahllos durch das Unterholz zu latschen.

Wurz folgte den Spuren. Gegen Abend sah er zwischen dichtstehenden Bäumen ein Feuer lodern. Leise schlich er sich heran und verbarg sich hinter niedrigen Büschen.

Um ein kleines Feuer saßen vier Männer. Sie waren bewaffnet mit Säbeln und Streitäxten. Im Schein des Feuers konnte er das Gesicht eines Mannes erkennen. Erschrocken zog er sich zurück.

Es hatte wieder zu schneien begonnen. Seine Spur würde bald unter frischem Schnee verschwunden sein. Unter einer alten Tanne mit ausladenden Zweigen, die schwer an ihrer weißen Last trug, fand er Unterschlupf. Er kauerte sich in eine Höhle aus Schnee. Ein wärmendes Feuer zu machen, wagte er nicht. Die Angst, von den vier Männern entdeckt zu werden, hinderte ihn daran.

Wurz hatte ihn sofort wiedererkannt. Nie würde er sein Gesicht vergessen, die grausamen Augen und das gemeine Grinsen, den Quadratschädel mit dem Bürstenhaarschnitt. Es war im Herbst gewesen, im

Hochwald. Er war auf dem Weg ins Silberquelltal und wollte bei seinem alten Freund Hieronymos vorbeischauen, der in der Waldeinsamkeit hauste. Hieronymos nährte sich von den Früchten des Waldes. Wilde Tiere taten ihm nichts zuleide, und nicht selten pflegte er ein Verletztes unter ihnen. Seine Tage verbrachte er in frommer Andacht und in der Meditation über geheimnisvolle Schriften, die Wurz nicht kannte. Sie mußten aber von solch gewaltiger geistiger Tiefe sein, daß ein Leben nicht ausreicht, um sie auszuloten oder gar vollständig zu ergründen.

Wurz war schon dicht bei der Einsiedelei, einer bescheidenen Holzhütte, und wollte soeben Hieronymos bei seinem Namen rufen, als die Tür der Hütte aufflog und ein vierschrötiger, schwerbewaffneter Mann heraustrat. Unter seinem Arm trug er ein dickes Buch. In letzter Sekunde konnte Wurz sich hinter einer Eiche verbergen, die vor der Einsiedelei wuchs. Der Mann sah den Gnom nicht und stapfte durch das Dickicht davon. Hinter ihm ging die Hütte des weisen Mannes in Flammen auf. Voller Entsetzen sprang Wurz hinter dem Baum hervor und rannte in das brennende Haus. Er fand den Raum verwüstet. Bücher waren achtlos zu Boden geworfen, zwischen ihnen lag der alte Mann, tot – erschlagen.

Wurz hatte den Kerl, der da am Feuer bei den anderen saß, wiedererkannt. Es war derselbe, den er aus der Einsiedelei hatte kommen sehen. Er konnte sich nicht vorstellen, daß dieser feige Mörder des alten Hieronymos zusammen mit seinen drei Begleitern etwas Gutes im Schilde führte. Er würde die Burschen im Auge behalten und ihnen in gebührendem Abstand folgen.

Im Morgengrauen brachen die Männer auf. Wurz folgte ihnen. Waldgnome vermögen fast lautlos oder wie das Rascheln des Windes durch das Unterholz zu schleichen und verstehen es, sich vor neugierigen Augen zu verbergen. Schnee lag auf seiner Kapuze und seinen Schultern. Wenn er stillstand, sah er aus wie eine kleine, verhutzelte und verschneite Tanne. Lediglich der durch die bittere Kälte gefrierende Atem hätte ihn verraten können. Doch im dichten Schneetreiben war seines Atems Raureif kaum zu bemerken. Mehrere Tage verfolgte er die Männer. Eines Abends gelangten sie an den Rand des Waldes. Die Nacht verbrachten sie noch im Schutz der Bäume und verließen am Morgen den Wuselwald oberhalb von Tybolmünde.

Wurz beobachtete, unter einer alten, verschneiten Tanne verborgen, wie die Kerle aus dem Wald in das tiefverschneite Land hinaustraten. Er wartete einige Zeit und ließ sie ein gutes Stück vorgehen, dann folgte er ihnen, sich, winzig wie er war, im niedrigen Buschwerk verbergend. In der Ferne sah er die schwarze Burg als drohend finsteren Schattenriß. Er kannte sie. Seit Jahrhunderten thronte die basaltene Festung über der Stadt. Die Männer hielten genau auf sie zu.

Als es dunkelte, sah Wurz flackerndes Licht im Turm der Burg. Die Männer würden sie bald erreichen. Wurz verbarg sich in einem Busch und beobachtete, wie die vier schwarzen Schatten in der Burg verschwanden, als verschlucke sie die Finsternis.

Die Burg war also wieder bewohnt. Das verhieß nichts Gutes. Er konnte die Bedrohung, die von der schwarzen Festung ausging, leibhaftig spüren. Bedrückt stieg er, den verschneiten Weg folgend, zwischen den Büschen und Bäumen, die ihn säumten, hinab ins Tal und in die Stadt.

Im Kamin prasselte das Feuer. In Rosalba Rosenschöns guter Stube saß sie mit Rahel, Althea und Fee im Schein des Feuers und einer Öllampe bei heißem Tee und Gebäck. Althea hatte sich gerade verwundert darüber geäußert, daß sie Spy seit dem Vorfall auf dem zugefrorenen Fluß nicht mehr gesehen hatten.

„Du glaubst doch nicht im Ernst, daß damit die Gefahr gebannt ist", bemerkte Rahel, „schließlich verhalten sich auch Zuckerschale und Rabenschnabel betont friedlich in letzter Zeit. Ich glaube nach wie vor, daß die Bruderschaft und der Herr der dunklen Festung etwas im Schilde führen. Sie warten bloß ab. Ich frage mich nur, auf was sie warten."

„Vielleicht darauf, daß wir etwas tun", sagte Fee.

Althea fragte: „Bloß was sollten wir tun?"

„Na ja", überlegte Fee, „zum Beispiel in den Großen Wald zur Heiligen Alten gehen."

Rahel schüttelte den Kopf. „Warum sollten wir das tun? Erstens wissen wir gar nicht, wie und wo wir in den Großen Wald kommen und wo wir dort die Alte finden können. Zweitens: selbst wenn wir in den Wald und zur Heiligen Silvia gelangen, was wollen wir dort? Und drittens bestünde dann die Gefahr, daß wir unseren Freunden den Weg weisen. Das ist das Letzte, was ich will. Wildscheine lassen wir schließlich auch nicht in einen Heiligen Hain."

Fee sagte gedankenverloren: „Der Eschenzweig, er steckt immer noch im Hut des Schneemanns, und er ist immer noch grün. Er hat sogar noch mehr Blätter bekommen."

Es klopfte an der Tür. Frau Rosenschön erhob sich, um nachzuschauen, wer zu so später Stunde und bei solch lausigkaltem Wetter Einlaß begehrte. Der silberne Glockenton zeigte an, daß Frau Rosenschön die Haustür öffnete. Kurz danach führte sie einen kleinen, verschneiten Wicht in die gute, warme Stube.

Rosalba Rosenschön stellte ihn als ihren alten Freund Wurz vor. Sie bat ihn, Mantel, Rucksack und Stiefel abzulegen und sich aufzuwärmen. Sie würde ihm heißen Tee bringen und eine warme Mahlzeit. Wurz ließ sich das nicht zweimal sagen. Er legte seine Sachen ab und setzte sich auf dem Boden vor dem Kamin. Die Füße stellte er auf, um sie zu wärmen und umschlang die Beine mit seinen Armen. Seinen Kopf legte er auf die Knie. Niemand wagte, ihn anzusprechen. Erst als Frau Rosenschön zurückkam, löste er sich aus dieser Haltung. Dankbar lächelnd nahm er die große Tasse heißen Tees entgegen und begann in kleinen Schlucken zu trinken. Dabei schaute er mit seinen riesigen, braunen Mandelaugen freundlich zwinkernd in die Runde. Mitten in seinem kleinen, hutzeligen, grünlich braunen Gesicht saß eine kleine rotgefrorene Nase. Mit seinen schmalen Lippen nippte er an der Tasse, die er mit kleinen, aber kräftigen Händen hielt. Zwischen struppigem, dunklem Haar lugten kleine abstehende Öhrchen hervor.

Frau Rosenschön stellte einen Teller kräftiger und duftender Suppe und einen Korb mit dunklem Brot neben Wurz. Der Gnom stellte den Tee beiseite und machte sich über die Suppe her. Daß es ihm schmeckte, war deutlich zu hören. Erst nachdem Wurz sich sattgegessen und Frau Rosenschön ihm Tee nachgeschenkt hatte, fragte sie ihn, was ihn, der Städte haßte, nach Tybolmünde führte, und noch dazu bei diesem Wetter.

Wurz schaute verstohlen über den Rand der Teetasse und blickte von Fee zu Althea und Rahel. Rosalba Rosenschön schien seine Gedanken zu erraten. „Du kannst ruhig sprechen. Es sind gute Freunde."

„Sie Bescheid wissen?" fragte der Waldgnom.

„Ja", bestätigte Frau Rosenschön.

Wurz betrachtete sie lange und schweigend. Dabei wiegte er den Kopf hin und her, als wolle er abwägen, ob sie wirklich sein Vertrauen verdienten. Seine riesigen Augen fixierten erst Rahel, dann Althea und schließlich Fee. Auf dem Kind ruhten sie am längsten. Dann zwinkerte er wieder freundlich und sagte: „Wurz euch vertrauen." Er begann zu erzählen. Zunächst berichtete er von den vier Männern, die er verfolgt und in die schwarze Burg hatte gehen sehen, auch daß er einen als den Mörder des seligen Hieronymos wiedererkannt hatte. Diese Nachricht wurde von den Anwesenden mit Bestürzung aufgenommen. Rahel sagte bitter: „Da braut sich gewaltig was zusammen."

Wurz fuhr fort: „Auf dem Weg hierher habe ich mich gemacht aus anderem Grund. Mich träumte von der Heiligen Alten. Sie zu mir kam im Schlaf und zu Wurz folgende Worte sprach: ‚Waldläufer, mach dich auf den Weg in die Stadt an der Mündung des Tybol. Dort findest du ein Kind. Schicke es zu mir!' Ich fragte: ‚Wie ich soll erkennen das Kind, und wie kann es finden zu dir in den Großen Wald?' Sie aber sagte: ‚Du wirst wissen, wenn du es gefunden hast. Und das Kind wird finden den Weg.'"

Rosalba Rosenschön hob erschrocken die Hände gegen ihre Wangen und sprach: „Fee hat geahnt, was zu tun ist. Sie ist das Kind der Prophezeiung, und sie ist das Kind, von dem die Heilige Alte spricht."

Fee starrte Frau Rosenschön entsetzt an, dann blickte sie flehend zu Althea und Rahel. „Nein, ich bin es bestimmt nicht. Ich bin nur eine gewöhnliche Straßengöre, nichts weiter."

„Was für eine Prophezeiung?" fragte Wurz.

Frau Rosenschön erklärte es ihm und berichtete auch von den vergangenen Ereignissen in Tybolmünde.

Der Gnom schwieg. Nachdenklich wiegte er sein Haupt. Seine Augen beobachteten gebannt das Kind. Fee wurde ganz unbehaglich, als würden seine Blicke in ihr Innerstes dringen. Und sie fragte sich, was sie da wohl finden würden. Ihr selbst fielen alle begangenen Sünden ihres kurzen Lebens gleichzeitig ein, und sie begann sich zu schämen. Immer tiefer drückte sie sich in die Ecke des Sofas, auf dem sie saß, als wolle sie darin und vor dem durchdringenden Blick des Gnoms verschwinden. Sie spürte, daß sie rot anlief und schlug die Hände vor ihr Gesicht, als würde, wenn die Blicke sich nicht mehr begegnen können, sie ihnen auch nicht mehr ausgesetzt sein. Es war eine Schutzgeste, doch sie war wirkungslos. Nach wie vor spürte sie den Blick des Waldgnoms.

Althea, die neben Fee saß, beugte sich schützend über das Kind. Rahel sagte an Wurz gewandt: „Hör auf, sie so anzustarren. Du machst ihr Angst. Fee hat recht. Sie ist ein ganz normales Kind." Wurz löste den Blick und zwinkerte freundlich, dann wiegte er wieder den Kopf und bemerkte: „Ich weiß nicht, ich weiß nicht. Was seien in seltsamen Zeiten schon normal, das Seltsame, nehme ich an. Und das Kind seien ein seltsames kleines Mädchen. Es haben das zweite Gesicht. Wurz spürt das, und es haben eine seltsam farbig schillernde Aura, noch schwach, aber Wurz sieht das."

„Was redest du da für einen Unsinn", fuhr Rahel den Gnom an. „Das Kind hatte bloß böse Träume, und ich sehe keine Aura."

„Auch böse Träume Wahrträume können sein. Und nicht alles, was menschliche Augen nicht sehen und menschliche Ohren nicht hören, existiert auch nicht. Die Augen einer Biene in den Menschen verborgenen Lichtbereichen sehen, und Fledermäuse auch unerhörte Frequenzen hören. Du nicht lassen dich vom Skeptizismus zernagen. Magische Energie schwingt in besonderen Wellenbereichen. Nicht alle Augen in diesen Bereichen zu sehen vermögen. Noch die Energie in dem Kinde schwach sein, aber sie stärker werden wird. Du es gut meinen mit dem Kind. Du es schützen wollen. Du es nicht schützen können, wenn du ihm nicht helfen, seine Kräfte anzunehmen, zu entwickeln und zu kontrollieren. Es ihnen sonst hilflos ausgeliefert. Ich fühle, du wollen das nicht."

Rahel sah zu Fee, die, fest in Altheas Arme geschmiegt, den Worten des Gnoms mit weitaufgerissenen Augen gefolgt war. Sie senkte den Kopf und sagte: „Nein, das will ich nicht."

Plötzlich richtete Fee sich auf. Die Angst war aus ihren golden schimmernden Augen gewichen. Freude über eine Entdeckung ließen sie erstrahlen. „Der Eschenzweig, der Eschenzweig, er wird uns führen, wie der Zweig, der einst den Pilger führte."

„Was das Kind meint?" fragte Wurz. Frau Rosenschön erklärte es ihm. Der Gnom lächelte und sagte: „Das Kind wird finden den Weg."

In der finsteren Burg saßen in einer schwarz-steinernen Halle fünf dunkle Gestalten um einen schwarzen Tisch. Spy trug reichlich gebratenes Fleisch und heißen Wein auf. Im Kamin loderte ein Feuer, doch wärmte es kaum den feuchten, hohen Raum. Die vier Besucher der Burg aßen gierig den Braten und soffen aus hohen Zinnbechern den Wein. Die

Knochen warfen sie hinter sich. Der starke Wein stieg ihnen zu Kopf, und bald erzählten sie lärmend ihre vermeintlichen Heldentaten und protzten mit den begangenen Gemeinheiten.

Mit unbeweglicher Miene saß Athanasius Wunderlich weit entfernt von ihnen an einer Kopfseite des Tisches. Er aß nicht, und er trank nicht.

Orgar, der Gnadenlose, wie er sich selber nannte, berichtete geifernd, wie er den alten Hieronymos abgeschlachtet und seine Hütte in Brand gesteckt hatte. Dabei hob er immer wieder seinen Becher und goß sich den Wein in die Kehle. Der rote Rebensaft rann ihm aus den Mundwinkeln, den Hals hinab in sein Kettenhemd. Er lachte grölend.

Der Zauberer unterbrach ihn jäh: „Hast du das Buch?" Eis lag in seiner Stimme, die Mark und Bein gefrieren ließ.

„Klar doch", entgegnete der Angesprochene, „auf Orgar den Gnadenlosen ist Verlaß." Schwerfällig erhob sich Orgar und schwankte zu seinem Rucksack, der mit den anderen an der Wand lehnte. Umständlich kramte er in der Tasche. Nur mit Mühe hielt er sich auf den Beinen. Endlich zog er ein dickes, in Leder gebundenes Buch hervor. Triumphierend hielt er es hoch und grölte: „Hier hab ich es, großer Meister!"

Er schwankte auf den Zauberer zu. Auf halber Strecke verlor er das Gleichgewicht und stürzte. Das Buch entglitt seiner Hand. Orgar wollte nach ihm greifen. Doch das Buch entfernte sich von ihm und schwebte langsam höher und auf den Zauberer zu. Direkt vor ihm auf dem Tisch blieb es liegen. Wie von Geisterhand öffnete es sich, und der Magier blickte mit versteinerter Miene hinein.

Mühsam erhob sich Orgar und torkelte an seinen Platz zurück. Niemand sprach ein Wort, und auch das letzte Lachen war verstummt.

Athanasius Wunderlich schlug das Buch zu, erhob sich, klemmte es sich unter den Arm und schickte sich an, den Saal zu verlassen. „Gut", sagte er, „sehr gut", und ging.

Orgar grinste stolz und schüttete sich einen weiteren Becher Wein in den Hals. Bis zum Morgen zechten, prahlten und grölten sie weiter.

In seiner vornehmen Villa schritt Professor Dietmar von und zu Rabenschnabel nachdenklich auf und ab. Immer wieder schüttelte er seinen silbergrauen Aristokratenschädel. Was, wenn doch etwas an der Geschichte mit der Alten aus dem Walde dran war? Einige Indizien sprachen schließlich dafür. Zuckerschale, dieser neureiche Lackaffe, hielt sie für ein Hirngespinst übergeschnappter Waldläufer und seltsamer Heiliger wie den Sonnenwirt. Zuckerschale war ein hoffnungsloser Realist. Er glaubte nur an die Empirie und an die Wissenschaft und hielt sich selbst für den Oberguru der Forschungsgemeinschaft. Er selbst, Professor Dietmar von und zu Rabenschnabel, wußte aus eigener tiefer Erfahrung, daß es eine Wirklichkeit gab, von denen Realisten nicht mal träumten. Er hatte alle verfügbaren Berichte über die Alte und den Großen Wald gelesen und meinte, trotz aller Sagengespinnste vergleichbare Strukturen und Aussagen in den Berichten erkennen zu können, die auf eine gemeinsame Wahrheit verwiesen.

Und dann waren da noch die beiden Gastprofessorinnen. Sie hielten sich auffällig zurück in der letzten Zeit. Er glaubte nicht daran, daß dies aus Angst geschah, wie Zuckerschale meinte. Sie wohnten im Rosenhag. Die Besitzerin steckte doch mit den Sonnenwirtsleuten unter einer Decke. Außerdem war ihm zugetragen worden, daß die Professorinnen und die Rosenschön ein Kind aufgenommen hatten und der bleichgesichtige Wiesel aus der schwarzen Burg sie beobachtete. Seine finsteren Gegner hatten also ebenfalls Interesse an den streitbaren Damen.

Er besaß so seine Leute. Die hatte er auf den Bleichgesichtigen angesetzt. Er wartete nur darauf, daß sie ihm Meldung machten oder den Burschen vorbeischleppten.

Während er noch vor sich hinsinnierte, klopfte es an der Tür seines Bibliothekszimmers. Ein Diener trat ein und meldete mit einem schiefen Grinsen, daß im Keller Besuch für ihn sei.

Rabenschnabel rieb sich vergnügt die Hände. Das ging schneller als erwartet. Es war später Nachmittag, und schon hatten sie den Kerl eingefangen. Er stieg die Treppen zu seinem Kellergewölbe hinunter. Vor einer dicken Eichentür blieb er kurz stehen, drückte beherzt die schwere Eisenklinke und trat ein. Vier seiner Diener, alles zwielichtige Gestalten, die bei ihm ihr Auskommen gefunden hatten und ihm blind gehorchten, hatten Spy auf einem Stuhl gefesselt. Rabenschnabel grinste vor Begeisterung, und sein Aristokratengesicht bekam einen unfeinen und leicht fiesen Ausdruck. Seine Augen funkelten kalt.

„Sieh mal an!" sagte er spitz. „Hoher Besuch. Ich will dir keine weiteren Unannehmlichkeiten machen, also verrate mir, was du über die Bewohnerinnen vom Rosenhag weißt und von der Alten aus dem Wald."

Spy spuckte auf den Fußboden vor Rabenschnabel. Dieser zog angewidert seine aristokratischen Augenbrauen hoch. „Du willst also nicht", begann er, „gut, dann brauche ich Gewalt. Überlege es dir."

Spy sah ihn verächtlich an. Mit zusammengekniffenen Augen sagte er: „Mein Herr wird Sie zerquetschen wie eine gemeine Zecke."

Rabenschnabel lachte höhnisch. Gemächlich schritt er zu einem massiven Eichenschrank und öffnete ihn. Er war gefüllt mit Flaschen und Fläschchen mit unterschiedlich farbigen Inhalten sowie Tiegeln, Dosen und Gläsern mit diversen Pulvern und Ingredienzen. Gezielt griff er nach einer Flasche mit einer bläulichen Flüssigkeit. Dann schloß er den Schrank wieder. Von einem Regal nahm er ein kleines Glas.

Ja, er hatte subtilere Methoden, etwas aus den Leuten herauszuholen als dieser Zuckerschale. Triumphierend baute er sich vor Spy auf und zeigte ihm das Fläschchen mit der Aufschrift: Wahrheitselexier. Er wandte sich an seine drei Büttel und sagte: „Meine Herren, seid so gut, und sorgt dafür, daß unser Gast schön den Mund aufmacht und brav schluckt."

Dann füllte er etwas von der bläulichen Flüssigkeit in das Glas. Einer der Männer drückte Spys Kopf in den Nacken. Ein anderer zwang ihm mit geschicktem Griff den Kiefer auseinander. Rabenschnabel reichte einem dritten Büttel das Glas, und dieser goß es langsam in Spys Hals. Als die Kerle ihn losließen, hustete und spuckte er. Doch vergeblich, er hatte das Zeug geschluckt.

Rabenschnabel stellte die Flasche zurück, dann schritt er zur Tür, öffnete sie und sagte noch bevor er ging: „Bin in einer halben Stunde zurück."

Athanasius Wunderlich kochte vor Zorn. Durch seine Glaskugel hatte er beobachten müssen, daß vier Männer seinen Diener geschnappt und in Rabenschnabels Villa geschleppt hatten. Wutentbrannt verließ er sein Turmzimmer und ging hinunter in die steinerne Halle, wo Orgar mit seinen Kumpanen zechte und Karten klopfte. Polternd und schnaubend trat der Zauberer ein und schrie: „Auf, ihr Halunken. Es gibt Arbeit für euch! Bringt mir Spy zurück, und schafft diesen Rabenschnabel her – und zwar lebend!"

Etwa eine halbe Stunde später betrat Rabenschnabel wieder das Kellerverlies, in dem Spy gefangengehalten wurde. Der Diener hing schlaff mit halbgeschlossenen Augen auf dem Stuhl. Sein Kopf war vornüber gesackt. Rabenschnabel griff in seinen Haarschopf und zerrte den Kopf zurück. Kalt befahl er seinen Bütteln: „Verschwindet!" Zu Spy gewandt, fragte er: „Sprich, was weißt du über die Bewohnerinnen vom Rosenhag?"
Kaum hörbar begann Spy zu sprechen.
„Lauter!" kommandierte Rabenschnabel.
Mühsam begann der Spion des Zauberers lauter zu reden: „Sie haben das Kind der Prophezeiung. Es weiß, wo das Buch ist."
„Ist es bei der Alten aus dem Wald?"
„Keine Ahnung."
„Dann gibt es die Alte also?"
„Ja."
„Wo lebt sie?"
„Das weiß nur mein Herr."
„Was war dein Auftrag?"
„Ich sollte die Rosenschön, das Kind und die Professorinnen beobachten – was sie so treiben."
„Und was treiben sie so?"
„Sie haben Besuch von einem Waldgnom, einem Waldläufer."
„Interessant, interessant."
Viel weiter kam Rabenschnabel nicht. Vier schwerbewaffnete Kerle stürmten durch die Kellertür, schlugen Rabenschnabel nieder und befreiten Spy.
Einer der Männer, ein blonder Hüne namens Wolfhart, warf sich Rabenschnabel über die Schulter. Ein anderer Kerl, den sie Slayer nannten, schleppte Spy.

Althea hatte den Eschenzweig hereingeholt. Sie wollte nicht, daß Fee ihn unnötigerweise anfaßte und wieder in Trance verfiel. Feierlich legte sie ihn auf das Rosenholztischchen.
„Dieses Zweiglein uns soll also führen. Gut, wir sehen werden", sagte Wurz.
„Ich habe euch Proviant gepackt", verkündete Frau Rosenschön. „Es wird ein weiter Weg sein."

„Nein", entgegnete Fee mit weitaufgerissenen Augen, die ein sehr fernes Ziel zu fixieren schienen, „er ist ganz nah. Ich kann gleich gehen." Sie streckte ihre Hand aus und griff nach dem Eschenzweig. Rahel hielt ihre linke Hand fest und verhinderte so ein Aufnehmen des Zweiges. Fee schien sich dagegen zu wehren.

Rahel drehte sie zu sich und packte sie an den schmalen Schultern. Sie schüttelte das Kind heftig und schrie es an: „Komm zu dir! Fee! Fee! Fee! Hey, komm zu dir!"

„Laß sie. Es keinen Zweck haben. Sie nur gehorchen ihrem inneren Wissen", sagte Wurz beschwichtigend.

Verwirrt gab Rahel Fee frei. Das Mädchen dreht sich um und nahm den Zweig auf. Ihr starrer Blick löste sich, und sie blickte fast heiter. Zielstrebig schritt sie auf die Tür zum Garten zu, öffnete sie und ging hindurch. Die anderen sahen nur, wie sie zwischen hohen Bäumen eines dichten Waldes verschwand. Althea stieß einen entsetzten Schrei aus, und alle stürzten zur Tür. Als sie über die Schwelle traten, befanden sie sich im verschneiten Rosengarten.

„Verdammt! Warum habe ich auf diese kleine Mistkröte gehört." Wütend packte Rahel den Gnom an seinem grünen Kragen, hob ihn hoch bis auf Augenhöhe und fixierte ihn mit ihren schrecklich blitzenden, blauen Augen. Sie schüttelte den kleinen Wicht und schimpfte: „Ich sollte dich umbringen. Du hast es gewußt. Du hast es die ganze Zeit gewußt. Sie ist ganz allein da draußen in dem Wald, ganz allein. Sie ist doch noch ein Kind."

„Du dich wieder regen ab", sagte Wurz in beruhigendem Ton, „sie nicht lang allein ist, die Heilige Alte wird sie finden. Dann alles gut sein."

„Ich werde mich nicht abregen", tobte Rahel, „ich werde dir ..."
„Es ist gut. Wurz hat recht", sagte Frau Rosenschön.
Althea legte Rahel besänftigend die Hand auf die Schulter und sagte: „Rahel, laß ihn runter. Das nutzt jetzt niemandem etwas, bitte."

Die gedungenen Schläger des Zauberers hatten Rabenschnabel und Spy in die Kutsche des Professors gepackt, die Pferde angespannt und waren zur Burg gefahren. In der steinernen Halle schleppten sie Rabenschnabel vor den Zauberer. Dieser befahl ihnen zu verschwinden. Rabenschnabel stand nun allein vor Athanasius Wunderlich. Der Zauberer wirkte dräuend, und ihm war gar nicht wohl in seiner Aristokratenhaut.

„Willkommen auf meiner Burg, verehrter Kollege", begrüßte ihn Wunderlich in schmeichlerischem Ton, dann fuhr er drohend fort: „Ich liebe es nicht, wenn mein Diener entführt und ausgehorcht wird. Ich kann da sehr unangenehm werden. Sie hätten auch einfacher und weniger unfreundlich gegen mich Informationen erhalten können. Warum sind Sie nicht zu mir gekommen? Ich nehme an, wir suchen dasselbe."

„Kann schon sein", entgegnete Rabenschnabel kleinlaut.

Der Zauberer lachte: „Das kann nicht nur sein, das ist so. Sie suchen wie ich die Schriften der Sybilla, um die letzten und tiefsten Geheimnisse des Kosmos zu ergründen. Sie wie ich suchen die Ordnung im chaotischen Geschehen der Natur, die Muster im wirren Text der Schöpfung. Wir beide wollen das Unberechenbare berechnen. Und die Schriften der Sybilla sind der Schlüssel dazu. Wir sollten zusammenarbeiten, zu beider Seiten Nutzen."

Rabenschnabel schwieg.

„Sie sagen mir, was Sie wissen, und ich sage Ihnen, was ich weiß, und gemeinsam gehen wir auf die Jagd. Die Beute aber beuten wir sozusagen gemeinsam aus. Wir werden sein wie Gott, wir werden Götter sein", setzte Wunderlich seine euphorische Rede fort.

Rabenschnabel dachte nur: Ich bin der Herr, dein Gott. Du sollst nicht andere Götter haben neben mir. So stand es in der Heiligen Schrift des Alten Volkes. Hier gilt gewiß die alte Hochlandweisheit, daß es nur einen geben kann. Laut sagte er: „Einverstanden. Unabdingbar scheint mir allerdings, daß wir uns den eitlen Gecken von Zuckerschale vom Hals schaffen."

Fee drehte sich um. Die Tür zum Haus Rosenhag war verschwunden, und anstatt in einem winterlichen Rosengarten stand sie im schattigen Grün eines tiefen, hohen Waldes. Ein dichtes Blätterdach ließ kaum Sonnenlicht durch. Von überall her drangen seltsame und ihr fremde Geräusche an ihr Ohr. Irgendwo plätscherte Wasser. Der Wald war dicht, und Fee mußte aufpassen, daß sie nicht im wirren Gestrüpp hängenblieb oder über Baumwurzeln, Lianen, herabhängende Äste und umgestürzte Bäume stolperte. Mannshohe Farne versperrten ihr die Sicht, und nur mühsam schlug das Mädchen sich durch das Dickicht, kaum sehend, wo es hintrat. Da es nicht wußte, wie und woran es sich in diesem Dschungel orientieren sollte, folgte es seinen Ohren. Vorsichtig schlug es sich in Richtung des plätschernden Wassers durch.

Abrupt lichtete sich der Wald. Die Bäume standen zwar immer noch hoch und dicht, doch ließen sie jetzt etwas Sonnenlicht durch. In einem kleinen Bach, der durch sattes Grün mäanderte, brachen sich schillernd einige Sonnenstrahlen. Im Bachbett glänzten kleine und große Quarze und Kristalle in allen nur erdenklichen Farben. Das Bächlein plätscherte über sie hinweg, und Wasser und Sonnenschein verliehen ihnen eine wunderbare Leuchtkraft.

Fee stand wie verzaubert am Rand der Lichtung. Auch mußten sich erst ihre Augen nach der Dämmerung des Waldes an das farbige Leuchten des Wassers und der Steine gewöhnen. Endlich lief sie zum Ufer, warf sich auf die Knie, legte den Eschenzweig ins Moos und schöpfte mit ihrer gesunden Linken von dem klaren Wasser. Es schmeckte herrlich, besser als alles, was sie je getrunken hatte, besser sogar als Frau Rosenschöns Tee. Das köstliche Naß erfrischte und belebte. Fee sprang auf, schmiß ihre Arme in die Höhe und jubelte, sprang und drehte sich im Kreise. Als sie wieder stillstand, blickte sie den Bach aufwärts. Er kam einen sanften Hügel herunter. Oben wuchsen viele bunte Blumen, in deren Mitte ein sehr, sehr hoher und mächtiger Baum in den Himmel wuchs. Fee schaute hinauf. Seine Krone verschwand im Blau des Äthers. Sie beschloß, den Bach aufwärts zu wandern. Beinahe hätte Fee den Eschenzweig vergessen. Das Kind bückte sich, um ihn aufzuheben. Der Steckling war bereits festgewachsen. Das Mädchen zuckte mit seinen Schultern und zog den Hügel hinauf.

Der Weg war weiter, als sie geglaubt hatte. Plötzlich stand sie auf einer herrlichen Blumenwiese. Es duftete nach Kräutern. Insekten, die sie nie zuvor gesehen hatte, summten und brummten über, in und auf der Blütenpracht. Am Bachufer ließ Fee sich nieder, erfrischte sich erneut im köstlichen Naß und angelte nach kleinen Kristallen. Als sie diese in ihren Händen bewegte, erklangen sie in zarten Tönen. Eine Zeitlang spielte sie mit den klingenden, bunten Steinchen und stellte fest, daß, je nachdem, welche Steine aneinanderstießen, sich ganze Lieder komponieren lassen müßten.

Bis zum riesigen Baum war es noch recht weit. Von weitem sah sie, daß ein großes Haus in den Baum hineingebaut war. Es schimmerte zwischen den gewaltigen Ästen hindurch. Als sie endlich vor dem Baum stand, konnte sie ihn mit ihren Armen nicht umfangen. Mindestens hundert Kinder hätten dafür aufgeboten werden müssen. Am Fuße des Baumes entsprang das Bächlein, es trat unterhalb einer Wurzel hervor. Doch halt, Fee traute ihren Augen kaum. Vier Bäche hatten ihre Quelle unter dem Baum. Fee bemerkte es, als sie um ihn herumschritt. Eine Quelle sprudelte an jeder Seite aus den Tiefen des Erdreichs hervor. Und in allen Bächen glitzerten farbige Kristalle und Quarze.

Plötzlich hörte sie eine alte, freundliche Stimme, die ihren Namen rief. Sie hatte den Eindruck, die Stimme käme von weit oben. Sie blickte hinauf. Zunächst konnte sie außer grünem Blätterwerk nichts erkennen. Wieder rief die Stimme nach ihr. Jetzt gewahrte sie eine kleine, grüne Gestalt, die ihre Beine von einem kräftigen Ast herunterbaumeln ließ.

„Nimm die Strickleiter, und komm rauf!" rief sie ihr zu.

Fee war es nun wahrlich gewohnt, per Strickleiter in einen Baum zu klettern. Schließlich lebte sie in einer Baumhütte, zu Hause in Tybolmünde. Aber dieser Baum war so riesenhaft hoch, selbst der erste Ast, auf dem die kleine Gestalt saß. Fee bekam es mit der Angst.

Mutig begann sie zu klettern. Als sie nach geraumer Zeit hinabblickte, wurde ihr ganz schwindlig, so hoch war sie schon, und so winzig wurden die schönen Blumen auf der Wiese. Die kleine Gestalt rief ihr aufmunternd zu: „Weiter, und nicht hinunterblicken. Du gewöhnst dich schnell daran!"

Fee glaubte schon, gar nicht mehr oben anzukommen, da reckte sich ihr eine Hand entgegen, die ihr auf den Ast half. Hier saß sie nun und wagte nicht, hinunterzublicken. Sie schaute lieber, wer ihr die Hand gereicht hatte. Sie saß neben der Alten aus dem Walde. Die blitzte sie mit ihren Augen, so grün wie die silbrige Rückseite eines Weidenblattes, freundlich an und sprach: „Sei gegrüßt, mein Kind. Du hast den Weg gefunden."

In Rosalba Rosenschöns guter Stube saßen die Hausbesitzerin, Wurz, Rahel Sternenhain, Althea Wiesengrün und die Sonnenwirtsleute. Selbst Lucia Faro hatte sich durchgerungen, ihren Leuchtturm kurze Zeit im Stich zu lassen, um bei der Konferenz in Haus Rosenhag dabei zu sein. Rahel hatte sich wieder etwas beruhigt, doch grollte sie dem Waldläufer nach wie vor. Wurz hatte sich daher möglichst weit von ihr entfernt, zwischen Frau Rosenschön und Elischa, auf dem großrosigen Sofa niedergelassen.

Althea fragte gerade: „Was sollen wir jetzt tun? Weder kennen wir den Weg in den Großen Wald, noch haben wir einen Eschenzweig."

Wurz antwortete ihr: „Einige von uns sich sollten auf lange Reise vorbereiten. Andere sie unterstützen. Es keinen Grund zur Eile bestehen. Das Kind seien jetzt in Sicherheit. Wir es noch nicht brauchen zu beschützen. Zur Zeit ist es bei der Heiligen Alten. Dort seien noch der sicherste Ort der Welt."

„Was heißt hier noch?" fauchte Rahel.

„Athanasius Wunderlich wird alles daransetzen, einen Weg zu ihr zu finden", erklärte Frau Rosenschön. „Er ist ein Narr, er wird dort nichts finden, was ihm nutzt."

„Er wird Fee finden und die Cheilige Alte", fuhr Elischa dazwischen.

„Ja", sagte Wurz, „es ihm aber nichts nutzen wird für seine Zwecke."

„Es ihm nichts nutzen", Althea platzte fast vor Zorn, „egal, er wird Fee etwas antun."

„Unterschätze die Heilige Alte nicht", beruhigte sie der Waldläufer.

„Was heißt, es wird ihm nichts nutzen?"

Hanna antwortete: „Er will die Schriften der Sybilla. Er versteht nicht, daß er die Schriften gar nicht braucht."

„Was, wieso nicht?"

„Weil darin nichts steht, was nicht längst offenbar ist. Chätte er es begriffen, er wierde nicht danach fahnden."

„Ich verstehe überhaupt nichts mehr." Rahel schüttelte ihren schwarzen Haarschopf. „Ich denke, die Schriften dürfen nicht in falsche Hände kommen."

„Schon", erklärte die Sonnenwirtin, „fehlinterpretiert und falsch als Werkzeug der Macht verstanden, kann großes Uncheil angerichtet werden. Ihr Besitzer und Anwender wird nicht wie Gott, sondern wie der Deibel sein. Alles wird verkehrt – eine Katastrophe."

„Viele haben nach den Schriften gesucht", begann die Leuchtturmwärterin, „manche von uns mußten wegen der Texte sterben, nicht nur unser Bruder Friedenreich. Andere wurden wegen ihres Wissens und ihrer Weisheit ermordet, so die große Philosophin und Mathematikerin Hythia. Sie hatte verstanden, daß der Satz ‚alles ist Zahl' falsch ist. Es handelte sich nicht um abzählbare Zahlen, sondern um Zahlenverhältnisse. Wichtig ist das Verhältnis, die Beziehung, das, was zwischen den Zahlen ist, nicht die Zahlen selbst, und daß es in der Wissenschaft wie in der Alltagspraxis darum geht, das Zerstreute zu sammeln und zu einem relationalen Gefüge zusammenzufügen, und zwar auf die rechte oder gerechte Weise in mit Fug und Recht bestehende Situationen. Eine so verstandene Logik wäre eine gerechte Lebenspraxis. Dies aber würde alle bisherige Wissenschaft, Herrschafts- und Alltagspraxis umstürzen."

„Du meinst", fragte Rahel, „daß Sybillas Schriften sich auf das Buch der Schöpfung beziehen, und daß die alten Buchstaben zugleich Zahlen sind?"

„Das ganze Heilige Buch des Alten Volkes besteht aus einer Aneinanderreihung von Zahlen", führte Lucia Faro weiter aus, „doch geht es nicht darum, Zahlenkombinationen herauszutrennen oder Zahlenwerte miteinander zu verrechnen, Quersummen zu bilden, auch nicht darum, eine ars combinatorica wie Abulullia oder eine mathesis universalis wie Ireneus Dentacrustulum zu entwickeln. Das wäre – bestenfalls – alles fauler Zauber, schlimmstenfalls aber eine Katastrophe."

„Du sprichst von der Ris-Sa", stellte Rahel mehr fest als sie fragte, „die Ris-Sa ist der Ur-sprung von allem und in allem, was ist, das, was alles erst ereignen läßt, sozusagen die eigentliche Wirklichkeit im Sinne der Stagairianischen Energeia. Das hat Wunderlich doch begriffen."

„Ja", meldete sich Althea zu Wort, „aber er glaubt wohl, daß sich der Ur-sprung, die Ris-Sa, berechnen, also wieder in Zahlen darstellen läßt, daß ihm mit dem Buch der Sybilla ein Instrument in die Hand gegeben wird, mit dem er nach Belieben operieren und die Schöpfung, die Energeia, manipulieren kann nach seinen Vorstellungen, die der unendlichen Abgründigkeit der Natur unangemessen ist. Solche manipulatorischen Eingriffe können das labile und fragile Gleichgewicht des Kosmos zerstören, mehr als alle bisherigen Eingriffe der Lebewesen in die Natur."

Rahel nickte nachdenklich, dann sagte sie: „Gut – oder eher schlecht, aber was, wenn er Fee findet? Und dann ist da noch die Bruderschaft, die meint, im Lichte der Vernunft zu wandeln und zu handeln."

„Gemeinsam gegen Licht und Finsternis", sagte Wurz, „doch beides es geben muß, denkt an den Unterschied, den es sonst nicht geben konnte, ebenso wenig wie Dämmer und Schatten."

Rahel verdrehte genervt die Augen.

„Einige von uns sich vorbereiten sollten auf Reise in den Großen Wald, um ihnen zu stehen bei", begann Wurz aufs neue, „denn der Magier und seine gedungenen Mörder sie dort suchen werden, vielleicht auch die Bruderschaft. Doch noch Zeit sein. Der Winter muß erst gehen, und unsere beiden Gelehrten sollten ihre Lehrverpflichtungen zu Ende bringen, sonst es auffallen würde. Wir dürfen aber nicht bieten Anlaß zu Spekulationen, daß wir wissen, wo sich befinden Kind und Buch."

Zunächst traute Fee nicht, sich in schwindelerregender Höhe näher umzusehen. Erst als die Alte sie aufforderte, ihr zu folgen, wagte sie notgedrungen einige Blicke. Unsicher erhob sie sich. Das Wissen um ihre Behinderung machte sie noch banger. Wackelig stand sie auf einem Ast, der so dick wie eine tausendjährige Eiche war. Eigentlich, dachte sie, dürfte ich keine Angst haben, der Ast ist so breit wie eine Straße in Tybolmünde. Sie faßte Mut, und gefestigt schaute sie sich um. Von Ast zu Ast führten Leitern. An einigen hingen große Körbe, die durch Seilwinden betrieben wurden. Die Hauptäste waren sehr, sehr mächtig. Von ihnen zweigten dünnere, doch immer noch sehr mächtige Äste ab. Diese verzweigten sich in wieder dünnere, aber immer noch dicke Äste, und so schien es unendlich weiterzugehen, bis hin in feinste Zweiglein. Fee konnte weder die Krone der Esche noch das Ende ihrer ausladenden Zweige sehen.

Die Alte gab ihr durch ein Handzeichen zu verstehen, sie solle eine Leiter emporsteigen. Fee wurde wieder etwas mulmig, aber sie hinkte tapfer zur Leiter und begann zu klettern. Die Heilige Alte folgte ihr. So stiegen sie von Ast zu Ast, und Fee verlor immer mehr ihre Furcht. Dann gewahrte sie das Haus aus Holz mit Giebeln und Türmchen und einer großen Veranda. Das Haus war über mehrere mächtige Äste um den gewaltigen Stamm herum gebaut. Fees kleines Herz hüpfte vor Freude. Dieses Haus erinnerte sie an ihre eigene geliebte Baumhütte in Tybolmünde, nur war dieses hier viel, viel größer, solide gebaut und wunderschön, wie sie fand.

Eine Leiter führte direkt auf die Veranda. Fee kletterte hinauf und hüpfte begeistert auf dem massiven Bretterboden hin und her. Auf der Veranda standen Töpfe mit Blumen, aus den kräftigen Ästen des Baumes hingen prächtig blühende Pflanzen, die Fee noch nie zuvor in ihrem Leben gesehen hatte. Sie fielen in Blütenkaskaden auf die Veranda hinab. Fee vermutete eine Art Schmarotzerpflanze. Sie waren wunderschön.

Die Alte war jetzt auf der Veranda angekommen und führte Fee ins Haus. „Willkommen in unserem Zuhause. Ich hoffe, es wird dir hier gefallen", sagte sie und sah Fee mit ihren silbriggrünen Augen freundlich an.

„Es ist wunderschön hier", antwortete Fee leise.

Sie befanden sich in einem nicht allzu großen Raum. Türen gingen von allen vier Seiten ab. Der Raum war bescheiden, aber gemütlich eingerichtet. Es schien sich um eine Art Wohnküche zu handeln, mit Schränken und Regalen, einigen Büchern, Gläsern, Dosen, Krügen und Bechern aus farbigem Kristall, Tellern, Töpfen und anderen Dingen des täglichen Bedarfs. An der Decke hingen allerlei Kräuter zum Trocknen. Fee erkannte nur Johanniskraut, Pfefferminze, Kamille und Thymian. Auf dem Herd dampfte ein Kessel. An einem der großen Fenster stand ein Tisch mit zwei bequemen Stühlen. Auf dem Tisch befand sich eine Blumenvase, aus blauem Kristall geschliffen. In der Vase prangten Blumen, leuchtend roter Klatschmohn und sonnengelbe Rauke. Sie stammten offenbar von der Wiese am Fuß der gewaltigen Esche. Der grün-bunte Schatten des Laubdachs der Veranda hüllte den Raum in ein lauschiges Licht. Rötliche Schatten bewegten sich im Rhythmus der Blätter.

Die Alte bat Fee, am Tisch Platz zu nehmen, holte einen Krug und zwei Becher aus geschliffenem, hellem Kristall, goß ein und setzte sich Fee gegenüber. Fee kostete die gelbliche Flüssigkeit. Sie schmeckte wunderbar kühl und erfrischend und ein wenig nach Honig.

„Du bist hier, Mädchen", begann die alte Frau, „weil du hier vorläufig am sichersten aufgehoben bist, und weil du viel lernen mußt, bevor der Kampf beginnt, und auch bevor du in die Welt, aus der du zu mir kamst, zurückkehrst."

Althea und Rahel kamen ihren Lehrverpflichtungen nach. Rahel war in ihrer Logikvorlesung an dem Punkt angelangt, an dem sie, wie einst Hythia, sowohl der klassischen stagairianischen Logik nur begrenzte Gültigkeit zuerkannte. Sie entwarf ausgehend von der Nirwanologie und Kenognosis Meister Gundolfs eine als infinit-relational bezeichnete Logik. In ihr galt der Satz der Identität und vom ausgeschlossenen Dritten, das tertium non datur, nur sehr eingeschränkt. Rahel beschloß die Vorlesung mit einem Zitat eines ihrer Lehrer, eines gewissen Paulsen, der, halb wahnsinnig geworden, zu sagen und auf Handzettel, die er unter Studierenden verteilte, zu schreiben pflegte: *Die Geister sind im Hyperraum.*

Auf die Frage einer Studentin, erklärte die Philosohin kurz angebunden, bevor sie den Hörsaal verließ: „Das Denken kommt zu sich selbst und weit über das Selbst hinaus im infinit relationalen Hyperraum. Die Alten sprachen von ‚Kenoma‘, ‚Xaos‘ oder ‚Xora‘, und der Grübler aus dem Düsterwald sprach von dem ‚Unter-schied‘ mit Bindestrich, Meister Gundolf vom ‚Denken der Leere‘, von ‚denkender Leere‘ und ‚der Leere des Denkens‘, das Heilige Buch des Alten Volkes aber von der ‚Ris-Sa‘. Denken Sie darüber nach."

Althea ging nach ihrer Darstellung und Kritik herkömmlicher Ethiken dazu über, zu begründen, warum in der Freiheit aller selbst- und fremdbewußten Lebewesen wie Zwerge, Elfen, Menschen, Gnome und anderen eine Disposition zu ethischem Verhalten zu suchen ist. Freiheit, so erklärte sie, sei nicht mit der Fähigkeit zu Willkür gleichzusetzen, sondern diese Wesen existierten aus der Freiheit als dem unauslotbaren Abgrund ihres leib-seelischen und geistigen Hervorbringens heraus. Freiheit sei die Weise wie Natur geschieht als Verfügung über sich selbst, als Autonomie wie die Chaoten unter den Naturphilosophen lehren, aber auch der Grübler aus dem Düsterwald in seinem Opus Magnus „Die Dichtung der Fuge und das Nichts der Poesie" ausführt.

„Letztlich", so beendete Althea ihre Betrachtungen, „haben wir in all unserem Sinnen und Trachten die Möglichkeit von Wahrheit stets schon vorausgesetzt. Ohne diese immer schon meist unausdrücklich und unbewußt gemachte Annahme wären wir zu nichts, aber gar nichts fähig. Wir hätten kein Maß, das unser Handeln leiten würde. Ethik ist stets implizit. Explizit sind allein moralische Normen und Verhaltenskodizes. Die Möglichkeit ethischen Verhalten liegt in den leib-seelischen, geistigen Strukturen unseres Existierens begründet. Machen wir das Beste daraus. Und wir müssen notwendiger, aus der Not gewendeten Weise, das Beste daraus machen, weil unsere Freiheit uns zum Verhängnis werden und sich gegen uns und unsere Welt richten kann – eine Katastrophe."

Die beiden Philosophinnen wußten, daß nur wenige Studierende etwas von dem begriffen, was sie ihnen zu vermitteln suchten. Aber schon einige Wenige waren ein Erfolg. Der sich in den ausgetretenen Gängen und verschlissenem Mobiliar sich materialisierende träge und verlehrte Geist der Universität kanalisierte alles Neue und Ungewöhnliche in ausgelatschte Denkwege und emotional verbrauchte Pfade, die zu nichts als zu altehrwürdiger Langeweile führten.

Die Kollegen schüttelten ihre akademischen Häupter über solche ihnen seltsam anmutenden Denkgebäude der beiden gelehrten Damen, hielten sich aber verdächtig zurück, wie die beiden fanden. Disputationen blieben auf der Ebene zahmen akademischen Geplänkels. Rahel und Althea war klar, daß hier nur Toleranz und akademische Alltäglichkeit vorgetäuscht wurde. Hinter der Maske der Höflichkeit verbarg sich der Haß vor allem der Bruderschaft auf die philosophierenden Anarchistinnen, wie sie die beiden heimlich nannten. Und sie vermuteten, daß die Bruderschaft sich auf einen Kampf um das Buch der Sybilla rüstete. Sie hätten zu gern gewußt, was sie vorhatten.

Und da war ja auch noch Athanasius Wunderlich. Spy hatten sie verdächtig lang nicht mehr gesehen.

Auch wenn sie manchmal Sehnsucht nach Althea, Rahel und Frau Rosenschön hatte, war Fee bei der Heiligen Alten sehr glücklich. Sie erkundete den Großen Wald und das phantastische Baumhaus mit seinen vielen Räumen und seiner riesigen Bibliothek. Die Alte lehrte sie, mit ihren Visionen umzugehen und mit ihren Kräften hauszuhalten. Sie lehrte sie, ihre Visionen zu kontrollieren und selbst heraufzubeschwören, und sie half Fee, ihre magischen Fähigkeiten zu entwickeln. Fee lernte, sich leiblich, seelisch und geistig auf die sechs Dimensionen des Chut-Ba, des Residuums der Schöpfung, einzustimmen. Den sechs Dimensionen der Schöpfung oder sechs Säulen des Tempels des Sof-Ra entsprachen die sechs Dimensionen des dynamischen leib-seelischen, geistigen Zustandsraums. Ziel war es, zwischen den Phasen unseres Existierens und den Phasen der Schöpfung einen Einklang, keinen Gleichklang, Harmonie herzustellen. Auf diese Weise sollte die mystische Schau wie die Magie gelingen.

Fee begriff schnell, sie hatte ein beachtliches Talent, doch war sie nicht sehr kräftig, was ihren Fähigkeiten Grenzen setzte. Das war auch gut so. Sie hatte viel Freude an der Zauberei, und ihr kindlicher Übermut veranlaßte das Mädchen zu bedenkenlosem Spiel. Die Heilige Alte mußte es mehr als einmal ermahnen, daß Magie niemals unbedacht und schon gar nicht mißbräuchlich verwendet werden durfte. Trotzdem lächelte sie über den Schabernack, den Fee trieb.

Einmal ließ sie Eicheln, Kastanien und Bucheckern um die Wette laufen, ein andermal illuminierte sie die Blumenwiese am Fuß der Esche des Nachts mit bunten Lichtlein, die in den Blüten schwangen. Grillen spielten zu einem Sinfoniekonzert auf.

Eines Abends, Fee lag schon im Bett, überkam sie wieder einmal Heimweh nach Tybolmünde und Haus Rosenhag. Sie war schon halb eingeschlafen, als deutlich das Wohnzimmer von Frau Rosenschön vor ihrem geistigen Auge erschien. Sie sah Rosalba Rosenschön, Wurz, Rahel und Althea um den Rosenholztisch sitzen. Rahel hielt ein altes, in Leder gebundenes, abgegriffenes Buch in der Hand und schien den anderen etwas zu berichten. Es mag an Fees Schläfrigkeit gelegen haben, oder daran, daß sie ihre Kräfte beim Spielen und Lernen verbraucht hatte, jedenfalls konnte sie das Bild nicht halten, es verschwamm immer wieder, bis es plötzlich ganz verschwand. Was blieb, war Finsternis. Fee versuchte, aus dem Zustand der Trance zurückzukehren in das Wachbewußtsein. Doch es gelang ihr nicht. Sie verlor die Kontrolle. Plötzlich tauchten aus dem Dunkel die Schattenkrallen auf. Sie näherten sich ihr. Sie hatte das Gefühl, als berührten die Krallen ihren Hals. Ein totenkopfähnliches Gesicht mit schmutziggrauem, strähnigem Haar und kalten, wäßriggrauen Augen beobachtete sie lauernd. Ein gemeines Grinsen spannte seine schmalen Lippen. Die Schattenkrallen griffen fester zu. Fee schrie – laut – aus Leibeskräften. Sie wirbelte im Bett herum und versuchte, sich dem bösen Blick und der Krallen zu entwinden.

Die Alte stürzte in ihr Zimmer, trat ans Bett, auf dem Fee entsetzlich schrie und wild um sich schlug, legte dem Kind ihre Hand auf die Augen und machte mit der anderen eine Geste des Wegwischens. Das Kind wurde ruhiger und begann zu schluchzen. Die Alte setzte sich auf das Bett und zog das Mädchen zu sich hoch. Nahm es in die Arme, streichelte und tröstete es leise: „Ist ja gut, mein Mädchen, es ist vorbei."

Als Fee sich beruhigt hatte, sagte sie: „Schlaf jetzt, Liebes. Morgen reden wir weiter."

Doch Fee hatte Angst, Angst, daß die Schattenkrallen und die bösen Augen sie wieder heimsuchten. So erlaubte die Alte dem Kind, bei ihr zu schlafen.

Um den Rosenholztisch saßen Wurz, Rahel, Althea und Frau Rosenschön. Rahel hielt ein altes Buch in der Hand und berichtete, daß Prudenzia Bibliophilia es ihr gegeben hatte. Die Bibliothekarin habe es in einem verstaubten Keller gefunden bei alten Tybolmündensien. Es handele sich um eine Kartierung und Beschreibung der Stadt und ihrer Umgebung. Die Bibliothekarin habe nun eine interessante Entdeckung gemacht. Wo Haus Rosenhag steht, war früher ein verwilderter Rosengarten, in dessen dornigem Zentrum sich bereits der Brunnen befunden haben soll, der heute die Mitte des Gartens ziert.

„Am interessantesten daran ist aber folgendes", erklärte Rahel fast atemlos weiter. „Auf den nächsten Seiten ist der Abstieg in den Brunnen und eine unterirdische Reise beschrieben. Eine Reise an einem unterirdischen Fluß entlang zu einem großen Wald. Mag sein, daß es sich bei diesem Wald um den Großen Wald handelt."

Bei den letzten Worten sprang Wurz entsetzt auf. Mit zitternder Stimme sagte er: „Fee, ich sie habe schreien gehört."

„Aber du sagtest doch", stellte Althea fragend fest, „daß sie dort im Großen Wald sicher ist."

„Vielleicht jetzt nicht mehr", antwortete der Gnom blaß.

Rahel sprang auf und sagte beschwörend: „Wir müssen zu ihr. Hier halte ich die Wegbeschreibung in der Hand."

„Aber", begann Frau Rosenschön, „in dem Buch wird nur von einem großen Wald gesprochen. Wie können wir sicher sein, daß es sich um den Großen Wald handelt."

„Gar nicht", antwortete Althea bestimmt, „aber wir sollten es ausprobieren. Was haben wir schon für eine andere Chance? Wir müssen zu der Kleinen."

Alle nickten, und der Waldläufer ergänzte: „Und zu der Heiligen Alten aus dem Walde."

Der finstere Zauberer jubelte in seinem düsteren Turmzimmer seiner schwarzen Burg. Ha, er hatte es geschafft. Die Alte kam zu spät. Er hatte das Kind gesehen und Witterung aufgenommen. Keine Frage, jetzt würde er es finden und mit dem Kind auch die Alte und das Buch. Sich Rabenschnabel und Zuckerschale zu entledigen, war eine Kleinigkeit.

Am nächsten Morgen war die Alte sehr schweigsam. Tief in Gedanken, achtete sie kaum auf Fee. Irgendwann hielt das Kind das Schweigen der weisen Alten nicht mehr aus und wandte sich flehend an sie: „Herrin, was bist du so still? Du wolltest doch mit mir sprechen, wegen gestern."

Die Alte sah das Kind aus ihren unergründlich silbergrünen Weidenaugen an – traurig fast, wie Fee schien. Dann sagte sie: „Der Kampf beginnt, mein Mädchen, bald sehr bald. Sie machen sich auf den Weg hierher. Es ist nur eine Frage der Zeit, bis sie uns finden werden. Wir müssen uns wappnen, mein Mädchen. Ich hätte dich gern noch länger unterrichtet. Doch das Spiel ist jetzt vorbei. Es wird ernst, Kind, sehr ernst."

„Aber, aber", stotterte Fee, „wer macht sich auf den Weg hierher, die Schattenkrallen mit den bösen Augen?"

„Ja, Liebes, Athanasius Wunderlich und seine Lakaien. Hoffen wir nur, daß unsere Leute den Weg schnell finden werden."

„Du meinst Althea, Rahel, Frau Rosenschön und Wurz?"

„Vor allem denke ich an die beiden Philosophinnen und an den Waldläufer."

„Können wir ihnen nicht einen Zweig rüberschicken oder ihnen anders den Weg weisen?"

„Nein, leider nicht. Wunderlich hat die Witterung aufgenommen, blicken wir in ihre Welt hinein oder kommunizieren wir gar mit Wesen dort, verraten wir uns sofort. Um so schneller wird er uns finden. Fee, hast du verstanden, treibe keinen Unfug mehr mit deinem zweiten Gesicht. Versprich es. Großes Elfenehrenwort."

„Großes Elfenehrenwort."

An einem sehr langen, kräftigen Seil, das um den Brunnen geschlungen und dort befestigt war und von Frau Rosenschön, den Sonnenwirtsleuten sowie Lucia Faro gehalten wurde, kletterten Wurz, Althea und Rahel nacheinander in den Brunnenschacht hinab.

Der Schacht war sehr tief, und als Wurz endlich fluchend unten ankam, schimpfte er: „Ich bin Waldläufer, der Brunnen doch eher was für Zwerge ist, die finstere Schächte lieben." Unten baumelte er in eine weite Höhle über einem unterirdischen Fluß. Wurz hatte wenig Lust, in das Wasser zu platschen, und schwang mit dem Seil Richtung Ufer. An einer ebenen Stelle sprang er ab, hielt das Seil aber weiterhin fest. Wurz schlug zwar hin, doch war der behende Gnom schnell wieder auf den Beinen. Jetzt befestigte er das Seil an einem in die Höhe ragenden Felsen, zog dreimal kräftig daran und gab das verabredete Zeichen für die weiteren Abstiege.

Als nächstes kletterte Rahel in den Brunnenschacht. Seilklettern war nicht gerade ihre Spezialität. Sie stemmte sich etwas ungeschickt mit ihren Füßen an der Schachtwand ab, daß annähernd ein rechter Winkel zwischen ihrem Körper und ihren Beinen entstand. Vorsichtig versuchte sie abzusteigen. Sie fluchte leise vor sich hin: „Verdammter Mist, was mach ich hier eigentlich! Alles wegen einer kleinen Rotznase und einem Buch, das angeblich sowieso nicht zu gebrauchen ist! Ich hasse dies hier!"

Immer wieder verloren ihre Füße den Halt, und sie rutschte ein Stück das Seil hinunter. Sie dankte Gott und den Heiligen, daß sie Lederhandschuhe trug. Nur mühsam gelang es ihr, die Beine wieder am Brunnenschacht abzustemmen.

Für die Helfer oben war es eine sehr anstrengende Angelegenheit, das Seil zu halten. Trotz des frostigen Wetters kamen sie schnell ins Schwitzen. Wurz war ja noch leicht und sehr behende gewesen. Rahel wog einiges mehr und schien ziemlich am Seil rumzuzappeln und zu zerren. „Was macht die denn?" stöhnte die Leuchtturmwärterin. Althea grinste schief.

Die Wand, an der Rahel sich abstützte, war zum Teil mit Flechten, Moosen und kleinen Farnen bewachsen. Auf einer dieser Moosflächen rutschten ihre Füße ab. Sie schaffte es nicht, sich zu halten und raste das Seil hinab. Über dem Fluß entglitt ihren Händen der Strick, und sie stürzte in den Fluß. Sie sank immer tiefer in das dunkle, kalte Wasser. Obgleich sie nichts sah, hatte sie das Gefühl, in einen Fischschwarm geraten zu sein. Sie berührten ihr Gesicht, ihre Hände, ihren ganzen Körper und huschten durch die Haare. Panik stieg in ihr auf. Nur mühsam gelang es ihr, sich zu beherrschen und ihre Furcht zu kontrollieren. Mit kräftigen Arm- und Beinbewegungen kam sie an die Oberfläche. Als sie auftauchte, hörte sie Wurz ihren Namen rufen. Sie sah den Waldläufer am Ufer und schwamm zu ihm hinüber. Wurz half ihr, aus dem Wasser zu krabbeln.

Erschöpft ließ sie sich auf das felsige Ufer fallen. Wurz schüttelte sich vor Lachen, und Rahel warf ihm vernichtende Blicke zu. Plötzlich spürte sie, wie etwas in ihrem Haar zappelte. Sie griff hinein und hielt einen zehn Zentimeter großen, durchsichtigen Fisch in der Hand. Wurz prustete vor Lachen: „Ein blinder Fisch, sie hat gefangen einen Blindfisch."

Zornig warf Rahel das zappelige und glitschige Geschöpf zurück in sein Lebenselement. Sie schrie Wurz an: „Was gibt's da zu lachen? Ich bin pitschnaß und brauche neue Kleider. Ich klettere dieses Seil nicht hinauf und nicht noch einmal hinab."

„Sehr wohl, eure Durchnäßt, ich eile."

Rahel war aufgesprungen und wollte Wurz an den Kragen, dieser hing aber schon am Seil und kletterte flink wieder hinauf.

Oben angekommen, begrüßte ihn Althea, die sich über den Brunnenrand beugte, mit den Worten: „Was ist da unten los?"

„Oh, nichts", antwortete Wurz, „Rahel ein kleines Erfrischungsbad genommen. Jetzt trockene Sachen braucht."

„Ich hole welche, dann komm ich nach", sagte Althea und rannte ins Haus. Wurz aber machte sich wieder an den Abstieg.

Rahel saß triefendnaß auf dem felsigen Boden, die Ellenbogen auf die hochgestellten Knie gestützt und den Kopf in die Hände. Sie fror. Wurz sprang neben ihr vom Seil und sagte versöhnlich: „Althea trockene Kleider holt."

Althea gelang der Abstieg etwas problemloser. Anschließend ließen Frau Rosenschön, Elischa, Hanna und Lucia Faro die Rucksäcke und Rahels trockene Sachen hinunter.

Rabenschnabel hatte durch Spy einen Brief erhalten. Athanasius Wunderlich lud ihn ein, am Abend in seine Burg zu kommen und Zuckerschale mitzubringen. Er, so schrieb der Zauberer, wisse nun, wie sie zur Heiligen Alten gelangen und das Buch finden konnten.

Rabenschnabel rieb sich die Hände. Insgeheim hoffte er, daß sie sich auf diese Weise seines lästigen Konkurrenten entledigen würden. Auch wenn er dem Zauberer nicht traute, so glaubte er, doch noch genügend Gelegenheit zu haben, ihn um das Buch zu bringen.

Er hatte sich zur Villa Zuckerschale begeben und war von einem befrackten Diener eingelassen worden. Zuckerschale empfing ihn wohlwollend, und Rabenschnabel unterbreitete ihm die Einladung des Zauberers.

„Wir könnten uns zum Schein auf ihn einlassen und auf eine Gelegenheit warten, das Buch für uns zu gewinnen. Immerhin weiß er offensichtlich den Weg, den wir nicht kennen. Lassen wir uns auf eine Zweckallianz mit Wunderlich ein", beendete er seine Ansprache an Zuckerschale.

Dieser gab zu bedenken: „Wozu sollte uns Wunderlich mitnehmen, wenn er den Weg kennt, braucht er uns nicht mehr. Vielleicht ist es eine Falle."

Rabenschnabel überlegte, schüttelte aber dann sein Aristokratenhaupt: „Mag sein, daß er uns reinlegen will. Doch nicht jetzt. Er hätte sich meiner schon bei meinem ersten unfreiwilligen Aufenthalt in der Burg entledigen können."

„Oder", sagte der Dekan, „er spekuliert darauf, daß du mich auch noch in seine Fänge führst. Nein, mein Lieber, das behagt mir nicht."

„Wir sollten uns wenigsten anhören, was er uns zu sagen hat. Wir geben den Brüdern Bescheid, wo wir heute abend hingehen. Es wäre zu offensichtlich, wenn Wunderlich uns nach einer Einladung verschwinden ließe", meinte Rabenschnabel. Zuckerschale stimmte ihm nach einigem Überlegen und Zögern zu.

Im Anschluß an die Besprechung mit Rabenschnabel und Zuckerschale war der Zauberer sehr zufrieden mit sich. Es lief alles wie geplant. Er hatte mit Erfolg bei beiden Philosophen seinen Umgarnungszauber eingesetzt. In zwei Tagen würden sie mit Reisegepäck in der Burg erscheinen und sich mit ihm auf den Weg in den Großen Wald machen.

Orgar der Gnadenlose verstand nicht recht, was dem Zauberer an den beiden geschniegelten Fatzkes lag. „Eine Frage, Meister, warum entledigen wir uns der Narren nicht gleich?"

„Ganz einfach", grinste Wunderlich, „weil ich sie noch brauche." Er rieb sich die Hände. Immer noch grinsend, verließ er die steinerne Halle. Oh ja, er war bester Laune.

Nach einigen hundert Metern stürzte der Fluß durch eine Öffnung im Felsboden in die Tiefe. Wurz, Rahel und Althea sahen keine Möglichkeit, in diese Richtung weiterzugehen. Eine hohe Felswand versperrte ihnen den Weg. Sie kehrten um. Wurz ging voran. Ihm folgte Rahel. Den

Schluß bildete Althea. In der Hand hielten sie je eine abblendbare Laterne. Tagelang verlief die Wanderung entlang des unterirdischen Flusses ereignislos. Sie hatten lediglich einige Unken und Kröten aufgescheucht. Rahel kamen erneut arge Zweifel, ob es eine gute Idee war, in den Brunnenschacht zu klettern und dem Bericht in dem alten Buch Vertrauen zu schenken. Sie beschlossen wieder mal zu pausieren, etwas zu essen und zu schlafen. Ob es Tag oder Nacht war, wußten sie längst nicht mehr.

Plötzlich streifte Althea ein leichter Lufthauch im Gesicht, und Rahel gewahrte einen schwarzen Schatten. „Was war das?" fragte Althea entsetzt. Wurz stand ganz still und äugte umher, dann sah er sie auch. Flinke, schwarze Flatterschatten, die im Zickzack den Fluß hinauf durch die Höhle flogen. „Fledermäuse", stellte er fest, „die zufliegen dem Höhlenausgang und sich holen ihr Abendbrot. Jetzt es nicht mehr weit und wir sehen Tageslicht, morgen, nach dem Ausschlafen. Denn jetzt sein offenbar Nacht. Unser Tag-Nacht-Rhythmus uns nicht hat verlassen."

Nach dem bescheidenen Abendessen legten sich Wurz und Althea schlafen. Rahel übernahm die erste Nachtwache und Althea die letzte. Althea sah die Fledermäuse zurückkehren. Zunächst merkte sie es gar nicht, dann schien es ihr, als fiele sanftes Dämmerlicht in die Höhle. Sie löschte ihre Laterne. Tatsächlich, die Höhle war dämmrig, und flußaufwärts wurde es heller. Aufgeregt weckte sie Wurz und Rahel, die fluchte und sich ihre Decke über den Kopf zog. „Nun wach schon auf", forderte Althea und zog Rahel die Decke weg, „sieh doch, Rahel, Tageslicht!"

Rahel rappelte sich hoch und schaute ungläubig in das Dämmerlicht. Wurz sprang vor Begeisterung mehrmals in die Höhe und jubelte: „Ich es euch gesagt. Die Fledermäuse, obwohl Kinder der Dunkelheit, Boten des Lichts sein."

Sie packten ihre Sachen und gingen der Helligkeit entgegen. An der Höhlendecke und in den Felsnischen sahen sie schlafende Fledermäuse hängen. „Richtig niedlich, diese Flatterjochen", bemerkte Althea.

In der Höhle wurde es immer heller. Morgendliches Sonnenlicht durchflutete die Felsenhallen. Sie standen geblendet am Höhlenausgang. Nur langsam gewöhnten sich ihre Augen an die Helligkeit. Es war kühl. Vor ihnen lag eine Waldlichtung. Der Fluß plätscherte sanft, aus einem Wald kommend, durch die Lichtung in die Höhle. Es schien ein großer Wald zu sein. Es lag noch Schnee.

„Ob dies der Große Wald ist?" fragte Rahel.

„Ich es nicht wissen", antwortete Wurz, „aussieht wie ein ganz normaler Wald."

„Hoffen wir", meinte Althea, „daß wir den mühsamen Weg nicht umsonst gegangen sind."

Sie folgten dem Fluß weiter aufwärts in den Wald. Sie bemerkten, daß der Winter im Rückzug war. Schneeglöckchen reckten ihre Köpfchen aus dem kalten Weiß, und an sonnenbeschienenen Stellen taute der Schnee bereits. Von den Bäumen tropfte Tauwasser.

Nach einiger Zeit bemerkte Wurz: „Ich das Gefühl habe, beobachtet zu werden."

Rahel und Althea schauten sich besorgt um. Sie sahen nichts. Auch Wurz sah nichts und niemanden, bis sie unmittelbar vor ihnen standen: grüngekleidete schlanke Wesen, mit feingeschnittenen Gesichtern, Augen in allen Farben und buntem Haar, das unter grünen Kapuzen hervorlugte. Gespannte Bögen waren auf die drei Eindringlinge gerichtet. Wurz, Althea und Rahel drehten sich fast gleichzeitig um. Hinter ihnen standen weitere grüne Wesen mit Flitzebögen.

„Mitkommen!" befahl eine melodische Stimme.

Die Gefangenen wurden quer durch den Wald zu einer Lichtung geführt. Um die Lichtung herum standen Holzhütten. Wurz bemerkte sofort, daß auch einige Bäume um die offene Stelle herum besiedelt waren.

Sie wurden in ein großes und sehr vornehm wirkendes Holzhaus geführt. Der Wortführer gebot ihnen, stehenzubleiben, und verschwand hinter einem farbigen und sehr kunstvoll gewirkten Vorhang aus Pflanzenfasern, wie Wurz sofort erkannte. Der Boden war mit eben solchen Teppichen ausgelegt. Durch die Fenster fiel frisches Frühlingslicht und umspielte eine Art holzgeschnitzten Thron, eine wunderbare Arbeit, in der Blattwerk und wilde Tiere des Waldes in- und miteinander verschlungen waren.

Wurz hatte trotz der bewaffneten Elfenkrieger, denn als solche hatte er sie sofort erkannt, nicht den Eindruck von Feindseligkeit. Das tröstete ihn und verlieh ihm Mut. Auch Rahel und Althea mußten Vergleichbares spüren, denn beide entspannten sich.

Durch den Vorhang trat eine große, schlanke Frau, gefolgt von dem Elfenkrieger. Ihr Haar schimmerte wie Herbstlaub. Es war locker zurückgebunden und entblößte leicht zugespitzte Ohren. Ihre goldenen Augen reflektierten in opakem Glanz das sanfte Frühlingslicht. Ihre gerade Haltung und ihre feingeschnittenen, milden Gesichtszüge verliehen ihr Erhabenheit und Schönheit, die die drei Gefangenen ohne Aufforderung auf die Knie zwang.

Der Elfenkrieger trat vor die Gefangenen und sagte: „Königin Nidirial! Vor unserer Herrin habt ihr euer Eindringen in unseren Wald zu rechtfertigen." Anschließend stellte er sich neben den Thron, auf dem die Elfenkönigin sich majestätisch niedergelassen hatte. Königin Nidirial winkte Rahel, Wurz und Althea zu sich.

Die drei erhoben sich und schritten auf den Thron zu. In respektvollem Abstand blieben sie gesenkten Hauptes stehen.

Die Königin wandte sich mit ihrer sanften, melodischen Stimme an Wurz: „Du bist ein Waldgnom und Waldläufer, wie ich sehe. Wärst du allein gekommen, hätten wir dich freundlicher willkommen geheißen. Sag mir eure Namen, woher ihr kommt und wohin ihr wollt."

Wurz hob sein Haupt und antwortete: „Herrin, mein Name Wurz ist aus dem Wuselwald und dies die Philosophieprofessorinnen Rahel Sternenhain und Althea Wiesengrün. Wir drei gerade aus Tybolmünde kommen und auf der Suche sein nach einem Weg in den Großen Wald. Die Heilige Alte und Fee, ein Mädchen, das sich befindet in ihrer Obhut, in Gefahr sein."

„So so, Philosophieprofessorinnen", entgegnete die Königin sichtlich amüsiert und zog ihre schöngeschwungenen Augenbrauen hoch, „in den Großen Wald wollt ihr zur Heiligen Alten und diesem Mädchen. Ich sehe nicht, welche Gefahr für sie bestehen sollte, daß sie die Hilfe einer halben Portion Waldläufer und zweier Philosophinnen nötig haben würden."

Wurz senkte beschämt das Haupt, dann antwortete er: „Mag sein, Herrin, daß wir seien ungeeignet, zu beschützen die beiden im anstehenden Kampf, aber Hilfe sie bitter nötig haben werden. Unser Beistand besser sein als allein kämpfen."

„Von was für einem bevorstehenden Kampf sprichst du?" fragte die Elfenkönigin.

Wurz hob an zu berichten von den Ereignissen in Tybolmünde, seinem Auftrag durch die Heiligen Alten und dem Kind der Prophezeiung. Rahel wollte ihn mehrfach daran hindern. Sie traute so schnell niemandem und schon gar nicht ihrem Gefühl, das ihr sagte, sie könne vertrauen. Wurz aber entgegnete ihr scharf: „Manchmal Mißtrauen besser seien als Vertrauen, manchmal es umgekehrt besser. So jetzt hier."

Die Elfenkönigin folgte nachdenklich dem Bericht des Waldläufers, dann antwortet sie: „Athanasius Wunderlich ist also auf dem Kriegspfad und diese seltsame Bruderschaft. Ich habe schon von ihnen vernommen. Auch in diesen abgelegenen Winkel der Welt dringen Nachrichten, schlechte zumal. Du sprichst vom Kind der Prophezeiung, dieser Fee. Gut, ich werde darüber nachdenken. Aladiel wird euch in eure Hütten begleiten. Ihr dürft euch frei bewegen. Versucht aber nicht zu fliehen. Es wird euch nicht gelingen und würde als Vertrauensbruch verstanden werden. Wir sehen uns sehr bald wieder."

Aladiel, der neben dem Thron gestanden hatte, schritt auf die drei zu und bat sie höflich, ihm zu folgen.

Rahel und Althea wurde eine kleine Hütte zugewiesen, und Wurz bekam eine eigene. Der Elf verabschiedete sich mit den Worten: „An den gemeinsamen Mahlzeiten dürft ihr selbstverständlich teilnehmen. Hier wird es euch sicher nicht langweilig, und der Waldläufer, denke ich, wird sich bei uns im Wald sehr wohlfühlen. Für Fragen stehe ich gern zur Verfügung. Ihr könnt mit den anderen hier sprechen. Fremde bringen Neuigkeiten und sind willkommene Gesprächspartner."

Die Hütten waren zwar klein, boten ihren Gästen jedoch genug Platz und alle Annehmlichkeiten, die sich Reisende nur wünschen können. Die Einrichtung war einfach, aber geschmackvoll, die Zimmer hell und lichtdurchflutet. Auf dem Boden lagen gewirkte Teppiche aus Pflanzenfasern. Sie waren bescheidener als im Thronsaal, gleichwohl sehr hübsch. In einem Schrank fanden sie frische Kleidung, und hinter einem Vorhang ein kleines Bad. Rahel und Althea nahmen die Einladung dankend an und bereiteten sich einen Zuber mit heißem Wasser, in dem sie zusammen genüßlich planschten und den Schmutz der Wanderung abwuschen.

In frischen Elfenkleidern, sie waren grün changierend, leicht, warm und sehr angenehm zu tragen, beschlossen sie einen Rundgang durch die Elfensiedlung. Überall zogen sie neugierige Blicke auf sich und waren bald von ein paar lachenden Kindern umringt. Die Elfen waren freundlich, sprachen mit ihnen, waren begierig, etwas aus der Welt, aus der sie kamen, zu erfahren und beantworteten bereitwillig alle Fragen.

Königin Nidirial saß gedankenversunken in ihrem Privatgemach. Das Kind der Prophezeiung? Sollte wieder mal die Zeit gekommen sein? Gehörten die drei zu den Gerechten, die das Kind schützten? Dann war es ihre Pflicht, ihnen zu helfen.

Auf einem hohen, schlichten Holztischchen stand eine Kristallschüssel mit klarem Wasser. Sie stellte sich vor die Schale und schaute konzentriert in das klare Naß. Im Wasser leuchtet ein Bild auf. Die Heilige Alte saß mit einem Kind am Tisch. Vor ihnen lagen Blätter, Wurzeln und Pflanzen. Die Alte schien das Kind in irgend etwas zu unterweisen. Doch am seltsamsten schien ihr das Mädchen. Es hatte herbstbuntes, kaum zu bändigendes Haar. Als es aufschaute, sah sie in goldige Bernsteinaugen. Ein Stich von Schmerz und Hoffnung durchbohrte ihr Herz.

Nidirial verbat es sich zu spekulieren und zu hoffen und konzentrierte sich auf die Alte. Mit ihrer melodischen Stimme rief sie leise aber bestimmt: „Sybilla, meine Freundin, ich rufe dich."

Die Alte sah von ihrem Buch auf und blickte mit ihren silbergrünen Weidenaugen in die goldenen der Elfenkönigen. Mit ihrer schönen Altstimme antwortet sie: „Nidirial, meine Freundin, da bin ich."

Fee blickte sie erstaunt an.

Rabenschnabel und Zuckerschale hatten an der Universität bekannt gegeben, daß sie gemeinsam auf eine Exkursion gehen würden. Jetzt stapften sie schon seit Tagen durch den Schnee, zusammen mit Wunderlich und seinen rauhen Gesellen. Spy marschierte mit ihnen, düster, wortkarg und wieselflink. Das Gelände wurde karger, felsiger und steiniger, die Luft dünner. Orgar und seine Mannen schossen unterwegs Hasen und anderes Getier, um es am Spieß braten zu können.

Eines Abends, sie hatten sich an einem Lagerfeuer niedergelassen und brieten Wildbret, ließ schauerliches Wolfsgeheul sie aufschrecken. Unweit von ihnen entfernt stand ein Rudel schwarzer Wölfe. Ihr Anführer wagte sich weit ins Lager vor. Orgar und seine Männer griffen zu den Säbeln und Streitäxten. Spy zog sein Messer. Doch Wunderlich gab ihnen ein Zeichen, sich ruhig zu verhalten.

Er ging auf einen großen, schwarzen Wolf zu, streckte ihm seine Arme entgegen und sprach: „Ich grüße dich, finsterer Bruder. Führe mich zu deinem Meister, er ist mein Freund."

Der Rudelführer heulte auf, sein Rudel antwortete ihm. Dann drehte er sich um. Der Zauberer gab den anderen den Befehl, den Wölfen zu folgen. Zuckerschale fragte ängstlich: „Das ist doch nicht Ihr Ernst, daß wir den Bestien hinterhergehen sollen."

„Sie können ja allein zurückbleiben", antwortete Wunderlich kalt, „die Wölfe werden Sie garantiert zerfleischen."

Sie folgten den Wölfen weiter ins Gebirge bis zu einer Höhle mit einem schmalen Eingang. Die Wölfe bildeten davor ein Spalier. Athanasius Wunderlich ging voran, die anderen folgten ihm zögerlich, angstvoll. So schritten sie durch das Wolfspalier wie durch eine schauervolle Ehrengarde und verschwanden nacheinander in der Höhle. Zuckerschale bildete das Schlußlicht. Am Höhleneingang blickte er sich ängstlich um, der Rudelführer stand böse knurrend hinter ihm. Professor Zuckerschale beeilte sich, in der Höhle zu verschwinden und zu den anderen aufzuschließen. Die Höhle war geräumig und mit Fellen aller möglichen Tiere ausgelegt. In der Mitte brannte ein kleines Feuer. Holz war an der Wand säuberlich aufgestapelt.

Wunderlich ließ sich am Feuer nieder und bedeutete den anderen, sich ebenfalls zu setzen. „Es ist besser, die Nacht hier zu verbringen", begann der Zauberer und fuhr fort: „Im Dunklen ist es nicht günstig, meinem alten Freund Lupus Magnus zu begegnen. Macht es euch bequem, und ruht bis zum Morgen."

„Wer ist dieser Lupus Magnus?" fragte Rabenschnabel vorsichtig.

„Was ist, wenn die Wölfe wiederkommen?" ergänzte Zuckerschale.

Die anderen Helden nickten besorgt.

Wunderlich lachte höhnisch: „Feiglinge! Haltet die Klappe und schlaft."

Trotz der unmißverständlichen Aufforderung Wunderlichs bekam bis auf den Zauberer keiner ein Auge zu. Ängstlich harrten sie des Morgengrauens, nicht nur des Morgenlichts, sondern des Grauens, das es zu bringen versprach.

Sie hatten sich alle um das Feuer geschart und es erneut angefacht, als sie Schritte am Höhleneingang hörten. Ein hünenhafter, bärtiger Mann im Wolfspelz mit gelben Augen und wölfischen Gesichtszügen stand vor ihnen. Über seinen Schultern lag ein totes Reh. Wunderlich und die anderen erhoben sich.

Der Hüne schritt auf sie zu und grüßte: „Willkommen, Athanasius, mit deinen Mannen in meiner bescheidenen Höhle." Er warf das Reh zu Boden: „Ich habe euch was zu beißen mitgebracht. Ihr werdet Hunger haben."

Dem Reh war die Kehle durchgebissen. Den beiden Philosophen und den anderen Männern schauderte. Athanasius Wunderlich aber lachte.

Am Abend sahen sie, daß die Elfen einer länglichen Hütte zustrebten. Eine Elfe forderte sie auf, mitzukommen, und Althea und Rahel begaben sich, umringt von fünf Elfenkindern – sie sahen hinab auf einen bewegten Teppich bunter Haare in allen Tönen der Farbskala –, in das längliche Gebäude. Hier trafen sie auch Wurz, der ebenfalls frischgewaschen und gekleidet an einem langen Tisch saß zwischen einer Elfe mit blau-grün-violettem Haar und kobaltblauen Augen und einem Elf mit rosa-rot-lila Haaren und violetten Augen. Wurz ließ es sich schmecken, während er vergnügt mit den Elfen schwatzte.

Althea und Rahel suchten sich einen Platz am Tisch, und gemeinsam mit den freundlichen Elfen nahmen sie ihre Abendmahlzeit ein. Sie hatten tüchtig Hunger. Die Speisen waren wohlschmeckend, heiß und aromatisch. Das Essen bestand aus Beeren, Kräutern und allerlei Waldgemüse, eine leichte, vitaminreiche Kost.

Als sie spät in ihre Hängematten fielen, hatten sie einiges über das Leben der Elfen gelernt, ihre zurückgezogene, bescheidene Lebensweise, aber auch über ihre Fähigkeit, glücklich zu sein mit sich und ihrem Dasein.

Des Morgens saßen sie wieder an dem langen Tisch und nahmen gemeinsam mit den Elfen ihr Frühstück ein. Nach dem Essen erschien Aladiel und bat Rahel, Althea und Wurz, ihm zu folgen. Er geleitete sie vor die Elfenkönigin.

Das Gesicht der Königin war blaß und ernst. Im Thronsaal stand jetzt ein runder Tisch mit fünf Stühlen. Aladiel bat die drei, dort Platz zu nehmen. Die Königin und der Elfenkrieger setzten sich zu ihnen. Königin Nidirial hieß sie mit den Worten willkommen: „Seid gegrüßt, meine Freunde. Denn die Freunde der Hüterin des Großen Waldes sind auch meine Freunde." Sie fuhr mit ernster Miene fort, und ihre schöne Stimme klang besorgt: „Ich habe mit ihr gesprochen. Sie hat euren Bericht weitgehend bestätigt, daß große Gefahr besteht, nicht nur für sie und das

Kind, sondern für den Großen Wald und die ganze Schöpfung. Die Zeit der Bewährung ist wieder mal gekommen."

„Welche Zeit der Bewährung?" fragte Althea.

„Das spielt jetzt keine Rolle."

„Ich denke schon", widersprach Rahel, die Informationsdefizite, zumal wenn sie so offensichtlich waren, schwer ertragen konnte.

„Gut", gab Nidirial nach, „aber nur kurz: Die Zeit der Nachfolge ist gekommen. Das Kind der Prophezeiung wird stets die Nachfolgerin der Heiligen Alten sein. Es ist eine Zeit der Unsicherheit und der Gefahr. Die Kraft und Macht der Heiligen Alten läßt nach, und das Kind besitzt noch nicht genug davon, ist unerfahren, klein und muß viel lernen und sich bewähren. Es braucht Gerechte, die es schützen und ihm beistehen. Wesen, die partieller Interessen wegen nach der Macht streben – genau deshalb verkörpern sie das Böse –, erstarken in dieser Zeit. Meist kommt es zu Auseinandersetzungen. Sollten die Mächte des Bösen siegen, gerät die Schöpfung aus den Fugen."

„Herrin, Ihr werdet uns helfen?" fragte Wurz.

„Ja", antwortete die Elfenkönigin lächelnd, „ich werde euch ausrüsten lassen und Aladiel und einige andere Elfenkrieger zur Seite stellen. Sie sollen euch in den Großen Wald begleiten und im Kampf gegen Athanasius Wunderlich beistehen."

„Dann kennt Ihr den Weg zur Heiligen Alten aus dem Wald?" fragte Althea.

Königin Nidirial lächelte geheimnisvoll.

Sie saßen um das Feuer und brieten das Reh. Alle ließen es sich schmecken, nur Lupus Magnus verweigerte die Mahlzeit mit der Auskunft, er habe schon gegessen. Bei dem Gedanken drehte sich Rabenschnabel fast der Magen um. Allein Zuckerschale mit seinem naiv realistischen Geist hatte nicht genügend Phantasie, sich die blutige Mahlzeit eines Werwolfes, ja nicht einmal einen Werwolf vorzustellen, und fragte ängstlich und dumm, wann, wo und was er den gespeist habe. Aus der Kehle des Lupus Magnus erscholl ein grollendes Lachen, in das Athanasius und seine Mordgesellen einstimmten. „Das willst du gar nicht wissen", höhnte Wunderlich. Rabenschnabel wurde immer unbehaglicher. Er kaute lustlos an seinem Stück Fleisch. Zuckerschale war unheimlich zumute, auch wenn er nicht recht wagte zu verstehen.

Nach dem Essen hatte der Zauberer seinen wölfischen Gastgeber von ihrem Unternehmen unterrichtet. Er schloß mit den Worten: „Ich bitte dich also, uns Durchlaß durch dein Gebiet zu gewähren, so daß wir an das Portal der Zwiefalt gelangen und in den Großen Wald einfallen können. Denn die Zeit der Prophezeiung ist gekommen. Diesmal wird es uns gelingen, die Macht zu ergreifen. Dann werden wir Geschmähten über die Welt herrschen. Denn ich, Athanasius Wunderlich, werde den Platz der Heiligen Alten einnehmen, und man wird mich nennen den Allerheiligsten."

„Chaah", kam es aus der Kehle des Werwolfes, „gut, sehr gut. Ich hoffe nur, du hast ein Geschenk für den Wächter des Portals der Zwiefalt."

Das Gesicht des Zauberers verzog sich durch ein fieses Grinsen. Lupus Magnus erwiderte es mit einem wissenden, bösen Lachen.

Auf dem Dorfplatz hatten sich alle Bewohner der Elfensiedlung versammelt. Sie jubelten Aladiel und seinen vier Elfenkriegerinnen und -kriegern, Wurz, Rahel und Althea zu. Ermutigungen klangen an ihr Ohr und gute Wünsche wie: „Ihr werdet siegen!", „Gute Reise", „Kehrt gesund heim" und „Rettet unsere Welt". Althea, Wurz und Rahel steckten in bequemer Elfenkriegerkleidung, die sie im Wald nahezu unsichtbar machte.

Dann teilte sich die Menge, und Königin Nidirial schritt auf sie zu. Vor Wurz blieb sie stehen und sprach: „Kleiner, wackerer Waldläufer, dir überreiche ich einen heiligen Zweig. Ich erhielt ihn von der Heiligen Alten zur getreuen Aufbewahrung bis zu dem Tag der Bewährung, an dem tapfere Frauen und Männer sich wieder einmal aufmachen werden, die Schöpfung zu bewahren und gegen das Böse zu kämpfen. Ich vertraue dir den Zweig an. Wurz, hüte ihn wie deinen Augapfel. Der Eschenzweig wird euch leiten. Zieht nun mit meinem Segen in den Kampf. Möge Gott euch beistehen, und mögt ihr seinen Beistand spüren und den rechten Weg gehen. Versagt ihr, horcht ihr nicht auf die Stimme der Schöpfung, wird alles vergeblich und verloren gewesen sein."

Unter dem Jubel der Elfen zogen sie aus dem Dorf. Königin Nidirial sah ihnen nachdenklich sinnend hinterher.

Sie hatten sich auf den Weg zum Portal der Zwiefalt gemacht. Wunderlich wußte und die anderen ahnten dunkel, daß Wölfe sie in gebührenden Abstand begleiteten. Das Gelände war unwegsam. Sie stiegen immer weiter ins Gebirge. Die beiden Philosophen schnauften erbärmlich und zogen sich den Spott der anderen Männer zu. Sie waren bestenfalls geistige Bewegung und dies auch nur in geringem Maße gewohnt. Die körperlichen Strapazen brachten Rabenschnabel und Zuckerschale an den Rand der Erschöpfung. Die Luft wurde immer dünner, und die Temperaturen fielen. Es lag hoher Schnee. Rabenschnabels Haltung war jetzt wenig aristokratisch zu nennen. Zuckerschales lindgrünes Wanderdreß aus edlem Garn war bereits schmutzig und zerschlissen, seine sonst so gepflegten Hände und Fingernägel waren dreckig, die Nägel abgebrochen. Die dunkelblonden Locken hingen strähnig in sein überanstrengt dreinblickendes und von der Kälte gerötetes Ästhetengesicht.

Vor zwei gigantischen Eisobelisken blieben sie stehen. Schauten sie zwischen den Obelisken hindurch, blickten sie auf eine schier endlose, tiefverschneite Ebene, schauten sie an ihnen vorbei, setzte sich die Gebirgslandschaft fort. Wunderlich schritt zu den beiden Obelisken und streckte seine Hände aus. Er berührte eine durchsichtige Eiswand, die den Blick auf die Ebene wie durch ein Fenster freigab. Mit den Händen begann der Zauberer über die klare Eisfläche zu reiben. Nach einiger Zeit begann ein gewaltiges Getöse, als rieben mächtige Metallplatten aneinander. Die beiden Philosophen und die vier Mordgesellen des Zauberers einschließlich Spy hielten sich die Ohren zu und verzerrten vor Schmerz ihre Gesichter. Von oberhalb des Berges übertönte eine dröhnende Stimme die kreischende Eisplatte.

Wunderlich ließ von der Eisscheibe ab. Oben auf der Anhöhe erblickten sie einen Riesen, weiß-blau-hellgelblich schillernd wie Schnee und Eis im Spiel von Licht und Schatten. Sie vernahmen seine vor Kälte klirrende Stimme, als würde Eis zerspringen: „Wer wagt es, meine Ruhe zu stören?"

Wunderlich antwortete: „Ich wage es, der größte Zauberer aller Zeiten, Athanasius Wunderlich, ich wage es, Eure Ruhe zu stören, oh mächtiger Titan, gigantischer Frost. Gewähre uns Durchlaß. Ich habe ein Gastgeschenk für Euch, daß Ihr zu schätzen wissen werdet."

Der Frostriese polterte zu ihnen hinunter, kleine Lawinen in Bewegung setzend. Bei Wunderlich angekommen, fragte er: „Was für ein Gastgeschenk?"

Der Zauberer grinste boshaft und befahl, ohne sich umzudrehen, mit eiskalter Stimme, die auch dem gigantischen Frost zur Ehre gereicht hätte: „Packt sie!"

Bevor Zuckerschale und Rabenschnabel auch nur begriffen, worum es ging, wurden sie von je zwei Mordgesellen geschnappt. Spy spielte mit seinem Messer.

„Was soll das!" schrie Zuckerschale, erbärmlich aufheulend. Und Rabenschnabel machte sich aus Angst, das Schlimmste ahnend, denn er besaß mehr Phantasie als sein verhaßter Kollege, wenig vornehm in die Hose.

Wunderlichs Schläger schleppten die beiden Philosophen zum Frostgiganten. Der packte sie mit seinen riesigen und eiskalten Pranken und zerrte sie in seine unweit gelegene Eishöhle. Wunderlich und seine Mannen hörten schrille Entsetzensschreie.

Nach einiger Zeit kehrte der weiße Riese zurück. Auf seinem eisig strahlenden Outfit leuchtete hellrot und grell frisches Blut.

„Den Blaßgrünen heb ich mir für später auf", lachte er zufrieden. Er ging zu der durchsichtigen Eisfläche zwischen den Obelisken und berührte sie mit seinen Händen. Sie zersprang klirrend in tausende Splitter. Er gebot ihnen, zwischen den Obelisken hindurchzugehen. Als alle seinem Blick entschwunden waren, umfaßte er mit seinen riesigen Händen die beiden Obelisken. Sofort bildete sich eine neue, klare Eiswand, durch die eine weite, verschneite Ebene zu sehen war. Von Wunderlich und seinen Spießgesellen war weit und breit keine Spur.

Sie waren zwei Tage durch den Elfenwald gewandert. Allerlei wilde Tiere hatten ihren Weg gekreuzt. Keines von ihnen zeigte Scheu. Rahel sprach Aladiel darauf an. Dieser lächelte mit seinen azurblauen Augen und erklärte ihr, daß die Elfen die Beschützer und Heiler, nicht die Jäger der Tiere seien. Es besteht Frieden zwischen den Elfen und den anderen Bewohnern des Waldes.

„Jagd ihr denn nicht?" fragte Rahel.

„Nur die sehr Kranken und ohnehin bald qualvoll sterbenden Tiere", antwortete der Elfenkrieger. Eine blau-weiße Haarsträhne hatte sich unter der grünen Kapuze herausgestohlen und fiel ihm in sein schön geschnittenes Gesicht. Er strahlte Rahel an, als wäre er glücklich, daß sie mit ihm sprach, und ließ mit einer graziösen Handbewegung die losen Haare wieder in der Kapuze verschwinden. Dann sagte er: „Es wird Abend. Wir sollten rasten."

Alle außer Aladiel, der noch einen Rundgang ums Lager machte, hatten sich um ein kleines, lustiges Feuer versammelt. Wurz unterhielt sich mit den Elfen über die Besonderheiten dieses Waldes, seine Pflanzen, Pilze und Tiere. Althea hörte ihnen interessiert zu, während Rahel ihren eigenen Gedanken nachhing. Sie befürchtete, zu spät zu Fee zu gelangen. Zwar zeigte der Eschenzweig, den Wurz wie eine kostbare Reliquie vor sich hertrug, ihnen die Richtung. Doch mochte es noch weit bis in den Großen Wald und von dort bis zu Fee sein.

Rahel erschrak, als Aladiel sie ansprach, der von seinem Rundgang zurück war und sich unbemerkt neben sie gesetzt hatte: „So ernst? Welch düstere Gedanken trüben deinen sonst so hellen Geist?"

Rahel fuhr auf, und der Elf entschuldigte sich: „Verzeih, ich wollte dich nicht erschrecken. Wenigstens habe ich dich aus deinen angstvollen Gedanken gerissen."

Rahel sah in seine Azuraugen und sagte: „Ich grübelte darüber nach, was geschieht, wenn wir zu spät kommen. Niemand weiß, wie weit der Weg ist."

„Nein", antwortete der Elfenkrieger, „das weiß niemand. Zuversicht ist etwas, Rahel", und ihr Name klang aus seinem Munde wie Rascheln des Windes im Laub der Bäume, „das wir niemals verlieren dürfen. Ich weiß, du machst dir Sorgen um das Kind. Es ist dir und Althea sehr ans Herz gewachsen."

Sie nickte, und Aladiel bat Rahel, ihm etwas über Fee zu erzählen. Der Elf hörte Rahel schweigend zu, die ihm berichtete, wie sie Fee kennengelernt hatten, wie sie zu ihnen kam und von den darauffolgenden Erlebnissen. Gelegentlich lächelte er, belustigt über die Anekdoten, die Rahel erzählte. Sie beschrieb Fees Lachen, ihren Stolz und Trotz, ihre Ernsthaftigkeit und ihre Unbeschwertheit, aber auch ihre Ängstlichkeit und ihren Mut.

Als sie geendet hatte, sagte der Elf: „Wir werden rechtzeitig da sein. Jetzt aber ist Zeit, zu ruhen."

Rahel sah ihn lächelnd an, stand auf und verabschiedete sich mit einem Wort: „Danke."
Aladiel blickte ihr nach, als sie zu ihrem Ruheplatz ging.

Athanasius Wunderlich und seine Mannen waren durch das Portal der Zwiefalt geschritten. Sie waren nicht in die verschneite Ebene gelangt, sondern standen in einem großen Wald. Der Zauberer verschwand ohne sich umzublicken zwischen den hohen Bäumen. Spy und die anderen Männer konnten sich einen verwunderten Blick zurück nicht verkneifen. Als sie sich umdrehten, sahen sie zwei gewaltige Bäume, zwischen ihnen blickten sie auf eine weite Grasebene. Links und rechts der Portalbäume schien sich der Wald endlos auszubreiten. Verwirrt folgten sie dem Zauberer.

Fee hatte es sich zur Angewohnheit gemacht, allein oder mit der Heiligen Alten die Umgebung zu erkunden. Die Alte lehrte sie allerhand Wissenswertes über Pflanzen, Tiere, Pilze, Moose und Flechten und die Lebensgemeinschaft Wald. Häufig begegneten ihnen wilde Tiere ohne jede Scheu. Verletzte Tiere kamen allein zu der gewaltigen Esche, in der die Alte lebte, um sich von ihr verarzten zu lassen. Selbst Raubtiere wie Wölfe und Bären waren handzahm. Fee konnte es kaum glauben. Die Alte aber erklärte nur: „Wir leben hier in Eintracht. Du wirst das schon noch verstehen."

Als sie eines Tages durch den Wald zogen, zuckte die Alte plötzlich zusammen. Sie hielt sich die Ohren zu, taumelte und stürzte auf den weichen Waldboden. Sie hörte den Wald in Millionen Stimmen schreien. Alles drehte sich. Immer noch dröhnte es in ihren Ohren. Sie lag auf dem Rücken und sah die Baumwipfel kreisen. Sie schloß die Augen, bis die Schreie nachließen. Jetzt schien es ihr, nein, sie spürte es deutlich, der Wald hatte Angst, selbst die Blätter gestandener Eichen zitterten wie Espenlaub im Wind.

Fee hatte sich erschrocken neben der alten Frau niedergelassen. Sie schüttelte sie und fragte immer wieder verzweifelt: „Herrin, was ist mit dir?"

Als die Heilige Alte wieder zu sich gekommen war, antwortete sie nach einiger Zeit des Nachdenkens, und ihre Stimme klang besorgt: „Sie sind in den Wald eingedrungen. Sie entweihen die Heilige Ortschaft aller Orte und Zeiten, den Heiligen Wald."

Fee wußte sofort, wer mit „sie" gemeint war. Ängstlich fragte das Kind: „Sind sie noch weit?"

„Ich weiß es nicht. Wir haben nicht mehr viel Zeit, und du hast noch viel zu lernen, Fee."

Den nächsten Tag über waren sie stramm marschiert. Der Schnee schmolz, Frühlingsblumen erwachten zum Leben, Schneeglöckchen, wilde Narzissen und Krokusse. Die Vögel sangen ihre Frühlingslieder und warben um ihre Liebsten. Bäume und Büsche schmückten sich mit frischem Grün. Es wurde immer wärmer, das Grün üppiger und satter, die Blumen sommerlicher. Aladiel wandte sich zu Rahel um: „Wir sind bald im Großen Wald. Es wird wärmer und das Grün dichter und kräftiger. So hat es Königin Nidirial mir beschrieben."

Wurz ging mit zwei Elfen, Runial und Sidiiel, voraus. Die Elfen Tamial und Imadiel folgten ihnen. Aladiel, Rahel und Althea bildeten den Schluß.

Plötzlich hörten sie Wurz entzückt rufen: „Wir sind da, im Großen Wald!" Tatsächlich, wo Wurz jetzt stand, hatte sich der Wald verändert. Sommerliche grüne Pracht umgab sie. In dem kleinen Bach, dem sie die ganze Zeit aufwärts gefolgt waren, plätscherte das klare Wasser über glitzernde, bunte Kristalle. Wurz sagte mit Tränen in den Augen: „Ich spüre es genau. Wir sind im Großen Wald." Das Herz des kleinen Waldläufers wollte vor Glück zerspringen: „Daß ich das noch erlebe!" Schluchzend warf Wurz sich zu Boden und küßte die duftende, humusreiche Walderde. Die Elfen taten es ihm gleich. Althea und Rahel sahen ihnen andächtig zu. Selbst die skeptische Rahel, die sich nicht so leicht von Empfindungen überkommen ließ, spürte das Besondere dieser Situation und das Heilige des Großen Waldes.

Fee betrat am Abend die Küche des Baumhauses. Die Heilige Silvia saß am Tisch und blickte sie mit ihren großen Weidenaugen an. Tränen rannen über ihr Gesicht. Erschrocken hinkte Fee zu ihr und ergriff mit ihrer Linken die rechte Hand der Alten: „Herrin, du weinst ja."

Die Alte nickte und ergriff mit ihrer Linken die behinderte Hand des Mädchens. „Ja. Sie töten wahllos Tiere, zertrampeln und zerschlagen den

Wald und zerstören die Heilige Ordnung. Wo sie waren, hinterlassen sie Tod und Verwüstung. Aber, Liebes, ich hab auch eine gute Nachricht. Deine Freunde, sie sind im Großen Wald angekommen." Die Alte versuchte, zuversichtlich unter Tränen zu lächeln. „Hoffen wir, daß sie rechtzeitig hier sind."

Die Alte sah, wie Fees Gesichtszüge sich entspannten und ihre Augen blicklos wurden. „Nein, Fee!" schrie sie das Kind an und fuhr ihr mit einer Hand über die Augen. Als sie ihre Hand sinken ließ, war es, als hätte sie den leeren Gesichtsausdruck des Mädchens einfach fortgewischt. „Fee", sagte sie sanft, „du darfst jetzt kein zweites Gesicht heraufbeschwören, auch wenn du sie noch so gern sehen willst. Wunderlich hat die Witterung aufgenommen. Er wird dich in deinem zweiten Gesicht aufspüren. Du verrätst auf diese Weise deine Freunde an den Zauberer, und auch hierher wird er dann schneller finden. Das willst du doch nicht."

„Nein", schluchzte Fee und verbarg ihre Tränen in den Armen der Alten, die ihr zärtlich über Haar und Rücken streichelte.

Während Rahel neben Althea durch den Großen Wald wanderte, spürte sie immer wieder Aladiels Blicke. Sie dachte, daß er ihr gefährlich werden könnte, wenn er eine Frau wäre. Dann schaute sie zu Althea und dachte laut: „Nein, auch dann nicht."

„Hast du etwas gesagt?" fragte Althea. „Was siehst du mich so seltsam an?"

Rahel nahm die Hand ihrer Freundin und sagte: „Es ist nichts, Liebes, nichts."

Sidiiel, der mit Wurz voranging, drehte sich um und meinte: „Es wird spät, wir sollten hier rasten."

Nachdem sie ein kleines Feuer entfacht hatten und ein leckeres Pilzgericht brutzelte, stellte Althea, an die Runde gewandt, fest: „Die Tiere hier sind nicht scheu, und die Raubtiere scheinen keine Bedrohung zu sein."

Aladiel sagte: „Nein, hier lebt jedes Wesen seiner Maßgabe gemäß. Nichts ist aus den Fugen, noch nicht."

„Heißt das", fragte Rahel, „daß alle Tiere sich in der ihnen eigenen zugemessenen Weise verhalten, daß dadurch Harmonie und Gleichgewicht hergestellt sind?"

„Ja", sagte Runial, „aber ein äußerst bewegliches, veränderliches und leicht zerstörbares Gleichgewicht."

Aladiel ergänzte und sah Rahel mit seinen Azuraugen eindringlich an: „Schon wir sind eine Störung, das Eindringen von Wunderlich und den anderen Schurken könnte, wenn es nicht schon geschehen ist, einer Katastrophe gleichkommen. Wenn das Gleichgewicht des Großen Waldes zerstört wird, gerät unsere Welt aus den Fugen."

Die Elfen übernahmen wieder die Wache, wegen ihrer besseren Nachtsicht. Aladiel machte den Anfang. Rahel, die nicht einschlafen konnte, kroch aus ihrer Decke hervor und schlich davon. Sie wollte noch ein wenig am glimmenden Feuer sitzen und den Geräuschen des Waldes lauschen. Aladiel hatte sie bemerkt und gesellte sich zu ihr.

„Ich kann nicht schlafen", erklärte Rahel.

„Dann wachen wir eine Weile gemeinsam", sagte der Elf mit seiner sanften, melodischen Stimme.

Rahel sah ihn an und lächelte. Sie dachte an ihre Freundin Althea, die friedlich unter ihrer Decke schlummerte. Nein, kein Mann der Welt, auch kein Elf, mochte er noch so schön sein und seine Stimme ach so melodisch, konnte sich zwischen sie und ihre Liebste stellen. Das Lächeln milderte ihre sonst eher zynischen, wenn auch feinen Gesichtszüge. Das kleine Feuer ließ ihre hellen, blauen Augen funkeln.

Aladiel mußte dieses Lächeln gründlich mißverstanden haben. Denn er strich Rahel durch ihr rabenschwarzes Haar und sagte: „Du bist sehr schön, besonders wenn du lächelst." Dann versuchte er, Rahel zu küssen.

Rahel wich ihm aus und sagte: „Auch wenn es mir zugegebenermaßen schmeichelt, was du da sagst, gegen eine Elfe bin ich häßlich. Ihr heißt nicht umsonst das schöne Volk."

„Nein", erwiderte Aladiel, nahm ihr Gesicht in die Hände und berührte mit seinem Mund zart ihre Lippen. Bevor wirklich ein Kuß daraus werden konnte, hatte Rahel ihn abgewehrt.

„Was ist mit dir?"

„Ich mag dich, Aladiel, aber ich liebe dich nicht. Ich liebe Althea. Vielleicht hättest du eine wirkliche Chance, wenn es sie nicht geben würde. Aber es gibt Althea. Sie ist meine Schwester im Geiste und wahrlich meine bessere Hälfte. Sie zeigte mir die Schönheit der Welt, lehrte mich Lieben, Hoffen, Glauben und Verzeihen. Sie wärmt meinen allzu kühlen Verstand und bringt Licht in die dunkle Seite meiner Seele, mildert meine strenge Vernunft und besänftigt meine oft haltlosen, wilden Spekulationen. Ich brauche sie, so wie sie mich braucht. Versteh das bitte!"

Aladiel nickte traurig, stand auf und ging. Rahel blickte ihm nach und sah, wie er sich mit seiner rechten Hand etwas aus den Augen wischte. Er tat ihr leid, gleichzeitig war sie froh, dieses Thema geklärt zu haben.

Sie kehrte an ihren Schlafplatz zurück und huschte unter ihre Decke. Althea streckte eine Hand zu ihr rüber und fragte verschlafen: „Ist etwas nicht in Ordnung mit dir, Liebste?"

Rahel drückte die Hand ihrer Freundin und antwortete: „Es ist alles gut, so, wie es sein soll und wie es mir zu- und angemessen ist."

Fee sprang von einem Ast auf die Veranda. Sie konnte sich jetzt ohne Angst auf dem gigantischen Baum bewegen. Die Heilige Alte kam soeben die Leiter herauf. Sie hatte einer verletzten Wölfin die Pfote verarztet. Als Dank brachte sie ihr ein Heulständchen und trollte sich davon, zusammen mit ihren drei Wolfsjungen. Etwas abseits stand ihr Gefährte. Er hatte in das Dankgeheul eingestimmt. Zusammen verschwanden sie im Dickicht des Waldes.

„Herrin", sagte Fee, „ich bin weit den Baum hinaufgeklettert, aber ich finde kein Ende."

„Du kannst Tage, Wochen, ja Monate klettern, und du wirst es nicht finden."

„Auch Jahre?"

Die Alte zuckte mit den Schultern und lächelte geheimnisvoll.

„Aber", begann das Kind erneut, „ich hab die gefunden" und gab ihr eine vertrocknete Baumwurzel. Die Alte nahm sie in die Hand und betrachtete die fein verästelte Wurzel von allen Seiten.

„Ich habe sie weit oben im Baum gefunden", präzisierte Fee.

„Was meinst du, wie sieht sie aus?"

Das Mädchen besah seinen Fund genau: „Wie ein kleiner Baum."

„Ja." Die Alte hob einen Eschenzweig auf und zeigte ihn ihr mit der Aufforderung: „Sieh dir den Zweig und die Blätter an. Wie sind sie aufgebaut?"

„Verzweigt wie ein Baum."

„Und die feinen Adern im Blatt?"

„Verzweigt, wie diese Wurzel."

Die Alte nickte.

„Du meinst, sie sind einander zwar nicht völlig gleich, aber sehr ähnlich."

„Das meine ich nicht nur, das ist so. In der Natur ist sich alles selbstähnlich. Und die Verhältnisse zwischen den einzelnen Abzweigungen des Baumes, des Blattes, der Wurzel, den Zacken und Kanten von Schneeflocken und Eisblumen, um nur wenige Beispiele zu nennen, lassen sich nicht in geraden, sondern nur in gebrochenen Zahlen, darstellen, wenn du verstehst, was ich meine."

„Rahel hat mir mal etwas von Brüchen erzählt, etwa ein Viertel oder Anderthalb", antwortete das Mädchen zögernd.

Die Alte lächelte: „Ja, so ungefähr, aber noch ein bißchen zerbrochener. Anderthalb wäre eins Komma fünf. Hier aber haben wir es mit gebrochenen Verhältnissen zu tun, deren Ausdruck in Zahlen hinter dem Komma niemals endet, oder deren Reihenfolge sich unendlich oft wiederholt oder noch verrückteren Zahlen."

„Aber es ist doch möglich, auf- oder abzurunden", warf das Kind ein.

„Schon, damit wird es aber immer ungenau bleiben, wir können die wirklichen Verhältnisse nie genau berechnen. Die Natur im Kleinsten wie im Größten ist für uns unberechenbar. Außerdem können winzigste Unterschiede schon zu unvorhersehbaren Veränderungen führen. In der Natur ist sich zwar alles selbstähnlich, nie aber vollkommen gleich. Winzige Abweichungen führen zu großen qualitativen Veränderungen. Hinzu kommt, daß wir diese Selbstähnlichkeiten oft gar nicht oder nur schwer erkennen."

Fee zeigte sich davon wenig beeindruckt. Sie interessierte viel mehr eines, und damit platzte sie jetzt heraus: „Aber ich hab die Baumwurzel weit oben gefunden. Hast du sie dort hingelegt, Herrin?"

Die Alte schüttelte leicht ihr schlohweißes Haupt: „Nein, warum sollte ich das tun? Sie wird heruntergefallen sein."

„Heruntergefallen", Fee konnte es nicht fassen, „wie kann eine Baumwurzel, die unter die Erde gehört, auf einen Baum hinunterfallen?"

„Du stellst heute ziemlich viele und komplizierte Fragen", sagte die Heilige Alte, „aber ich werde versuchen, es dir zu erklären: Je höher du in den Baum steigst, desto dünner werden die Äste, bis es ganz feine Zweiglein sind."

„So wie an den Zweigenden hier unten?"

„Ja, so wie hier unten, nur, weit oben werden die Zweigenden langsam zu Wurzelenden. Dann werden die Wurzeln immer dicker und dicker, eben richtig dicke Baumwurzeln."

„Oben im weiten Blau des Himmels werden die Zweige zu verzweigten Wurzeln?" fragte das Mädchen ungläubig.

„Ja, und irgendwann werden diese Himmelswurzeln wieder zu Zweigen an einem Baumstamm, der wieder Wurzeln unter der Erde hat, die in die Wurzeln unseres Baumes übergehen. Dieser andere Baum steht auf der anderen Seite dieser Welt, in der Welt, aus der du kommst. Mag sein, daß ein Teil der Himmelswurzeln sich wieder zu einem anderen Stamm vereinigt, der wieder Zweige treibt, also zu einem Baum in einer anderen Welt, der dann wieder in andere Bäume anderer Welten übergeht und immer so fort. Doch das weiß ich nicht."

„Das unendliche Band, nur viel komplizierter?" fragte Fee.

Auf einmal erklang lautes, aufgeregtes Gekrächze. Ein Rabe schoß heran und setzte sich der Alten auf die Schulter. „Da bist du ja, Udin, ich habe dich schon vermißt", sagte die Alte, „und kreisch mir nicht so laut ins Ohr! Was ist los?"

Der Rabe beruhigte sich und antwortete krächzend: „Gefahr, Gefahr! Zerstörer sind im Anmarsch. Machen alles kaputt."

„Ich weiß, Udin", antwortete die Alte.

„Aber weißt du auch, daß sie fast hier sind?" fragte der Vogel mit heiserer Rabenstimme.

Die Alte wurde blaß. Zu Fee gewandt, sagte sie: „Geh ins Haus, Kleines!" Als Fee ihr widersprechen wollte, entgegnete sie streng: „Ins Haus! Rühr dich nicht, und keine Widerworte."

Fee drehte sich wortlos um und verschwand im Baumhaus.

Die Alte kletterte den Baum hinauf in ihren Ausguck. Dort fragte sie Udin, von wo sie kommen werden, und der Vogel zeigte ihr mit dem Flügel die Richtung. Sie nahm ihr Fernglas und beobachtete angestrengt die Gegend.

Sie waren dem Bach mit den buntglitzernden Kristallen weiter aufwärts gefolgt. Weder Wurz noch die beiden Philosophinnen und die Elfen schon gar nicht, denn sie liebten alles Schöne, konnten es unterlassen, kleine Kristalle aus dem Bach zu fischen und einzustecken. Die Elfen hatten bald heraus, daß mit den Steinen gut zu musizieren war und spielten während der Rast auf ihnen alte Elfenlieder zur Freude der anderen. Die Zeit allerdings wurde ihnen lang, und die Ungeduld stieg besonders bei Althea und Rahel.

Scheinbar kamen sie ihrem Ziel nicht näher. Rahel fragte Wurz: „Bist du dir sicher, daß es richtig ist, dem Bach aufwärts zu folgen?"

„Ja", entgegnete der Waldläufer, ganz sicher, „der Zweig weist in diese Richtung."

Rahel konnte sich selbst davon überzeugen. In der Hand des Waldläufers richtete sich der Zweig wie eine Kompaßnadel immer nach derselben Richtung aus. Aber dann sagte Wurz etwas, das Rahel das Blut gefrieren ließ: „Die anderen sind auch hier. Ich spüre die Zerstörung, die sie im Wald hinterlassen, leibhaftig. Die Elfen fühlen es auch. Wie muß erst die Heilige Alte leiden. Sie sind auf dem Weg. Wir kommen ihnen näher."

Rahel sagte bestürzt: „Wir müssen uns beeilen. Sie dürfen nicht vor uns bei Fee und der Alten sein."

„Unterschätze die Alte nicht, auch dann nicht, wenn es stimmt, was Königin Nidirial sagte, daß ihre Kräfte im Schwinden sind", versuchte Wurz sie zu beruhigen.

Mit ihrem Fernglas konnte die Alte nichts sehen. Doch spürte sie überdeutlich, daß Wunderlich nicht mehr weit war. Es dämmerte bereits, und sie entschloß sich, ihre visionären Kräfte zu benutzen, auch auf die Gefahr hin, daß der Zauberer sie und die anderen entdecken und um so leichter finden würde. In diesem Moment brach ein verwundeter Hirsch, ein majestätischer Achtzehnender, aus dem Dickicht und sank vor der Esche zusammen.

Die Heilige Alte stieg rasch den Baum hinab. Unten vor dem zusammengebrochenen und zitternden, großen Tier traf sie auf Fee.

„Du solltest im Haus bleiben!" schalt die Alte das Kind.

Fee sagte nur: „Hier ist der Notfallkorb."

„Wie hast du ihn heruntergebracht?" fragte die Alte erstaunt, und ihre Stimme klang schon freundlicher.

„Abgeseilt", antwortete das Mädchen kurz.

Die Alte besah sich den bebenden Leib des Hirsches. Beruhigend redete sie auf das verstörte große Tier ein: „Ruhig, Hubertus, Bruder Hirsch. Ich bin ja bei dir. Ich schau mir jetzt deine Verletzung an. Hab keine Angst!"

Sie streichelte den Hals des Tieres und forderte Fee auf, Hubertus weiterzustreicheln und beruhigend auf ihn einzureden.

Ein Pfeil steckte in seiner Flanke. Die Alte öffnete den Korb und legte sich heilende Flechten zurecht, die sie zusätzlich mit einer Salbe bestrich. Auf die Ränder der Flechten trug sie eine klebrig-harzige Masse auf. Neben den Korb stellte sie eine Kräutertinktur.

Jetzt ergriffen ihre Hände den Pfeil. Mit einem heftigen Ruck zog sie ihn heraus. Der Hirsch brüllte auf. Fee bemühte sich, ihn zu besänftigen.

In die Wunde träufelte die Alte die Kräutertinktur. Anschließend klebte sie die Flechte auf die Wunde. Der Hirsch bebte immer noch. Die Heilige Alte legte ihre Hände auf den zitternden Leib des majestätischen Tieres. Sie konzentrierte sich. Wenige Sekunden verweilte sie in dieser Haltung, dann erhob sie sich und befahl dem Tier: „Hubertus, mein Bruder, steh auf! Los komm, steh auf."

Mühsam erhob sich das große Tier. „Komm mit, Bruder", sagte die Alte. Und der Hirsch folgte ihr wie einer guten Hirtin.

Während die Alte Hubertus in ein Gehege brachte und ihm Fressen und Trinken hinstellte, räumte Fee den Notfallkorb wieder ein und brachte ihn ins Haus zurück.

Die Alte wußte, daß Hubertus Wunderlich unbeabsichtigt den Weg zu ihr gewiesen hatte durch seine wilde Flucht. Er hatte Schneisen ins Unterholz gerissen. Der Zauberer und seine Schergen brauchten keine Waldläufer sein, um diese Spur zu erkennen. Sie würden zu ihr finden, indem sie den Achtzehnender verfolgten.

Orgar hatte den riesigen Hirsch zwar getroffen. Dennoch konnte dieser vor weiteren Pfeilen fliehen. Wolfhart meinte sofort, sie sollten dem Achtzehnender folgen. Er könne schließlich nicht weit gekommen sein. Er gäbe nicht nur ein reichliches Abendessen, sondern auch eine nette Trophäe.

Wunderlich nervte das Verhalten seiner Mannen. Er hatte Wichtigeres zu tun, als Trophäen zu jagen. Doch spürte er sehr deutlich die Nähe des Kindes und der Alten. Er wußte plötzlich, daß der Hirsch zur Heiligen Alten fliehen würde. Daher ließ er sich kommentarlos auf die Verfolgung ein.

Am Abend war das Tier noch nicht gefunden, obgleich sie der Spur des Hirsches durch den Wald folgten. Slayer und Spy murrten. Sie sahen keine Chance, den Achtzehnender zu finden und hatten Hunger. Beinahe wäre es darüber zu einer Schlägerei unter den Männern gekommen. Orgar wollte sich nicht um seine, wie er meinte, verdiente Trophäe bringen lassen durch zwei lahme Schlappschwänze. Wolfhart stimmte ihm bei.

Der Zauberer aber befahl zu rasten und morgen die deutliche Spur wieder aufzunehmen. Sie würden das waidwunde Tier und alles, was sie suchten, auch dann noch finden.

Der Morgen graute, und obwohl Udin Wache geflogen war, hatte die Alte die Nacht über wenig geschlafen. Als sie in die Küche trat, saß Fee bereits am Frühstückstisch. Die Alte setzte sich zu ihr und wünschte dem Kind einen guten Morgen, anschließend fuhr sie fort: „Fee, ich fürchte, heute ist der Tag des Kampfes und der Entscheidung. Ich bitte dich, bleibe im Haus. Dir darf unter gar keinen Umständen etwas geschehen. Versprich mir das, Mädchen, bitte."

Fee zauderte, und die Alte blickte ihr beschwörend in die Augen. Fee hielt dem Blick nicht stand und nickte kleinlaut: „Ja, Herrin."

Nach dem Frühstück begab sich die Alte aus dem Baumhaus hinunter zu einem funkelnden, bunten Kristallbrocken mitten in der Blumenwiese. Sitzend wartete sie auf Wunderlich und seine Mannen. Plötzlich kam Udin herbeigeflogen und krächzte ihr ins Ohr: „Sie kommen. Sie sind nicht mehr weit!"

Während der Rabe sich in Sicherheit brachte, konzentrierte sich die Alte auf den bevorstehenden Kampf. In einer kurzen, aber tiefen Meditation sammelte sie ihre physisch-psychischen und mentalen Kräfte.

Da brach Orgar aus dem Dickicht. Er hatte seinen Bogen gespannt. Bevor er die zierliche Alte gewahrte, trieb sein Bogen Wurzeln und Zweige, die sich ineinander und mit den Wurzeln und Zweigen des Pfeils verschlangen. Und noch bevor er den Bogen entsetzt und wütend zu Boden werfen konnte, war auch er umschlungen und gefesselt. Orgar geriet in Panik und schrie um Hilfe.

Wolfhart, dem zweiten Bogenschützen, erging es nicht besser. Slayer, Spy und der vierte von Orgars Kumpanen namens Grimmbold versuchten, die Gefesselten aus ihrem Rankengefängnis zu befreien. Mit Messern zerschnitten sie die Pfanzenfesseln.

Der Zauberer kümmerte sich nicht um sie, sondern schritt auf die Heilige Alte zu. In respektvollem Abstand blieb er stehen und rief: „Alte

Waldhexe, deine Zeit ist gekommen, deine Stunden gezählt. Nimm das von mir als Gruß."

Eine Feuerkugel raste auf die Alte zu. Diese rührte sich nicht, erhob sich nicht einmal von ihrem Kristallsitz. Als die weißglühende Kugel bei ihr angelangt war, hob sie ihre Hände und wischte sie einfach weg. Dann sprach sie: „Ich dulde in meinem Reich keine Brandstiftung und auch nicht das Jagen von Tieren."

Wunderlich hob seine Arme und murmelte einen Zauberspruch. Aus seinen Klauenhänden, die er rhythmisch öffnete und schloß, rasten Pfeile auf die Alte zu. Diese beeindruckte das wenig. Sie hob ihre Hände und wendete ihre Handflächen nach außen. Die Pfeile prallten an einem unsichtbaren Schutzschild ab, stürzten aber nicht zu Boden, sondern kehrten sich gegen ihren Verursacher.

Wunderlich tat es der Alten gleich, murmelte sich etwas in seinen Bart, und die Pfeile flogen wieder auf die Alte zu, die sie ebenfalls abwerte. Eine Zeitlang flitzten die Pfeile zwischen der Alten und dem Zauberer wie bei einem rasanten Ping-Pong-Dart hin und her.

Plötzlich schrie Spy: „Die philosophierenden Weiber rücken an!"

Die Pfeile flogen gerade wieder auf Wunderlich zu. Er verlor für den Bruchteil einer Sekunde die Konzentration und damit die Kontrolle über seinen Zauber. Einige Pfeile verfehlten den Zauberer, aber einige trafen schmerzhaft seine Schulter und den Oberschenkel, ein Pfeil streifte seine Wange.

Die Heilige Alte rief ihm zu: „Athanasius Wunderlich, kehre um, ich habe keinen Spaß daran, dich zu töten."

Der Zauberer lachte hämisch und grausam, während er mit schmerzverzerrtem Gesicht die Pfeile entfernte. Dann richtete er sich auf und hob zu einem neuen Zauber an.

Sie hatten einen Schrei gehört und stürmten durch den Wald, voran Althea, Rahel und Aladiel, gefolgt von den anderen Elfen. Wurz, mit seinen kurzen Beinen, blieb weit hinter ihnen zurück.

Die ersten brachen durch die Büsche auf eine Lichtung. Unweit von ihnen entfernt, erkannten Rahel und Althea Spy mit dem Messer in der Hand, der sie zusammen mit vier grimmigen Gesellen, die ihre Säbel und Streitäxte gezogen hatten, anstarrte. Die Elfen ergriffen ihre Schwerter und rannten auf die Männer des Zauberers los. Althea und Rahel, die unbewaffnet waren, blieben unschlüssig stehen. Am Rand einer Blumenwiese sahen sie eine alte Frau mit einem Zauberer in einem Zauberduell. Schon bald waren die Elfen in einen wilden Kampf verwickelt. Imadiel kämpfte mit Spy. Der Diener des Zauberers wehrte alle Hiebe des Elfen geschickt mit seinem Dolch ab. Bei einer dieser Abwehraktionen stolperte Imadiel über Spys Stiefel. Der Elf stürzte, und der Spion des Zauberers verletzte ihn mit seiner Messerklinge oben am Schwertarm. Blut färbte sein grünes Wams rot. Spy trat heftig mit seinem Stiefel auf die Hand, die das Schwert führte. Imadiel ergriff mit der linken Spys Bein und versuchte, ihn aus dem Gleichgewicht zu bringen. Spy aber trat immer heftiger zu und zerschmetterte die Hand des Elfen. Das Schwert entglitt ihm. Spy stürzte sich auf den Elfen. Nach einem kurzen erbitterten Kampf gelang es ihm, Imadiel die Kehle durchzuschneiden. Der Körper des Elfen erschlaffte. Der Spion sprang auf und sah sich nach einem anderen Opfer um. Sein Blick fiel auf Rahel, die geradewegs auf ihn zugerannt kam.

Mit dem Messer ging er auf die unbewaffnete Philosophin los. Diese trat ihm mit einem gekonnten Sprung das Messer aus der Hand. Gleich darauf waren sie in einem unübersichtlichen Handgemenge verwickelt. Plötzlich ging Rahel zu Boden, durch einen Faustschlag am Kinn niedergestreckt. Spy stürzte sich auf sie. Ihre kurze Benommenheit ausnutzend, griff er ihr an die Kehle und würgte sie. Rahel versuchte mit einer Hand seinen Würgegriff zu lösen, mit der anderen griff sie ihm hart ins Gesicht und bohrte ihm ihre Finger in die Augen. Aber Spy war stark und zäh. Rahel spürte wie ihr die Sinne schwanden. Auf einmal lockerte sich der Griff, dann stürzte Spy vornüber auf Rahels Gesicht.

Althea war herbeigeeilt und hatte ihn mit einem gezielten Handkantenschlag außer Gefecht gesetzt, jetzt schubste sie ihn vom Gesicht der Freundin. Althea reichte Rahel die Hand und zog sie hoch mit den Worten: „Auf, Süße, wir sollten schauen, wo Fee steckt. Ich glaube, sie ist dort im Baumhaus." Althea wies auf eine etwas entfernt stehende riesige Esche. Rahel nickte und rieb sich Kinn und Hals.

Aladiel lieferte sich einen erbitterten Kampf mit Orgar. Beide waren bereits schwer verwundet, als Orgar der Gnadenlose ihn erneut traf. Der Elfenkrieger stürzte, und Orgar setzte ihm seinen gestiefelten Fuß auf den Brustkorb. Die Spitze seines Säbels wies auf Aladiels Herz. Der

Elf stöhnte vor Schmerz. Er war blutüberströmt, und sein Schwertarm war durch einen Hieb Orgars lahm. Orgar grinste hämisch: „Verabschiede dich von der Welt, Unsterblicher!" Orgar hob den Säbel und holte zum tödlichen Stoß aus. Aladiel konzentrierte sich. Er drängte den Schmerz und die Erschöpfung in den Hintergrund. Nein, ewig leben wollte er zwar nicht – wie die meisten Elfen –, doch auch nicht auf diese Weise und nicht durch die Hand eines Mörders sterben. Verzweifelt versuchte er, seinen Schwertarm zu bewegen. Die Hand krampfte sich fester um den Knauf. Er sah den Säbel auf sich niederrasen. Mit einem Schmerzensschrei hob er blitzartig das Schwert und stach es dem Angreifer in den Leib, dann verlor Aladiel das Bewußtsein.

Der gnadenlose Orgar sackte in die Knie und auf die Brust des Elfen. Er ließ seinen Säbel fallen. Beide Hände griffen nach Aladiels Schwert, das ihm tief im Bauch steckte. Er stöhnte laut auf und kippte zur Seite.

Endlich erschien Wurz auf dem Schlachtfeld und stürzte sich mit lautem Kriegsgebrüll in den Kampf. Runial verteidigte sich wacker gegen Slayer, der mit einer Streitaxt auf sie losging. Tamial war mit Wolfhart und Sidiiel mit Grimmbold in einen heftigen Kampf verwickelt. Wurz entschloß sich, Sidiiel, dem Wolfhart arg zusetzte, im Kampf beizuspringen. Grimmbold war bärenstark und versetzte dem kleinen Angreifer einen gewaltigen Tritt, der den Gnom in einen nahegelegen Busch katapultierte. Wurz rappelte sich tapfer wieder auf, um sich erneut todesmutig in den Kampf zu werfen, da hörte er einen ohrenbetäubenden Kampfschrei, den Schrei eines Tieres.

Rasend vor Zorn hatte Hubertus, der seine Jäger witterte, das Gatter des Geheges niedergetrampelt und raste gesenkten Hauptes, Geweih voran, auf die Kämpfenden zu. Wütend stieß er Grimmbold nieder, der in seinen eigenen Säbel stürzte. Dann nahm er Wolfhart und anschließend Slayer aufs Korn. Wurz und die drei Elfen glaubten kaum, was sie da sahen. Auf diese Weise fand die Schlacht zu einem schnellen Ende.

Während sie sich um den schwerverletzten Aladiel kümmerten, lieferten sich Wunderlich und die Alte ein erbittertes Zauberduell. Der heiligen Silvia schienen die Kräfte zu schwinden, aber auch der Zauberer wurde schwächer.

Ihr Versprechen hatte sie längst vergessen. Fee hielt nichts mehr im Haus. Sie rannte auf die Veranda und sah entsetzt der Schlacht, die dort unten tobte, zu. Das Mädchen entdeckte Althea und Rahel, die auf die Esche zurannten, und für einen glücklichen Augenblick machte sein Herz einen kleinen Freudenhüpfer. Doch Fee besann sich schnell wieder. Ihr entging nicht, daß die Alte schwächer wurde und mehr und mehr Treffer einstecken mußte. Plötzlich hörte sie eine Stimme in ihrem Kopf: „Die Kristalle, Fee! Wirf die Kristalle."

Instinktiv griff sie in ihre Hosentasche. Sie spürte die Steinchen, die sich jetzt warm und lebendig anfühlten. Das Mädchen zog einen roten Kristall hervor. Es hielt ihn vor sich in ihrer linken Hand. Sie überlegte, was sie tun sollte. Die Steine werfen? Sie war denkbar schlecht, was das Weit- und Zielwerfen betraf, und sie war hier oben abseits vom Kampfgeschehen. Sollte sie hinuntergehen? Das würde Zeit kosten. Sie sah, wie die Heilige Alte schwankte. Wunderlich schien zwar angeschlagen, aber dennoch zu triumphieren.

Hatte sie nicht Zaubern gelernt? „Konzentriere dich! Stimme dich ein!" forderte sie sich selbst auf. Sie hob ihren Arm und warf das rote Steinchen. Der Kristall flog und flog, weit, sehr weit, an der Alten vorbei, auf den Zauberer zu. Fee konzentrierte sich. Es fiel ihr schwer, die Spannung zu halten. Die Anstrengung stand ihr ins Gesicht geschrieben.

Der Stein traf Wunderlich am Oberarm. Beim Aufprall ging rotes Licht von ihm aus, das sich über seine rechte Schulter und den Arm ausbreitete.

„Ja!" jubelte Fee. Dann sah sie, wie der Zauberer sich wütend mit der linken Hand gegen die rechte Schulter schlug. Rote Funken stoben in alle Richtungen. Schulter und Arm schienen wieder unversehrt.

Fee zog einen zweiten, diesmal blauen Stein aus der Tasche und holte erneut aus. Das Zaubern strengte sie an, doch gelangte der Kristall ins Ziel und traf den Brustkorb des Magiers. Blaues Licht breitete sich aus. Es schien ihn sehr zu beeinträchtigen, denn er konnte offenbar einen Zauber nicht ausführen und wurde statt dessen von einem Blitz, den die Alte ausgesandt hatte, getroffen. Wunderlich strauchelt. Es gelang ihm, auf seine Brust zu schlagen. Blaue Funken stoben davon.

Ein weiterer, gelber Kristall raste auf den Zauberer zu. Kurz vor dem Ziel zersprang er in viele kleine Lichter, leuchtend gelbe, stechende Hornissen, die sich mit lautem Brummen auf Wunderlich stürzten. Entsetzt versuchte der Zauberer, sie zu vertreiben. Die Viecher stachen ihn, und er konnte sich nur schwer auf das Zaubern konzentrieren. Pflanzenfesseln, von der Alten durch Magie hervorgebracht, begannen ihn zu umschlingen. Wo die Hornissen ihren Dorn in sein Fleisch bohrten, breitete sich gelbes Licht aus.

Athanasius Wunderlich besaß genug Selbstbeherrschung, um endlich der Invasion von stechenden Hornissen zu widerstehen. Sein rechter Arm war noch nicht von Pflanzenfesseln umschlungen, und er ließ mit einer flinken Handbewegung die Insekten zerplatzen in Myriaden von gelben Funken.

Für alle, die Zeuge dieses Kampfes wurden, bot sich ein phantastisches Feuerwerk.

Rahel schrie zu Fee hinauf: „Laß eine Leiter runter!"

Das Kind konzentrierte sich gerade auf den Wurf eines grünen Steinchens und hörte Rahel nicht. Erst als der Stein Wunderlich getroffen hatte und leuchtendgrüne Schlangen an ihm emporkrochen und ihn in grünes Licht hüllten, ließ ihre Konzentration nach, und sie vernahm Rahels Rufen. Das Zaubern erschöpfte Fee. Taumelnd hinkte sie zum Aufgang und löste den Mechanismus für die Strickleiter, die zum ersten Ast hinaufführte.

Sie lehnte sich erschöpft an die Brüstung und zog einen weiteren Kristall aus der Tasche.

Wunderlich war wutentbrannt. Zwar konnte er die Schlangen in einem funkelnden, grünen Feuerwerk auflösen, er spürte aber, daß seine Glieder unbeweglicher wurden. Wenn er an sich herunterblickte, schillerte er in bunten Farben. Er hatte das Gefühl, sein Gehirn arbeite träger, als würde es auskristallisieren und seine Gedanken versteinern. Er wurde immer häufiger durch die Zauber der alten Hexe getroffen und schaffte es immer seltener, einen bei ihr zu landen. In einer beinahe übermenschlichen Anstrengung schickte er eine Schar von Wurfsternen in Richtung Baumhaus. Er hatte Fee gesichtet und sie als die Verursacherin der Kristallwürfe erkannt.

Althea schrie entsetzt auf, als sie die todbringenden Geschosse nahen sah. Rahel war oben auf der Veranda angekommen und sah, aufgeschreckt von dem Schrei, die Geschosse heranrasen. Fee hing zusammengesunken über der Brüstung. Die Philosophin überlegte nicht, sondern handelte. Sie riß das Kind von der Balustrade zu Boden und begrub es unter ihrem Körper. Zischend nahten die Wurfsterne. Einige schlugen im Holz der Brüstung ein, andere rasten über Rahel hinweg. Zwei streiften ihren Arm und hinterließen schmerzhafte Wunden.

Von Panik erfaßt, eilte Althea die Leiter herauf. Sie beugte sich über Rahel. Auf die Berührung der Freundin bewegte sie sich und richtete sich auf. Fee lag benommen in ihrem unverletzten Arm. „Ihr ist nichts geschehen", sagte Rahel.

„Aber du bist verletzt", erwiderte Althea und deutet auf den blutenden Arm.

„Halb so wild", wehrte Rahel ab und lächelte tapfer. „Wir sollten die Kleine ins Haus bringen."

Als Fee das hörte, bäumte sie sich auf und schrie verzweifelt: „Nein! Die Steine, ich muß werfen!" Dann verlor sie das Bewußtsein.

„Bring das Kind rein, und kümmere dich um sie!" forderte Rahel Althea auf. „Aber vorher gib mir deine Steine!"

„Wieso?"

„Frag jetzt nicht! Mach schon!"

Althea kramte in ihrer Hosentasche und fischte einen Lederbeutel hervor. Rahel ergriff ihn wortlos und verschwand die Strickleiter hinab. Althea rief ihrer Freundin nach: „Paß auf dich auf", hob Fee hoch und trug sie ins Haus.

Rahel war klar, daß Fee die Kristalle nur durch Magie ins Ziel gelenkt haben konnte. Zaubern vermochte sie nicht, aber einigermaßen werfen konnte sie, und die anderen vielleicht auch. Hoffentlich taten die Steinchen auch dann ihre Wirkung.

Sie rannte gebückt über die Wiese zu Wurz und den Elfen. Wurz kümmerte sich bereits um den schwerverwundeten Aladiel. Der Waldläufer verstand sich aufs Heilen. Rahel registrierte mit Entsetzen den erbärmlichen Zustand des Elfenkriegers. Sie sagte entschlossen: „Wurz, du kümmerst dich weiter um Aladiel. Vorher gibst du uns aber deine Kristalle! Die anderen kommen mit mir. Wir müssen näher an Wunderlich heran, um ihn mit den Steinchen treffen zu können!"

Die Elfen und Rahel schlichen sich an den Zauberer und die Heilige Alte heran. Einen Steinwurf entfernt verteilten sie sich. Runial stellte sich zur linken, Sidiiel zur rechten Flanke, Tamial in den Rücken, und Rahel stellte sich links vor ihn.

Der Magier hatte sich von den Pflanzenfesseln befreit, doch schillerte sein Körper in allen Farben. Er schien geschwächt. Aber auch die Alte war erschöpft. Beide konzentrierten sich auf einen neuen Zauber.

Fast gleichzeitig begannen die Bombardements. Die Elfen und Rahel bewarfen ihn mit Steinchen. In ihren Händen fühlten sie sich warm und lebendig an.

Unter dem Steinchenhagel wankte Wunderlich. Er versuchte ihre Wirkungen zu neutralisieren, wurde ihnen aber nicht Herr. Farbiges Licht breitete sich über ihm aus. Grüne, leuchtende Schlangen wanden sich um seinen Leib, diverse Hornissengeschwader stachen auf ihn ein, farbiges Licht umfloß seinen gesamten Körper.

Rahel, die den Zauberer von vorn sah, bemerkte, daß seine Gesichtszüge sich versteinerten zu einer farbig-kristallenen, funkelnden Maske. Seine Gliedmaßen wurden steifer. Von allen Seiten schien der Zauberer zu einem großen, bunten Kristall auszumineralisieren.

Die Alte entspannte sich. Erschöpft ließ sie sich wieder auf dem bunten Stein nieder, auf dem sie bei Beginn des Kampfes gesessen hatte.

Die Elfen und Rahel stellten das Feuer ein und bestaunten die Transformation Wunderlichs in einen funkelnden, bunten, kristallenen Felsen.

Sie begruben die Toten. Spy fanden sie nicht unter ihnen. Er war offenbar geflohen.

Fee und die Alte erholten sich schnell. Auch Aladiels Genesung machte, dank fachkundiger Hilfe, rasche Fortschritte. Die anderen hatten nur leichte Blessuren davongetragen.

Nachdem Aladiel sich erholt hatte, wollten die Elfen bald heim, und die Heilige Silvia reichte ihnen einen Eschenzweig, der ihnen den Weg in ihren Wald weisen würde. Eines Morgens, in aller Frühe, verabschiedeten sie sich von der Alten, von Wurz, dem Waldläufer, von Fee und von den beiden Philosophinnen. Aladiel sah Rahel viel zu lang und zu traurig in die Augen, bis er es über sich brachte, ihr Lebewohl zu sagen. Abrupt drehte er sich um und folgte den anderen Elfen.

Sie zogen vorbei an einem kleineren und einem großen, farbig-kristallenen Felsen. Die Alte hatte erzählt, daß hier schon häufiger Kämpfe stattgefunden hatten. Der kleinere bunte Stein war ein Überbleibsel, wie der Fels des Zauberers, wie sie ihn jetzt nannten.

Auf ihrem Heimweg sammelten die Elfen farbige, kleine Kristalle aus dem Bach, einmal weil sie schön waren und im Sonnenlicht herrlich glitzerten und wundervoll klangen, dann aber auch, weil sie nützlich sein konnten bei ernster Bedrohung.

Bald zog es Wurz wieder in seinen Wuselwald, um dort nach dem Rechten zu sehen, und auch Althea und Rahel mußten zurück in ihre Heimat. „Was geschieht jetzt mit Fee?" fragte Althea die Alte besorgt.

„Fee", antwortete diese, „gehört nicht, noch nicht, hierher. Sie muß sich erst in eurer Welt bewähren, ihre Fähigkeiten ausbilden, lernen, ihre Kräfte zum Guten zu gebrauchen. Sie muß stärker werden und das Leben einer Gerechten führen, um einmal eine Heilige werden zu können. Einmal wird sie meine Stelle einnehmen müssen, sie wird wissen wann, wie ich es einst wußte, als meine Vorgängerin heimkehrte. Ähnliche Situationen, wie wir sie jüngst erlebt haben und wie wir sie noch erleben werden, kehren rhythmisch wieder."

„Alles ist einander ähnlich und doch unterschieden", warf Fee ein.

„Ja", lächelte die Alte, „und sei es auch nur die Ähnlichkeit der Konstellation, wie einst der traurige Exilant lehrte. Ähnlichkeiten erkennen oder erfühlen zu können, ist die Grundfertigkeit für Prophetie und Zauberei. Bevor Fee meine Stelle einnimmt, gehen noch viele Jahre ins Land. Sie wird in dieser Zeit Wissen und Erfahrungen sammeln, so wie ich einst eine Sammlerin war und alle Wesen es gewissermaßen sind. Doch wie ich wird sie in noch stärkerem Maße das Gesammelte zusammenfügen müssen zu einem Fragment einer Weltordnung. Diese Ordnung muß sie verstehen, erfühlen lernen und so zur Schicksalsdeuterin der Welt werden. Das Gesammelte muß richtig zusammengefügt werden, so daß es in Übereinstimmung, nicht Identität mit der gesamten Schöpfung gelangt, in Harmonie und Übereinkunft. Ihr Schaffen wird nur Stückwerk sein wie meines, ein Fragment in einem unendlichen und unendlich komplizierten Muster, dem wir uns immer nur angenähert haben werden."

Fee sah sie verwundert an. Sie begriff noch nicht, was die Alte da sagte. Aber ein Lichtlein ging ihr auf, und sie fragte: „Du bist Sybilla von Siebenstein, Herrin?"

„Ja, ich bin Sybilla. In meinen Schriften habe ich versucht, das Gesammelte in eine Ordnung zu bringen, die mit der Schöpfungsordnung in Einklang steht."

„Und, ist es dir gelungen?" fragte Rahel.

„Na ja, sagen wir in gröbster Annäherung, wie es endlichen Wesen eben möglich ist. Fee wird diese Aufgabe der Zusammenfügung des unendlich zerbrochenen Einklangs fortführen, ihr, aber auch andere Gerechte, werdet meiner Nachfolgerin zur Seite stehen. Nach Fee werden andere diese unabschließbare und unerfüllbare Aufgabe weiterführen."

„Heißt das, es wird nie ein Ende nehmen", warf Althea ein, der vor solch gewaltiger Unendlichkeit in höchster Potenz schauderte. Rahel, die mit Unendlichkeiten in der Mathematik rechnete, mochte damit zurechtkommen, sie nicht.

Wurz, der versonnen vor sich hingeschaut hatte, wendete sein Gesicht Althea zu und sagte: „Es sein mag, daß wir einmal unendlich weit in unserer Aufgabe vorangeschritten sein werden. Dann der kleine Mißklang in der großen Harmonie, der entscheidende Unterschied sein wird zu einer neuen, vielleicht besseren Welt. Wer weiß, vielleicht auch der Messias erscheint einmal in dieser oder einer späteren Welt. Dann sich alles wie von selbst fügt, nichts wird sein wesentlich anders, aber alles heil. Er das bis dahin stets fehlende Moment in der großen Schöpfungssinfonie gewesen sein wird. Der Unterschied selbst."

Althea und Rahel sahen den kleinen Waldläufer erstaunt an. Er besaß mehr und wichtigeres als philosophischen Sachverstand. Er besaß Weisheit.

Sybilla nickte und schwieg eine Weile bedeutsam. Unverwandt blickte sie Rahel und Althea an und sagte: „Es ehrt euch, daß ihr mich nicht um meine Schriften gebeten habt. Denn ich weiß, wie brennend ihr euch als Wissenschaftlerinnen dafür interessiert. Ich gewähre euch Einblick. Sie stehen in der Bibliothek mit anderen Werken im Stamm der Weltenesche. Ich vertraue euch, ihr werdet euer Wissen nicht mißbrauchen. Es wird euch leiten, das Werk fortzusetzen und Fee zu unterstützen."

Wurz verließ den Großen Wald. Sybilla reichte ihm einen Eschenzweig, der ihn zurückbringen sollte. Nach einem herzlichen Abschied machte er sich auf in den Wuselwald.

Rahel fiel es am schwersten, sich von der Bibliothek zu trennen. Sie hätte hier ihr ganzes Leben verbringen mögen, mit Lesen und Meditation über das Gelesene. Beide Philosophinnen sprachen viel mit der Alten.

Althea interessierte sich sehr für den Wald und sein dynamisches Gleichgewicht. Sie sammelte unter der fachkundigen Anleitung Sybillas heilkräftige Pflanzen, die sie nach ihren Rezepten verarbeitete.

Fee liebte den Wald und spielte mit den jungen Tieren, und sie liebte Sybilla. Irgendwann aber mußten auch sie heimkehren.

Die Alte reichte Fee einen Eschenzweig, der sie alle nach Tybolmünde bringen sollte. Sie mahnte das Mädchen, ihn gut für später zu verwahren und sagte: „Wenn der Zweig eines Tages wieder Blätter treibt, ist es Zeit für dich, hierher zurückzukehren."

Schweren Herzens machten sich die drei auf nach Tybolmünde, nicht ohne bunte Kristalle gesammelt zu haben. Auch Wurz hatte diese nicht verschmäht.

Der Übergang kam plötzlich, sie waren gar nicht lang gewandert. Das Rauchen des Waldes und das Singen der Vögel schlugen um in Meeresrauschen und Möwengeschrei. Vor ihnen lichtete sich der Wald, und sie sahen die breite Mündung des Tybol außerhalb der Stadt. Als sie zurückblickten, war der Wald verschwunden. Bis Haus Rosenhag war es nicht weit. Fee blickte auf ihren Eschenzweig. Er begann unter ihren Augen zu welken. Sie zeigte ihn Rahel und Althea, die sich noch immer verwundert umsahen. Die Blätter waren bereits ganz welk geworden. Eins nach dem anderen löste sich vom Zweig. Eine leichte Brise vom Meer her trug sie davon.

Frau Rosenschön saß in ihrer guten Stube beim Nachmittagstee, als ein silberner Glockenton Besucher ankündigte. Sie stand auf und ging in die Diele. Dort blieb sie wie angewurzelt stehen, dann breitete sie die Arme aus, in die Fee vergnügt, den kahlen Eschenzweig in der Hand, hineinsprang.

Frau Rosenschön lud am nächsten Tag die Sonnenwirtsleute und Lucia Faro, aber auch die Bibliothekarin ein, die sie in ihren Zirkel aufgenommen hatten, und sie feierten zusammen ein freudiges Wiedersehen. Rahel, Althea und Fee mußten immer wieder von den erlebten Abenteuern erzählen.

Von Prudenzia Bibliophilia erfuhren sie, daß Rabenschnabel und Zuckerschale vermißt wurden. Sie seien von einer Exkursion nicht zurückgekehrt, hieß es.

Eines Abends saßen Fee, Rahel, Althea und Frau Rosenschön beim Tee. Rahel fragte Fee, ob sie denn nicht wüßte, wer ihre Eltern seien, und warum sie allein in die Stadt gekommen war.

Fee senkte ihr Haupt. Zunächst schien es, als wolle das Mädchen nicht sprechen. Dann hob es mit einem Ruck den Kopf und begann zu berichten: „Ich kenne meine Eltern nicht. Manchmal im Traum erscheint mir eine schöne Frau, sie duftet gut nach Honig und wilden Blüten. Vielleicht ist sie meine Mutter. Manchmal sehe ich einen Mann, der verzweifelt nach mir ruft. Er ruft nicht ‚Fee', sondern irgend etwas anderes. Ich kann es nicht verstehen, aber ich weiß, daß er mich meint. Vielleicht ruft er ja meinen richtigen Namen. Vielleicht ist der Mann mein Vater. Ich höre wilde Schreie und sehe, wie der Mann unter Axthieben zusammenbricht. Weiter komme ich nie in meinem Traum, dann werde ich wach und habe schreckliche Angst.

Aufgewachsen bin ich bei einem armen Bauernehepaar. Sie haben mich gefunden. Beide waren sehr lieb zu mir, und sie gaben mir den Namen Fee, weil sie mich unter einem Feenflieder gefunden haben. Ich sagte Mama und Papa zu ihnen.

Sie waren schon sehr alt. Nach ein paar Jahren starben sie kurz nacheinander. Die Leute aus dem Dorf vertrieben mich. Es hatte eine schlechte Ernte gegeben, und sie sagten, ich sei schuld daran. Ich sei ein Wechselbalg, das würden sie an meinen Haaren, Augen und an meinem Namen erkennen. Schließlich sei ich unter einem Feenflieder gefunden worden. Einige behaupteten, ich sei sogar verantwortlich für den Tod meiner Pflegeeltern. Ich floh vor ihnen ohne Ziel, denn ich wußte ja nicht, wohin. So kam ich nach Tybolmünde."

Tränen kullerten über Fees Gesichtchen, und Frau Rosenschön, die neben ihr saß, nahm sie in den Arm, wischte ihr mit einem nach Rosenöl duftenden Taschentuch die Tränchen ab und hielt es dem Kind an die Nase, damit es sich schneuzen konnte. Sie fragte: „Was ist mit deinem rechten Bein und Arm passiert?"

„Ich kann mich nicht erinnern. Vielleicht war es schon immer so."

Althea sah zu Rahel, die ihr zulächelte und damit signalisierte, daß sie sprechen sollte. Althea wandte sich an das Mädchen: „Rahel und ich möchten dich fragen, ob du mit uns kommen magst. Wir müssen bald nach Gubal an unsere Heimatuniversität zurückkehren. Du könntest bei uns leben."

Fee schaute die beiden an und fragte unsicher: „Würdet ihr mich wirklich zu euch nehmen?"

„Aber sicher, Schwester", lachte Rahel, und ihre leicht zynischen Züge milderten sich.

Frau Rosenschön nickte zufrieden, und Fee sprang auf und umarmte Althea und Rahel.

Der Tag der Abreise kam, und so standen eines Morgens in der milden Frühjahrssonne Frau Rosalba Rosenschön, Elischa, Hanna, Lucia Faro und Prudenzia Bibliophilia am Kai und winkten dem Segler hinterher, der, mit Fee, Rahel und Althea an Bord, Tybolmünde flußaufwärts verließ.

Klaus Rehkämper

Das Wort für Welt ist Wald[1]

Geneigter Leser, bei der Lektüre dieses Buches hatten Sie möglicherweise das Gefühl, nicht nur einen unterhaltsamen Fantasyroman mit den genreüblichen Topoi von Gut gegen Böse oder Licht versus Dunkelheit zu lesen, sondern auch ein philosophisches Buch. Zu Recht. Der Autorin ist es wie nur wenigen gelungen, Fantasy und Philosophie auf unterhaltsame Weise zu verbinden. Wir treffen nicht nur Elfen, Zauberer und wundersame Waldbewohner, sondern auch alte Bekannte aus der Welt der Philosophie, wenn auch in Verkleidung. Wir hören von Walter Benjamin, Martin Heidegger, Gottfried Günther, Euklid oder der Mathematikerin Hypathia, Riemann, Kepler, von Aristoteles, Abulafia, Raimundus Lullus, Francis Bacon oder Leibniz und lesen von alten, aber nicht unbedingt altbekannten philosophischen und naturwissenschaftlichen Problemen. Vielleicht haben Sie sich ja einen Spaß daraus gemacht herauszufinden, wer oder was hinter so phantasievollen Pseudonymen wie „Irenäus Dentacrustulus" oder Ideen wie der „Xora" oder einer „Kenognosis" steckt.

Es ist für mich daher eine mehr als ehrenvolle Aufgabe für einen solchen Roman eine Nachbemerkung schreiben zu dürfen. Es ist aber gleichzeitig – für mich als analytischen Philosophen – auch eine gewisse Herausforderung, über einen Roman zu schreiben, der vom Verhältnis des Mythos zum Logos handelt, und ersterem in gewisser Weise die Priorität zuspricht. Lassen Sie mich versuchen, dies zu erklären.

Der Übergang vom Mythos zum Logos, von der vorsokratischen zur sokratisch-platonischen Philosophie wird allgemein als großer Fortschritt angesehen. Gemeinsam mit der synthetischen Methode, die Euklid zum ersten Mal in seinen *Elementen* anwandte, bilden sie die Grundlage unseres modernen Denkens.

Platon, und nach und mit ihm natürlich Aristoteles, setzten an die Stelle der mythologischen Erzählung, die mit Göttern, ihren Wünschen und Taten den Menschen das Naturgeschehen verständlich machen sollte, die rationale Erklärung. Es sind eben nicht Hephaistos und Zeus, die für

---

1 Diesen Titel borge ich mir von Ursula K. LeGuin.

das Gewitter verantwortlich sind, sondern es handelt sich um rational erklärbare Naturereignisse. Eine Sichtweise, die uns heute mehr als selbstverständlich, ja geradezu als alternativlos erscheint.

Euklid wiederum setzte einfachste, unbezweifelbare Sätze – Axiome – voraus, z. B. „Die kürzeste Verbindung zweier Punkte ist eine Gerade.", um aus ihnen mit rein logisch-mathematischen Hilfsmitteln die gesamte Geometrie herzuleiten. Dieses Verfahren war so wegweisend, daß über die Jahrhunderte viele Versuche unternommen wurden, es auf andere Gebiete als die Geometrie zu übertragen. So schrieb z. B. Baruch de Spinoza 1677 seine *Ethik, nach geometrischer Methode dargestellt*. Und selbst die bildhafte Darstellung (des Menschen) wurde von Albrecht Dürer in seiner *Unterweisung der Messung* und seinen *4 Bücher von menschlicher Proportion* nach geometrischen Prinzipien versucht.

Einen anderen Versuch, von Einfachem und Unbezweifelbarem auszugehen, um so zu einem umfassenden System zu gelangen, unternimmt Descartes' Erkenntnistheorie mit dem berühmten „Ich denke, also bin ich" („Cogito ergo sum"). Descartes verband jedoch die synthetisch-aufbauende Methode des Euklid mit der analytischen Methode. Zuerst muß alles, das möglicherweise falsch und trügerisch sein kann, in Zweifel gezogen werden. Das, was die Prüfung besteht, kann als neue, einfache Grundlage für einen synthetischen Aufbau dienen. Und ich kann nicht sinnvoll bezweifeln, daß ich jetzt gerade denke.

Einher gingen diese Vorstellungen mit der Annahme, daß es Naturgesetze gibt – principia naturae wie Isaac Newton sie nennt. Die Natur verhält sich gleichförmig und ist an Gesetze gebunden. Diese müssen in einer korrekten Erklärung eine wesentliche Rolle spielen.

Aber nicht nur die physikalische Natur wird von Gesetzen beherrscht. Der Begriff des Gesetzes wurde von den Philosophen auch auf andere Gebiete angewendet: von Comte auf die Gesellschaft, von Hegel auf die Geschichte und natürlich nicht zuletzt von Marx auf die Ökonomie.

Kurz: Gesetze, Regelmäßigkeiten und Kausalität gibt es überall, und dies muß eine gute Erklärung erfassen. Was meßbar ist, soll gemessen werden, was noch nicht meßbar ist, soll meßbar gemacht werden, sagt Galileo. In seinem *Il Saggiatore* (1623) heißt es zudem: „Das Buch der Natur ist in der Sprache der Mathematik geschrieben, und ihre Buchstaben sind Dreiecke, Kreise und andere geometrische Figuren, ohne die es ganz unmöglich ist, auch nur einen Satz zu verstehen, ohne die man sich in einem dunklen Labyrinth verliert." Mathematik und Wissenschaft gehen Hand in Hand.

Hinzu kommt die Auffassung, daß in der Natur alles seinen Grund hat. Schon Leibniz setzte das Prinzip des zureichenden Grundes voraus; d. h. es gibt für alles eine Ursache, nichts geschieht einfach ‚nur so' aus dem Nichts heraus.

Wie sieht aber in diesem Sinne eine gute Erklärung aus? In der Wissenschaftstheorie, der philosophischen Disziplin, die sich mit solchen Fragen befaßt, lautet die Antwort: Eine gute Erklärung folgt dem Hempel-Oppenheim-Schema.

Dieses Schema, benannt nach Carl Gustav Hempel und Paul Oppenheim, ist nach philosophischen Maßstäben noch sehr jung. Es stammt aus dem Jahre 1948. Und doch bringt es nur zum Ausdruck, was wir alle intuitiv von einer Erklärung erwarten. Es gibt etwas, das erklärt werden soll – das Explanandum; es gibt etwas, das erklärt – das Explanans. Dieses Explanans besteht wiederum aus zwei Teilen, den Anfangsbedingungen, man könnte auch sagen, den Ursachen, und den Gesetzen, die in diesem Bereich eine Rolle spielen.

Will man z. B. erklären, warum ein Glas zu Boden gefallen ist, stellt man die Anfangsbedingungen fest – Dagmar hat das Glas losgelassen – und betrachtet das entsprechende Gesetz – das Gravitationsgesetz. Diese beiden Faktoren zusammengenommen, erklären, warum das Glas zu Boden gefallen ist.

Das Hempel-Oppenheim-Schema hat hierbei die Form eines Wenn-dann-Satzes: Wenn bestimmte Anfangsbedingungen und Gesetze vorliegen, dann resultiert daraus das Ereignis E.

Der Vorteil des Schemas liegt darin, daß man es für Erklärungen aber auch für Vorhersagen benutzen kann. Bei einer Erklärung – das Glas liegt zerbrochen am Boden – kennen wir das resultierende Ereignis E sowie die einschlägigen Gesetze. Hierdurch können wir die Anfangsbedingungen erschließen und so den gesamten Ablauf erklären. Kennen wir jedoch die Anfangsbedingungen und die entsprechenden Gesetze, dann können wir das Resultat vorhersagen.

Allerdings, und das ist eine Einsicht, die sich nur langsam durchzusetzen scheint, ist dieses Schema nicht auf alle Bereiche anwendbar. In den sogenannten Geisteswissenschaften lassen sich keine solch genauen Gesetze angeben wie in den Naturwissenschaften. Auch sind die Anfangsbedingungen selten eindeutig und klar. Aber die Diskussion um den wissenschaftlichen Status der Geisteswissenschaften kann und soll hier nicht das Thema sein. Problematisch, und in unserem Zusammenhang relevant, ist hingegen, daß selbst im Bereich der exakten Naturwissenschaften nicht alles mit dem H-O-Schema erfaßt werden kann.

In der Quantenphysik wird nicht mehr mit den Begriffen Kausalität oder Notwendigkeit gearbeitet, mit denen der Begriff des Gesetzes doch eng verbunden ist. An ihre Stelle tritt der Begriff der statistischen Wahrscheinlichkeit. Dadurch können Vorhersagen oder Erklärungen aber nur noch mit einer gewissen Wahrscheinlichkeit angegeben werden. Von der strengen Beweisführung eines Euklid sind wir hier weit entfernt.

In der Biologie haben wir die Darwinsche Evolutionstheorie akzeptiert – bis auf diejenigen, die wieder an den kosmologischen Gottesbeweis glauben. Ein zentraler Begriff der Darwinschen Theorie ist der Begriff der zufälligen Mutation. Zufall ist aber gerade das Gegenteil von Regelmäßigkeit, Gesetz und Vorhersagbarkeit.

Wir haben jedoch gelernt, mit diesen Ausnahmen zu leben und akzeptieren das H-O-Schema im Alltag wie in der Wissenschaft.

Aber warum erzähle ich Ihnen das alles? Weil dies die Art und Weise ist, in der Professor Zuckerschale die Welt sieht. Er ist ein rational denkender Empirist und hofft, das Buch zu finden, in dem die Natur vollständig beschrieben ist. Alle Rätsel wären gelöst, alle Fragen beantwortet. Er ist, so könnte man sagen, im Mythos des Rationalen gefangen.

Ich erzähle es aber auch, weil diese Tradition die Weltsicht von uns allen bestimmt. Und damit bestimmt sie auch die Sicht, wie wir die Dinge in ihren Zusammenhängen erkennen und verstehen. Wir alle erwarten rationale Erklärungen und gesetzmäßige Zusammenhänge. Könnte uns die Wissenschaft nicht erklären, warum ein Auto fährt oder wie ein Kühlschrank funktioniert, wäre unsere Skepsis geweckt.

Und bei diesem Glauben an die Wissenschaft sind wir gewillt, erstaunliche Konsequenzen zu akzeptieren. Der Physiker Werner Heisenberg lehrt uns, daß wir in einem bestimmten, subatomaren Bereich nicht mehr gleichzeitig den Ort und die Geschwindigkeit eines Teilchens bestimmen können. Ein Phänomen, das wir real nie erfahren, da es sich auf einer Ebene abspielt, die unserer Wahrnehmung nicht zugänglich ist, und das uns aus unserer täglichen Erfahrung völlig unbekannt ist.

Noch erstaunlicher erscheint mir jedoch die Diskussion eines der ältesten Probleme der Philosophie – des Geist-Körper-Problems. Die Problemstellung an sich ist ganz einfach. Wie ist die Interaktion von Geist und materiellem Körper zu denken? Meine immateriellen Gedanken, Wünsche und Hoffnungen bestimmen mein körperliches Verhalten. Habe ich Durst und verspüre den Wunsch, etwas zu trinken – ein mentales Phänomen –, gehe ich zum Kühlschrank – ein körperliches Verhalten –, um dort etwas Trinkbares zu holen. Geistiges und Körperliches stehen in einer Wechselbeziehung und sind doch verschieden.

Aber die heute vor allen Dingen von der Neurobiologie vertretene Ansicht besagt, daß unser intuitives Empfinden an dieser Stelle trügt. Es gibt nichts Geistiges, das von unserem Körper verschieden ist und doch Handlungen hervorbringt. Kein eigenständiges Bewußtsein oder Selbstbewußtsein; keinen freien Willen und kein Ich. All dies ist eine Illusion und kann und muß allein durch neuronale Aktivität, also durch materielle Zusammenhänge, erklärt werden. Moderne Philosophen des Geistes schließen sich dieser Meinung an. Das Ich ist eine Illusion, sagt der Mainzer Philosoph Thomas Metzinger und bringt uns den Gedanken nahe, daß wir ein „no-one" sind. Es gibt kein Ich, das unsere Handlungen steuert. Nicht wir entscheiden, sondern unser Gehirn, sagt auch der Neurobiologe Gerhard Roth. Wenn wir vermeinen, etwas bewußt zu entscheiden, dann hat unser Gehirn diese Aufgabe schon längst ohne das Zutun eines Bewußtseins erledigt. Das Bewußtsein schafft quasi nachträglich eine Begründung für eine unbewußt schon längst initiierte Handlung.

Erstaunlicherweise findet man an dieser Stelle keine Vorsicht. Kein besonnenes „Ich weiß, daß ich nichts weiß" auf der Seite der Philosophie. Keine damit verbundene gesunde Skepsis. Auf der Seite der Wissenschaft kein vorsichtiges „Es könnte so sein", sondern ein – sicherlich PR-wirksameres – „Das ist so". Und das, obwohl Popper uns deutlich gemacht hat, daß wir eine Theorie niemals beweisen können.

Wir akzeptieren rationale Erklärungen auch dann, wenn sie paradoxe Konsequenzen aufweisen. Kaum jemand stellt die Voraussetzungen in Frage, die zu diesen Konsequenzen führen.

Aber es gab und gibt immer Ausnahmen, die ein solch durch und durch rationalistisches Weltbild mit Mißtrauen betrachten.

Im *Großen Wald* hat die Autorin einer solch vollständigen, rationalistischen Sicht der Welt eine Absage erteilt und befindet sich dabei in guter und bekannter Gesellschaft. Nicht nur bei ihren beiden Protagonistinnen oder dem Alten aus dem Blackwood Forest.

Der Wald ist in unserer Zeit zu einem Sinnbild der Natur schlechthin geworden und damit auch zu einem Sinnbild ihrer Zerstörung durch den Menschen. Geprägt durch unser naturwissenschaftliches Weltbild, versuchen wir nun zu verstehen, was wir in unserem Umgang mit unserer Umwelt anrichten und müssen erkennen, daß der Wald, und die Natur insgesamt, ein System ist, das sich durch seine Komplexität unserem Verständnis entzieht. So wohlgemeint und wichtig unsere Versuche sind, z. B. durch CO_2-Begrenzung, Verwendung regenerierbarer Energien etc. die Natur zu schonen, so deutlich müssen wir doch feststellen, daß wir dieses System nicht verstehen und schon gar nicht kontrollieren können. Es ist ein fragiles, zerbrechliches System, dessen einzelne Teile wir erkennen und analysieren können. Bäume, Zweige, Blätter ... Dennoch können wir es nicht bis in seine letzten Bestandteile verstehen, denn es handelt sich um ein selbstbezügliches, nicht-lineares System.

Der Wald ist aber ebenso Synonym für den Raum, der uns alle umgibt, und der immer gegenwärtig ist. Auch wenn wir diesem Raum nicht immer sehr viel Beachtung schenken, ist unser Leben, unser Handeln, ja unser ganzes Verstehen nur vor dem Hintergrund unserer räumlichen Situiertheit zu begreifen. Wir haben einen Körper, und dieser Körper ist immer ein Teil des Raumes, wie auch der Raum nicht ohne Körper sein kann, die ihn konstituieren.

Möchte man jedoch diesen Raum selbst erfassen, dann kann man dies auf verschiedene Arten und Weisen tun. Man kann natürlich den objektiven, dreidimensionalen, euklidischen Raum mit mathematischen Mitteln beschreiben. Das haben wir in der Schule gelernt. Dies ist der theoretische Raum der Mathematik und Physik, und dies ist die Welt von Professor Zuckerschale.

Zuckerschales aristokratischer Kollege von und zu Rabenschnabel unterscheidet sich nun nicht nur durch seinen Glauben an seine durch Geburt festgelegte Überlegenheit von seinem Kollegen. Er ist auch dem Mythos der Vernunft nicht in seiner vollständig rational-empiristischen Sichtweise verbunden, sondern hat erkannt, daß jedes Wissen theoriegebunden und mit einem erkennenden Subjekt verbunden ist. Dieses Subjekt aber ist mit einem Körper versehen, der dem Raum eine Struktur gibt – vorne, hinten, oben, unten, links, rechts. Eine Struktur, die es im theoretischen, objektiven Raum der Mathematik und Physik nicht gibt. Diese körperliche Verfaßtheit nimmt ebenfalls Einfluß auf die Wahrnehmung. Wir können nur einen Ausschnitt aus der Wirklichkeit erkennen. Bestimmte Wellenlängen erscheinen uns als Licht, wieder andere als Wärme. Dies alles bestimmt unsere Wahrnehmung und unser Bild von der Welt, denn es ist *unsere* Wahrnehmung und *unser* Bild. Man könnte daher von einem anthropologischen Raum sprechen, denn er besitzt als Origo, als Ursprung, immer uns selbst als leibliche Wesen.

Das Wissen, das auf diese Weise erlangt wird, ist, obwohl subjektgebunden, nicht subjektiv, und so sucht auch Rabenschnabel nach dem großen Buch der Sybilla. Zuckerschale und Rabenschnabel suchen allerdings nicht interesselos nach Erkenntnis, sondern wollen dieses Wissen nutzen, um ihre Macht zu mehren. „Wissen ist Macht" wird hier in einem sehr wörtlichen Sinne (miß-)verstanden.

Ihnen gegenüber steht zum einen der große Zauberer Athanasius Wunderlich, ein Vertreter der dunklen Form von Magie. Er ist nun gerade kein Anhänger der Rationalität, jedenfalls nicht im klassischen Sinn. Dennoch verspricht auch er sich durch die Kenntnis des großen Buches einen ungeheuren Zuwachs von Macht, denn auch seine Magie besitzt Gesetze und somit ihre eigene Form von Rationalität. Und wie seine beiden gelehrten Gegenspieler ist er gewillt, jedes Mittel einzusetzen, um zu diesem Wissen zu gelangen.

Meine Beschreibung des Raumes wäre jedoch nicht vollständig, wenn sie nicht auch die dritte Form behandeln würde, denn diese ist der Autorin augenscheinlich die wichtigste. Es ist zugleich die grundlegendste Form des Raumes: der mythische Raum.

Ernst Cassirer folgend, dessen Gedanken der geneigte Leser vielleicht schon in einem Teil meiner Ausführungen erkannt hat, kann man als wichtige Merkmale dieses Raumes in der wertenden Unterscheidung von Licht und Dunkel, von Tag und Nacht hervorheben. Dieser gesamte Raum organisiert sich darüber hinaus, wie häufig auch der Wald, in verschiedene heilige und unheilige Bezirke. Dieser Raum als Naturraum besitzt für uns unmittelbar Ausdruck und Bedeutung. Ohne ihn muß alles andere unvollkommen und unverständlich bleiben.

Anders als der anthropologische Raum findet im mythischen Raum noch keine Trennung zwischen Subjekt und Objekt, zwischen Raum und Inhalt statt. „Es haftet an ihm ein besonderer, auszeichnender Charakter, der sich nicht mehr begrifflich beschreiben läßt, der aber als solcher unmittelbar erlebt wird", schreibt Cassirer.

Dieses begrifflich nicht mehr Beschreibbare macht diese Form des Raumes für uns heute aber so schwer verständlich, denn unser Wunsch nach rationaler Beschreibung, nach Verwendung des H-O-Schemas setzt gerade die Verwendung von Begriffen voraus.

Im mythischen Raum gibt es noch kein Innen und Außen, kein Hier und kein davon unabhängiges Dort. Er erinnert an ein Möbiusband. Es muß zwei Seiten geben und gibt sie doch nicht. Die Natur und der Mensch sind noch eins. Erst eine Distanzierung ermöglicht den Übergang zum anthropologischen Raum, der wiederum die Grundlage für die vollkommene Abstraktion hin zum theoretischen Raum bildet. Und erst diese Sichtweise ermöglicht die Welt des technischen Fortschritts. Interessanterweise ist es gerade die moderne Physik, die Quantenphysik und die Quantenkosmologie, der das Möbiusband als Bild dient für die Vorstellung von Wirklichkeit als Information oder einer Quantenkosmologie.

Sybilla von Siebenstein ist in unserer Geschichte die Bewahrerin der Einsicht in die Dreiartigkeit des Raumes. Sie erkennt in der Natur das hochkomplexe System voller Selbstbezüglichkeiten und immer wiederkehrender Ähnlichkeiten, wie wir sie aus der fraktalen Geometrie kennen. Sie versteht den Raum in seinem zeichenhaften Charakter mithilfe eines semiotischen Systems, das eine Verwandtschaft mit der jüdischen Kabbala besitzt. Sie weiß, daß jede ausschließende Betrachtung des Raumes als theoretischem Raum, als anthropologischem Raum oder als mythischem Raum eine unzulässige Verkürzung darstellt. Daher ist sie zugleich Magierin, Philosophin und Wissenschaftlerin, ohne daß sich dies widersprechen muß.

Klaus Rehkämper studierte Philosophie, Geschichte, Mathematik und Erziehungswissenschaften an der Heinrich-Heine-Universität Düsseldorf. 1991 promovierte er in Philosophie an der Universität Hamburg, wo er seit 1986 am Fachbereich Informatik tätig war. Von 1992 bis 2002 war er wissenschaftlicher Assistent am Institut für Philosophie der Carl-von-Ossietzky-Universität Oldenburg, wo er sich mit einer Arbeit zu Fragen der bildhaften Repräsentation habilitierte. Seit 2003 ist er dort als apl. Professor tätig. Außerdem arbeitet er als wissenschaftlicher Referent für den Nationalen Bildungsbericht 2008 am Amt für Statistik Berlin-Brandenburg. Zu seinen Arbeitsschwerpunkten gehören u. a. Philosophie der Wahrnehmung und bildhafter Repräsentationen, Interaktion von Bildern und Sprache sowie analytische Sprachphilosophie.